Lotte Minck

3 Zimmer, Küche, Mord

Lotte Minck (*1960) ist von Geburt halb Ruhrpottgöre, halb Nordseekrabbe. Nach 50 Jahren im Ruhrgebiet und etlichen Jobs in der Veranstaltungs- und Medienbranche entschied sie sich, an die Nordseeküste zu ziehen. Erst kürzlich überkam sie heftiges Heimweh nach dem Ruhrpott, als sie nach Jahren auf dem Land zum ersten Mal in einen echten Stau geriet, der aus mehr als sieben Autos vor einer Ampel bestand und sich diese Bezeichnung dank einer halben Stunde totalen Stillstands redlich verdient hatte. Ihre Heldin Loretta Luchs und alle Personen in Lorettas Universum sind eine liebevolle Huldigung an Lotte Mincks alte Heimat.

Besuchen Sie Lotte Minck im Internet:

www.facebook.com/lotte.minck
www.lovelybooks.de/autor/Lotte-Minck/
www.roman-manufaktur.de

Ruhrpott-Krimödien mit Loretta Luchs bei Droste:
Radieschen von unten
Einer gibt den Löffel ab
An der Mordseeküste
Wenn der Postmann nicht mal klingelt
Tote Hippe an der Strippe
Cool im Pool
Die Jutta saugt nicht mehr
Voll von der Rolle
Mausetot im Mausoleum

Ruhrpott-Krimödien mit Stella Albrecht bei Droste:
Planetenpolka

Lotte Minck

3 Zimmer, Küche, Mord

Eine Ruhrpott-Krimödie mit Loretta Luchs

Droste Verlag

Figuren und Handlung dieses Romans sind frei erfunden. Ähnlichkeiten mit lebenden Personen sind rein zufällig und nicht beabsichtigt.

Bibliografische Informationen der Deutschen Nationalbibliothek
Die Deutsche Nationalbibliothek verzeichnet diese Publikation in der Deutschen Nationalbibliografie; detaillierte bibliografische Daten sind im Internet über http://dnb.d-nb.de abrufbar.

Umschlaggestaltung: Droste Verlag unter Verwendung einer Illustration von Ommo Wille, Berlin
Satz: Droste Verlag
Druck und Bindung: CPI – books GmbH, Leck
ISBN 978-3-7700-2019-5

www.drosteverlag.de

Kapitel 1

Heiteres Berufe-Raten mit Frau Schiller:
Es gibt nichts, das es nicht gibt, stellt Loretta fest.

»Ach was, so viel Geld verdient man im Callcenter?« Frau Schiller schnalzte anerkennend mit der Zunge. »Ich dachte, diese Jobs wären so mies bezahlt!«

Kein Zweifel – sie war beeindruckt. Sollte sie sich bis zu diesem Zeitpunkt Sorgen gemacht haben, ob ich die durchaus saftige Miete würde zahlen können, so war das mit dem Studium meiner Verdienstbescheinigungen schlagartig Schnee von gestern.

Nun hätte ich ihr erzählen können, dass *normale* Jobs in *normalen* Callcentern tatsächlich nicht gerade fürstlich entlohnt wurden. Ich hätte ihr außerdem erzählen können, dass ich mitnichten in einem normalen, sondern in einem ganz speziellen Callcenter arbeitete. Einem Callcenter, in dem besondere Kundenwünsche erfüllt wurden.

Das kann ich erklären, hätte ich sagen können, *ich arbeite nämlich in einem Callcenter für Telefonsex, und dort verdient man eine Stange Geld, wenn man gut ist. Und ich bin darin sehr gut, wissen Sie? Ich bringe Männer zu Orgasmen, dass sie nicht mehr wissen, wo oben und unten ist. Einer ist sogar mal bewusstlos geworden. Am Telefon, das muss man sich mal vorstellen – nur durch meine Stimme.*

Stattdessen sagte ich: »Ich arbeite für eine Bank, da habe ich es mit sensiblen Daten zu tun. Allein diese Verantwortung wird schon etwas besser bezahlt. Außerdem sitze ich selbst kaum noch am Telefon, sondern bin im administrativen Bereich tätig. Mittleres Management. Wie Sie sehen, wird das deutlich besser honoriert als normaler Telefondienst.«

Ich log, ohne rot zu werden. Die Gefahr, Frau Schiller in meinem Arbeitsleben jemals zu begegnen, war gleich null. Wenn mein beachtlicher Verdienst mich schon in ihrer persönlichen Rangliste der Bewerber hatte steigen lassen, so sorgten die Worte ›Bank‹ und ›Management‹ dafür, mich weitere Stufen hochzukatapultieren: Der Blick, mit dem sie mich nun musterte, sprach Bände. Und genau das war meine Absicht gewesen.

»Vielleicht sollte ich in Ihrem Unternehmen anheuern«, sagte sie. »Ich bin zwar nicht die Jüngste, aber hier oben …«, sie tippte sich an die Stirn, »… ist alles topfit.«

Interessanter Gedanke.

Dass das Alter bei meinem Job nicht die vorrangige Rolle spielte, bewies eindrucksvoll meine Kollegin und Freundin Doris, die bereits über siebzig war.

Dennoch – ich konnte mir nicht vorstellen, dass unter Frau Schillers konservativem Twinset und der Perlenkette das Herz einer Sexgöttin schlug. Aber was wusste ich schon? Dies war meine erste Begegnung mit ihr, und ich war weit davon entfernt, sie zu kennen.

»Suchen Sie denn einen Job?«, fragte ich aus reiner Höflichkeit.

Frau Schiller schüttelte den Kopf. »Darauf bin ich Gott sei Dank nicht angewiesen. Meine Rente ist ganz ordentlich, muss ich zugeben. Außerdem habe ich einen Nebenjob. Sonst würde mir die Decke auf den Kopf fallen. Sie werden nie erraten, was ich mache.« Sie kicherte. »Eigentlich ist es ein bisschen peinlich, aber mir macht es Spaß.«

Peinlich …? Oha. Was sollte das denn heißen? Einen verrückten Augenblick lang rechnete ich damit, dass sie mich jetzt damit verblüffen würde, an einer Sexhotline zu arbeiten … aber nein, das konnte nicht sein.

Schon allein deshalb nicht, weil ich dann tot vom Stuhl fallen würde.

»Verraten Sie es mir?«

»Ich klebe Federn auf Bio-Eier«, verkündete sie.

Ich musste reichlich blöd aus der Wäsche geguckt haben, denn sie fuhr fort: »Damit haben Sie nicht gerechnet, was?«

Wer bitte soll damit rechnen?

Perplex schüttelte ich den Kopf. »Federn auf Bio-Eier? Was … äh … ich meine … warum?« Mehr fiel mir dazu nicht ein. Beim besten Willen nicht.

»Ganz einfach: Die Leute kaufen Bio-Eier und geben dafür mehr Geld aus als für normale, richtig? Aber dann fragen sie sich, woher sie wissen sollen, dass sie nicht für dumm verkauft werden; schließlich unterscheidet die Eier rein äußerlich nichts voneinander.«

Wenn ich es recht bedachte: Auch ich hatte schon teure Eier gekauft, auf denen eine Feder klebte. Und ich hatte mich gefragt, wie diese Feder dorthin gelangt war. Jetzt wusste ich es: durch Frau Schiller.

»Ich mache das für den großen Geflügelhändler, der immer auf dem Wochenmarkt steht«, sagte sie, »den kennen Sie doch bestimmt?«

Ich nickte. Allerdings kannte ich den; immerhin gab es dort den besten Fleischsalat der Welt. Wenn man allerdings nicht früh genug aus dem Bett kam, musste man mit der Variante vorliebnehmen, die mit getrockneten Kräutern angereichert war. Und die würde ich erst kaufen, wenn mir jemand plausibel erklären konnte, was *getrocknete* Kräuter in Fleischsalat zu suchen hatten. Aber ich schweife ab: Gegenüber dem monumentalen Verkaufswagen hatten sie noch einen Stand, an dem sie ausschließlich Eier verkauften. Eier, auf denen vereinzelt Federn klebten.

Wie abgefahren war das denn?

»Für die arbeite ich«, fuhr Frau Schiller fort. »Irgendwann hatte die Frau vom Chef den Geistesblitz mit den Federn. Und jetzt raten Sie mal ...« Sie sah mich erwartungsvoll an.

»Seitdem hat nie wieder jemand in Zweifel gezogen, dass es sich um Bio-Eier handelt?«

»Sie sagen es!«, rief sie vergnügt.

In diesem Moment wurde mir klar, dass ich sie mochte. Und dass ich in diesem Haus wohnen wollte. Die nette Frau Schiller mit dem crazy Job hatte sich gerade als absolute Traumnachbarin qualifiziert. Und wenn jetzt auch noch die Wohnung schön war – perfekt.

»Sie sind alleinstehend?«, fragte sie.

»Ja und nein«, erwiderte ich. »Ich habe einen Kater, von dem ich mich keinesfalls trennen möchte. Tiere sind im Haus hoffentlich erlaubt?«

»Katzen ja – Hunde nicht. Die bellen den lieben langen Tag und schleppen jede Menge Dreck rein. Außerdem zerkratzen sie die Türen.«

Aha. Wieder was dazugelernt. Offenbar hatte Frau Schiller mit Hunden nicht die besten Erfahrungen gemacht. Ob Hühner erlaubt waren – bei ihrer Affinität zum Federvieh?

Frau Schiller, die Anfang sechzig sein mochte, erhob sich von ihrem Stuhl. »Na, dann zeige ich Ihnen jetzt mal die schöne Wohnung.«

Das wurde auch Zeit, ich platzte schon vor Neugier.

Aber vermutlich hätte ich die Bude nie zu sehen bekommen, wäre ich bei Frau Schiller durchgefallen. Immerhin gehörte es zu ihren Aufgaben im Haus, für den Vermieter Bewerber vorzusortieren, wie sie mir gleich zu Beginn unseres Gesprächs verkündet hatte.

»Ich achte darauf, dass die neuen Mieter in die Hausgemeinschaft passen«, sagte sie, als wir aus ihrer Wohnung traten und die Treppe hinauf in die erste Etage stiegen. »Alles ruhige und solvente Herrschaften, sehr nette Leute«, fuhr sie fort, während sie die Wohnungstür aufschloss und mich mit einer einladenden Geste in den kleinen Flur bat.

»Rechts geht es ins Bad, links ins Balkonzimmer, geradeaus in den großen Wohnraum, und von dort aus in die Küche und ins Schlafzimmer. Alles ist gerade frisch saniert. Überall liegt jetzt hochwertiges Laminat. Das Bad ist komplett neu gemacht, die Vermieter haben eine ebenerdige Dusche einbauen lassen. Wir hatten wochenlang die Handwerker im Haus.«

Und die anderen Hausbewohner hatten wochenlang Spaß mit dem Lärm, dachte ich. Jedenfalls die, die nicht täglich zur Arbeit gingen. Wie zum Beispiel Frau Schiller.

Schick war es, das kleine Bad: alles strahlend weiß gefliest, nagelneue Keramik. Kleines Minus: Es hatte kein Fenster. Nun ja, wenn der Rest der Wohnung stimmte, konnte ich damit hervorragend leben.

Von mir aus konnte die Besichtigung weitergehen.

Was soll ich sagen – der Rest stimmte.

Schlaf- und Balkonzimmer gingen zum Hof, Küche und Wohnzimmer zur Straße. Die Küche war winzig, da würde ich mich umgewöhnen müssen. Dafür war sie bereits mit allem Nötigen ausgestattet. Die Wohnräume waren äußerst großzügig geschnitten, da konnte man echt nicht meckern. Ich ertappte mich dabei, wie ich im Kopf schon Möbel verteilte und Baghiras Kratzbaum am Fenster aufstellte.

Frau Schiller zog mich ins Balkonzimmer und öffnete mit Schwung die Balkontür. »Ist das nicht wunderschön?«, sagte sie enthusiastisch und zeigte in den Hof.

Doch, ich musste ihr zustimmen. Ich blickte auf eine gepflegte Rasenfläche, die von allerlei Büschen eingerahmt war. Nach hinten begrenzt war sie von einer Mauer, vor der auf einer gepflasterten Fläche eine Bank stand, rechts und links blühte üppiger Flieder.

»Um den Garten kümmert sich Horst, er hat den grünen Daumen«, fügte sie hinzu.

Horst? Musste ich den kennen?

Als hätte sie meine Gedanken gehört, fuhr sie fort: »Ach, Sie können ja gar nicht wissen, von wem ich spreche. Ich meine Herrn Kabolek, er wohnt mit seiner Frau auch hier in der ersten Etage. *Sehr* nette Leute. Sein Balkon ist das reinste Paradies. Der Hof ist natürlich für alle Mieter da; die Bank wird übrigens besonders gern benutzt. Die Studentinnen von ganz oben sitzen dort bei schönem Wetter und lernen. Und der junge Herr Lembeck …«, sie kicherte und flüsterte: »Herr Lembeck kennt die Bank besonders gut. Manchmal, wenn er am Wochenende mit Freunden unterwegs war und die jungen Leute ein wenig über die Stränge geschlagen haben, Sie wissen ja, wie das ist, dann wird viel zu viel getrunken …« Wieder kicherte sie. »Sagen wir so: Ich habe ihn schon einige Male morgens auf der Bank gefunden, friedlich schlafend. Ist ja nicht schlimm. Ich habe ihn dann geweckt und ihm gleich einen Kaffee serviert.«

Guter Service, wie mir schien.

»Manchmal feiern wir dort zusammen ein Grillfest oder dergleichen« fügte sie hinzu. »Wir haben wirklich eine schöne Hausgemeinschaft.«

Hm … ich geriet ins Grübeln. Ich war nicht hier, weil ich neue Freunde finden wollte.

»Auf die Gefahr hin, dass Sie mich für unhöflich halten«, sagte ich, »mein Job kann sehr anstrengend sein, und manchmal komme ich abends nach Hause und bin todmüde. Dann bin ich nicht sehr gesellschaftsfähig und mag mit niemandem sprechen.«

»Oh, da haben Sie mich missverstanden, Frau Luchs. Sie sind herzlich eingeladen, aber jeder hier im Haus respektiert die Privatsphäre seiner Nachbarn. Niemand wird Sie bedrängen oder schief von der Seite ansehen, wenn Sie sich lieber zurückziehen, das kann ich Ihnen versichern. Das respektvolle Miteinander unter den Mietern ist mir sehr wichtig. Es gibt bestimmte Grenzen, die noch niemand jemals überschritten hat.«

Na dann. Gut, dass wir das geklärt hatten.

Ich machte noch einen Rundgang durch die Räume, dann gingen wir zurück in Frau Schillers Wohnung.

»Also, ich bin ernsthaft interessiert«, sagte ich, als wir wieder in ihrer ausladenden Sofagarnitur saßen. »Muss ich mich denn gegen viele Mitbewerber durchsetzen?«

Frau Schiller winkte ab. »Machen Sie sich mal keine Sorgen, Frau Luchs.« Sie schenkte mir ein schelmisches Zwinkern. »Ich habe ein sehr gutes Gefühl bei Ihnen, wissen Sie, und ich werde den Vermietern gegenüber eine klare Empfehlung für Sie aussprechen. Und bisher sind sie meinen Vorschlägen stets gefolgt. Übrigens, wenn Sie lieber im Erdgeschoss wohnen würden: Der junge Mann von unten zieht demnächst aus; er wird bald heiraten.«

Nee, Erdgeschoss musste nicht sein. Da kriegte man alles mit, was sich an der Haustür abspielte. Ich wohnte lieber etwas höher, und noch war ich längst nicht zu alt fürs Treppensteigen. Ich gab mir noch mindestens zwanzig Jahre, bis das für die Wahl der Etage ein Kriterium sein würde.

Ich schüttelte den Kopf. »Nein, aber vielen Dank für das Angebot. Ich möchte so schnell wie möglich einziehen, zumal ich meine jetzige Wohnung bereits vor knapp zwei Monaten gekündigt habe. Mir bleibt also nur noch ein Monat für den Umzug.«

»Na, das sollte kein Problem sein. Und bei Ihrem Einkommen können Sie eine doppelte Miete ja leicht verschmerzen, nicht wahr?«

Auch mehrere, Gnädigste, dachte ich, aber was nicht unbedingt sein muss …

»Nun denn.« Frau Schiller erhob sich. »Sie hören von mir. Das wird nicht allzu lange dauern, schätze ich.« Das Gespräch war beendet, und ich folgte ihr zur Wohnungstür. »Ach, eine Sache habe ich noch vergessen«, sagte sie, als ich bereits im Hausflur stand, »demnächst wird die Fassade renoviert. Aber das wird Sie nicht stören; Sie sind ja tagsüber bei der Arbeit. Bestimmt haben Sie sich schon gewundert, wie heruntergekommen das Haus aussieht.«

Ich versicherte ihr, das sei mir überhaupt nicht aufgefallen, gab mich aber erfreut über bevorstehende Verschönerung und verabschiedete mich.

Um die Wahrheit zu sagen: Unter *heruntergekommen* verstand ich etwas völlig anderes als den leicht abgeranzten Look des Hauses, in dem ich hoffentlich demnächst wohnen würde. Gut, es gab ein paar Graffiti, aber wo im Ruhrpott gab es die nicht? Sie fehlten höchstens an Villen, die sich hinter meterhohen Eisenzäunen versteckten – und auch dafür hätte ich meine Hand nicht ins Feuer gelegt. Diese Zeugnisse urbaner Straßenkunst sah man überall, also auch hier. Mich störten sie nicht.

»Und die isset jetz, meinze?«

Frank servierte mir ein Croissant und einen Kakao; dann ging er wieder hinter den Verkaufstresen seines Kiosks, um die großen Gläser aufzufüllen, in denen er die losen Süßigkeiten aufbewahrte. Wie schon in meiner Kindheit erfreuten sich die gemischten Tüten nach wie vor großer Beliebtheit: ein paar Lakritzschnecken, ein wenig Mäusespeck, eine Auswahl an leckeren Bonbons – in *Kropkas Klümpchenbude* wurden alle Wünsche erfüllt.

»Ich will diese Wohnung«, erwiderte ich. »Und ich kann durchaus zuversichtlich sein, dass ich sie bekomme. Sie ist genau richtig für Baghira und mich. Ich habe mehr als genug Platz, aber sie ist nicht so groß, dass ich in Gefahr geraten könnte, mir leichtfertig und ohne lange genug nachzudenken irgendeinen Mitbewohner in die Hütte zu holen. Diese Wohnung ist nur für mich alleine.«

»Dann is ja allet supi.« Frank nickte mit großem Ernst. »Hasse Fottos gemacht?«

»Hat sich irgendwie nicht ergeben.«

Ich beschrieb ihm die Aufteilung der Wohnung, und er nickte wieder. »Klingt astrein. Am besten machste jetz wacker 'ne Liste, wat renoviert werden muss, damit ich dat zeitlich planen kann. Und dann machen Erwin und ich dir dat richtich schnuckelich, sollze ma sehn.«

Ich war gerührt. Für meinen besten Kumpel war es selbstverständlich, dass er mir beim Malern, Tapezieren und allem anderen, was eventuell anliegen könnte, helfen würde – obwohl er einen Kiosk betrieb und nicht über viel Freizeit verfügte.

»Nicht nötig«, sagte ich, »die Hütte ist bezugsfertig. Alles frisch saniert. Möbel rein – fertig.«

»Echt? Sowatt is möchlich?« Er schüttelte verwundert den Kopf. »Ich glaub, ich bin noch nie inne Wohnung gezogen, die nich total inne Wurst war. Und wer wohnt sonz noch in dem Haus?«

Während ich mich zu erinnern versuchte, was Frau Schiller mir über die Nachbarn erzählt hatte, bediente Frank ein paar Kinder, die aufgeregt durcheinanderkreischten, da sie sich offenbar nicht vorher abgesprochen hatten, wie der Inhalt der bunten Tüte sich zusammensetzen sollte. Nach schier endlosen Diskussionen hatte man sich endlich geeinigt, und die Zwerge zogen glücklich ab.

»Ich würde verrückt werden«, sagte ich, als er sich mir wieder zuwandte. »Ich bin beeindruckt, wie ruhig du bei diesem Theater bleibst.«

»Ach watt.« Er zuckte mit den Schultern. »Ich steh auf Kinder, weißte doch.«

Nun, bei fast jedem anderen Mann hätte dieser Satz zumindest fragwürdig gewirkt. Ich kannte Frank lange genug, um seine Aussage richtig einzuordnen: Seit einigen Jahren lebte er mit Bärbel zusammen, die eine dreiköpfige Kinderschar mit in die Beziehung gebracht hatte, für die er kein besserer und liebevollerer Vater hätte sein können.

»Ich bin jedenfalls nicht böse darüber, dass in dem Haus keine Kleinkinder leben«, sagte ich. »Das unermüdliche

Trappeln kleiner Füße gehört nicht zu meinen Lieblingsgeräuschen, um ehrlich zu sein. Je älter ich werde, desto mehr ist mir nach Ruhe. Besonders nach einer Schicht im Callcenter. Auf abendliche Partybeschallung oder musikalische Unterhaltung habe ich keinen Bock.« Ich schauderte. »Stell dir bloß mal vor, du ziehst um, und dann stellt sich heraus, dass einer deiner neuen Nachbarn Deathmetal-Fan ist. Leider kann man ja nicht probewohnen und sich dann erst entscheiden.«

»Und wieso biste so sicher, dat dat in den speziellen Haus nich der Fall is?«

»Weil Frau Schiller das niemals dulden würde. Die achtet auf Ruhe im Haus.«

»Hehehe«, machte Frank vergnügt, »also nur Rentner oder wat? Loretta zieht ins Seniorenheim, ich werd nich mehr!«

»Nee, so extrem nun auch wieder nicht. Unterm Dach wohnen zwei Studentinnen, dann gibt es noch eine Frau mit einer Teenager-Tochter, einen Lehrer, ein älteres Ehepaar auf meiner Etage und unter mir einen jungen Mann, der aber bald auszieht. Und Frau Schiller natürlich, die so was wie die Hausmeisterin ist. Du wirst übrigens nie erraten, was Frau Schiller arbeitet …«

Kapitel 2

Das Für und Wider pinkfarbener Samtsofas –
für Loretta stehen wichtige Entscheidungen an

Die Angebote meine Freunde, mir beim Packen zu helfen, hatte ich bislang abgelehnt. Die Vorstellung, dass Frank oder Erwin – so gern ich sie auch mochte – meine Schlüppis in einen Umzugskarton schichten würden, war dann doch zu seltsam. Wenn es kurz vor dem Umzug an die Küche ging, konnte ich jede helfende Hand gebrauchen, aber vorher war es eine zu persönliche Angelegenheit. Besonders, was das Aussortieren anging.

Denn ich wollte mitnichten alles in die neue Wohnung schleppen – ganz im Gegenteil: Ich plante einen echten Neustart. Mit neuen Möbeln und allem Drum und Dran. Und vor allem *ohne* alten Ballast.

Also hatte ich bereits seit meiner Kündigung der Wohnung große Müllsäcke mit Zeugs gefüllt, das in meiner neuen Bleibe keinen Platz mehr hatte. Sentimentalität verbot ich mir, besonders was Erinnerungsstücke an die Zeit mit Pascal betraf – meinen Ex, mit dem ich die Wohnung bis vor einem knappen halben Jahr geteilt hatte. Alle gemeinsamen Anschaffungen hatte er mir gelassen.

Die Zeit nach seinem endgültigen Auszug war nicht leicht gewesen. Zuletzt waren wir noch gemeinsam in einen haarsträubenden Fall geraten, der ihn beinahe das Leben gekostet hätte – was ihn leider in seinem Entschluss bestätigt hatte, mich zu verlassen. Er hielt es schlicht nicht mehr aus, dass ich ständig mit rätselhaften Todesfällen zu tun hatte und immer wieder in Gefahr geriet, weil ich diese aufzuklären versuchte – womit ich durchaus erfolgreich war.

Aber nicht nur ich geriet in Gefahr, wie der letzte Fall gezeigt hatte, auch wenn das wirklich nicht meine Schuld gewesen war.

Dass zu meinem Neustart auch gehören sollte, mich nicht mehr in mörderische Angelegenheiten einzumischen, spielte für die Beziehung zwischen Pascal und mir keine Rolle mehr, dazu war viel zu viel vorgefallen.

Nach den verstörenden Ereignissen im November des letzten Jahres hatte ich mich erst mal erholen müssen, also hatte ich vier Wochen – Weihnachten und Silvester inklusive – bei meiner Freundin Diana an der Nordseeküste verbracht. Sie und ihr reizender Gatte Okko hatten mich aufgenommen, während Erwin und seine Gattin Doris sich um Baghira gekümmert hatten.

Täglich war ich bei Wind und Wetter stundenlang am Strand spazieren gegangen, stets begleitet von Heini, dem quirligen Terrier meiner Freunde. Ich hatte unermüdlich Stöckchen geworfen, Tonnen Muscheln und Schneckenhäuser gesammelt und Millionen von Fotos gemacht – und vor allem hatte ich nachgedacht: über mich, mein Leben und natürlich auch über das seltsame Phänomen, dass ich immer wieder über rätselhafte Todesfälle stolperte.

Eine Astrologin hatte mir vor einigen Monaten gesagt, dies sei keineswegs mein Schicksal, dem ich hilflos ausgeliefert wäre – so hatte ich es immer empfunden. Aber nein: Ich hatte die Wahl. Wenn ich es wollte, konnte ich mich auch dagegen entscheiden, mich in die Ermittlungsarbeit der Polizei einzumischen. Dazu fielen mir diverse Gegenargumente ein, hatte die Polizei doch in den meisten Fällen auf Unfalltod entschieden, während ich wusste oder auch nur ahnte, dass nachgeholfen worden war …

Um dieses Dilemma kreisten meine Gedanken, und zwar ständig.

Wie sollte ich es in Zukunft halten?

Einmischen oder den Dingen ihren Lauf lassen?

Als ich nach meinem Aufenthalt an der Nordsee in den Ruhrpott zurückkehrte, stand mein Entschluss fest: keine Ermittlungen mehr. Ich wollte ein normales Leben haben. Ich wollte die Vergangenheit hinter mir lassen und neu beginnen. Erschwerend kam hinzu, dass der Lautstärkepegel im Haus immer mehr anstieg. Der Grund war simpel: Es war ein Altbau, die Wohnungen waren nicht nur groß und günstig, sondern zudem perfekt für Wohngemeinschaften. Ständig lief irgendwo Musik, das nächtliche Leben mit zahlreichen Besuchern war rege – ich hatte die Nase gestrichen voll.

Also kündigte ich zum nächstmöglichen Termin meine Wohnung, um auch für mich selbst einen klaren Startpunkt für den Neubeginn zu setzen.

Eine neue Wohnung zu finden, war längst nicht so einfach, wie ich gedacht hatte. Wochenlang hatte ich die Anzeigen in der Tageszeitung und auf den einschlägigen Plattformen im Internet studiert; wochenlang hatte ich Besichtigungstermine wahrgenommen.

Wahlweise wurden horrende Mieten verlangt, sah ich mich mit Dutzenden Mitbewerbern konfrontiert oder erkundete schaudernd heruntergekommene Behausungen, bei denen nicht einmal meine ausgeprägte Fantasie ausreichte, um sie mir in renoviertem und bewohnbarem Zustand vorzustellen. Nichts hatte bisher geklappt – aber nun kannte ich ja Frau Schiller und die hübsche Wohnung im ersten Stock dieses Hauses, die mir perfekt schien, um meine Zukunftspläne umzusetzen.

Und was noch wichtiger war: Frau Schiller hatte mich gemocht.

Mittlerweile hatten Schränke, Schubladen und Regale sich merklich geleert, und mit jedem Teil, das ich aussortierte, fühlte ich mich ein wenig leichter.

Dennoch: Der heimlich gehegte Traum, dass meine gesamte Habe in einen Koffer passt, würde wohl unerfüllt bleiben. Trotzdem war ich überrascht, wie viel Zeugs sich im Laufe der Jahre in der Wohnung angesammelt hatte. Und war es nicht sowieso zurzeit schwer im Trend, sich von unnützem Ballast zu befreien?

Also: Seit wann hing diese Bluse ungetragen im Schrank? Länger als ein Jahr? Weg damit! Und der Reiskocher – wann hatte ich ihn zuletzt benutzt? Vor vier Jahren? Adios, Reiskocher. Benötigte ich wirklich 25 Teelichthalter, 31 Kaffeebecher und vier Teekannen?

Auf keinen Fall.

Dinge, die noch zu gebrauchen waren, spendete ich an gemeinnützige Organisationen; alles andere kam auf die Mülldeponie. Baghira beäugte meine Aktivitäten mit wachsendem Misstrauen, wie ich mir einbildete. Saß ich auf dem Fußboden und leerte nach und nach uralte Kramkisten voller Schnickschnack, hockte er neben mir und folgte aufmerksam jeder meiner Bewegungen. Ich unterhielt mich dann mit ihm und erklärte bei jedem Teil, warum ich es behalten oder wegwerfen wollte. Auch hielt ich ihm lange Vor träge über die erhoffte neue Wohnung und den wunderbaren Balkon, auf dem er bald die frische Luft würde genießen können.

Herrje – ich verwandelte mich allmählich in eine verrückte Katzenlady …

Offen stehende Schranktüren und Schubladen verführten Baghira natürlich dazu, strikt verbotenes Terrain zu erkunden. Nicht nur einmal befreite ich ihn nach langer Suche zu später Stunde aus einem längst wieder verschlossenen Schrank, weil er sich in der hintersten Ecke zusammengerollt hatte und eingeschlafen war. Schwarze Kater sind in dunklen Ecken nun einmal so gut wie unsichtbar; also fiel mir seine Abwesenheit meist erst dann auf, wenn ich ins Bett gehen wollte und ihn bei meinem letzten Kontrollgang durch die Wohnung nirgends entdeckte.

Nach drei Tagen meldete sich endlich Frau Schiller bei mir und überbrachte mir die frohe Botschaft, dass ich als neues Mitglied der Hausgemeinschaft auserkoren sei. Wenn ich wolle, könne ich noch heute den Vertrag unterschreiben und den Schlüssel übernehmen.

Sofort wählte ich Dianas Nummer, die natürlich über jeden meiner Schritte informiert war und mich – wenn auch aus der Ferne – bei meiner Wohnungssuche begleitet hatte.

»Ich hab die Wohnung!«, kreischte ich, kaum dass sie das Gespräch angenommen hatte.

»Die von der Federnkleberin?«

»Ja – ist das nicht toll? Ich bin so happy! Jetzt kann ich mit der konkreten Planung beginnen … und ich kann Möbel kaufen gehen … und Pflanzen für meinen Balkon … und …«

»Nichts überstürzen«, unterbrach sie mich kichernd.

»Du willst es dir doch richtig schön machen, oder? Also lass dir Zeit, bevor du voreilige Entscheidungen triffst. Nicht dass du plötzlich ein pinkfarbenes Samtsofa in der Bude stehen hast, für das du dich allzu spontan entschieden hast und das dir innerhalb von ein paar Wochen tierisch auf den Keks geht.«

»Ach, sei nicht so schrecklich vernünftig, Diana. Ich entwickle mich langsam, aber sicher zu einer exzentrischen Singlefrau mittleren Alters, die mit ihrem Kater lange Gespräche führt. Dazu gehört zwingend ein pinkfarbenes Samtsofa, finde ich. Vielen Dank für deine kreative Anregung. Dieses Klischee gönne ich mir, das habe ich mir redlich verdient. Es wird dauern, bis es den nächsten Mann in meinem Leben gibt – wer also sollte über extravagantes Mobiliar meckern?«

»Tu es nicht – du wirst es bereuen!«

»Nee, Spaß beiseite: Ich werde über jede Anschaffung nachdenken, denn ich plane ja für länger. Aber bestimmt werde ich auch spontane Entscheidungen treffen, weil ich mich in Dinge schockverliebe. Ich halte dich auf dem Laufenden, okay? Tschüss, Süße!«

Ich fuhr erschrocken zusammen, als eine Stimme direkt hinter mir sagte: »Du hast eine Wohnung gefunden?«

Ich drehte mich mit meinem Schreibstuhl herum und nickte. »Diese Frage ist ja wohl rein rhetorisch. Ich wette, du hast das ganze Gespräch belauscht, Chef.«

Dennis grinste breit – nicht im Mindesten verlegen. »Dein Büro ist offen, du posaunst deine Neuigkeiten lautstark in die Weltgeschichte ...« Er zuckte mit den Schultern. »Das würde ich nicht gerade lauschen nennen, wenn ich zufällig vorbeikomme und alles höre. Übrigens: Auch ich würde dir von einem pinkfarbenen Samtsofa abraten.«

Ich stöhnte und verdrehte die Augen. »Ihr bringt mich noch so weit, dass ich mir wirklich so ein Ding anschaffe! Nur, um euch zu schockieren. Außerdem: Passt das nicht perfekt in deine Zeit?«

Mein Chef hatte eine ausgeprägte Vorliebe für die Siebziger, die er in seiner Kleidung hemmungslos auszuleben pflegte. Auch heute trug er ein Hemd in schreienden Farben, dessen Muster sich eng ans Design der damals so beliebten Prilblumen anlehnte. Über seine Schlaghose und seine Plateauschuhe senke ich an dieser Stelle lieber den gnädigen Vorhang des Schweigens.

»Samtsofas in derartigen Farben, das sind die Sechziger, meine liebe Loretta. Die Siebziger, das sind Breitcord-Wohnlandschaften in Moosgrün und Bogenlampen mit Metallschirmen in Orange. Es sei denn, du stehst wie ich auf den skandinavischen Stil. Der ist deutlich reduzierter, aber du weißt ja, wie ich eingerichtet bin.«

Ja, das wusste ich. Im Vergleich zu seinem Klamottengeschmack glich seine Einrichtung der einer Mönchszelle.

»Aber wir kommen vom eigentlichen Thema ab«, fuhr er fort. »Du wirst freie Tage brauchen, um deinen Umzug zu organisieren. Sag mir so schnell wie möglich Bescheid, damit ich planen kann.«

Er klomperte auf seinen dicken Sohlen von dannen, und ich freute mich einmal mehr über meinen generösen Chef, der mir nach wie vor viele Freiheiten ermöglichte. Seine Dankbarkeit mir gegenüber war ungebrochen, seit ich vor drei Jahren – zugegeben: unter Einsatz meines Lebens – dafür gesorgt hatte, dass er sein Callcenter behalten konnte, auf das einige zwielichtige Gestalten sehr scharf gewesen waren.

In der nächsten Zeit verbrachte ich so manche Stunde in Möbelhäusern. Der Gedanke, mir eine vollkommen neue Umgebung zu schaffen, gefiel mir immer besser. Frank und Bärbel kannten eine Flüchtlingsfamilie, die dringend Mobiliar benötigte. Sie waren außer sich vor Freude, sich bei meinen ausgemusterten, aber gut erhaltenen Möbeln bedienen zu können. Ihr erster Besuch bei mir führte allerdings zunächst zu ausgiebigen, aufgrund der Sprachbarriere mit Händen und Füßen geführten Diskussionen, warum ich all diese schönen Sachen denn nicht selbst behalten wollte. Irgendwie gelang es mir, ihnen klarzumachen, dass zu viele traurige Erinnerungen daran hingen. Danach verstanden sie es zwar immer noch nicht wirklich, aber sie akzeptierten es und freuten sich über diese Gelegenheit.

Alle paar Tage wurden Möbel an meine neue Adresse geliefert, die ich mit Franks oder Erwins Hilfe aufbaute und auf die Zimmer verteilte. Manchmal waren auch beide da, um anzupacken, und so war alles rasch so weit vorbereitet, dass nur noch die Umzugskartons mit meinen persönlichen Sachen fehlten. Ein nagelneuer Kratzbaum wartete schon auf Baghira und etliche leere Balkonkästen darauf, von mir bepflanzt zu werden.

Am Umzugstag, einem Samstag, beluden wir einen Transporter, den ich gemietet hatte, mit den Kisten; auch Dennis war erschienen, um zu helfen. Ich war aufgeregt, denn dies würde meine erste Nacht in meinem neuen Zuhause werden. Baghira war seit drei Tagen bei Doris und Erwin, damit er am Sonntag, wenn ich schon so viel wie möglich ausgepackt und eingeräumt hatte, ohne viel Stress ins neue Heim ziehen konnte.

Doris und Bärbel hatten von mir die Schlüssel bekommen und warteten bei unserem Eintreffen schon mit einem opulenten Büfett, das Doris für uns zubereitet hatte. Als Bewirtungsvollprofi hatte sie sogar daran gedacht, Geschirr, Besteck und einige Küchengeräte mitzubringen, damit ich nicht in irgendwelchen Kisten wühlen musste.

Bereits mittags war alles erledigt. Der Transporter war leer geräumt, und wir saßen um den neuen Esstisch herum auf neuen Stühlen und stärkten uns mit Doris' unvergleichlichen Frikadellchen und köstlichem Kartoffelsalat.

»Du gibst die Befehle, was als Nächstes anliegt«, sagte Bärbel, als alle satt waren. »Welche der Kartons sollen wir zuerst auspacken?«

Ich schüttelte den Kopf. »Lieb von euch, aber das mache ich alleine. Ihr würdet ständig mit irgendeinem Teil in der Hand vor mir stehen und mich fragen, wohin ihr es räumen sollt – und das weiß ich selbst noch nicht. Wegen Baghira melde ich mich morgen bei euch und hole ihn dann ab.«

»Nichts da, Schätzchen.« Doris tätschelte meine Hand. »Wir bringen ihn dir vorbei. Und ich backe heute noch einen schönen Kuchen, dann können wir morgen ein Stündchen zusammensitzen. Bist du ansonsten schon mit Lebensmitteln versorgt? Sonst gehen Erwin und ich noch wacker für dich einkaufen.«

Beinahe hätte ich vor Rührung losgeheult. Tatsächlich war mein Kühlschrank gut gefüllt, und ich wusste ganz genau, in welcher der zahlreichen Kisten meine Espressokanne, die Kaffeemühle und die Kaffeebohnen steckten. Außerdem hatte ich bereits herausgefunden, welche Imbissbuden es in der Nachbarschaft gab.

Ich war also bestens gerüstet.

Kapitel 3

Baghira checkt ausgiebig die Lage,
und Loretta begegnet einem Mädchen
mit einem merkwürdigen Namen

Nachdem meine Freunde sich verabschiedet hatten, ging es ans Auspacken, und bald türmten sich zusammengefaltete, leere Pappkartons. Das Schlafzimmer war ein Kinderspiel, das Bad ebenfalls. Das Balkonzimmer wollte ich als kleine Bibliothek – Schrägstrich Gästezimmer – nutzen, also standen dort ein Tagesbett und etliche Bücherregale. Im Wohnzimmer war mehr als genug Platz für Esstisch samt Stühlen, Sofa plus Sessel sowie meine Glotze. Sogar der Balkon war bereits möbliert.

Im Gegensatz zu meiner alten Wohnung hatte ich nun ein Gegenüber – sprich: Auf der gegenüberliegenden Straßenseite gab es Häuser, in deren Fenster ich blicken konnte. Zwar nicht allzu nah, da vor den Häusern jeweils Rasenflächen waren, aber immerhin. Daran würde ich mich erst einmal gewöhnen müssen, und mir war tatsächlich etwas unwohl bei dem Gedanken, dass nicht nur ich in andere Wohnungen, sondern deren Bewohner auch in meine gucken konnten. Ich brachte also an sämtlichen Fenstern Metalljalousien an; um zusätzliche Vorhänge wollte ich mich später kümmern.

Als ich die erste Ladung Kartons hinunter in den Keller brachte, fiel mir auf, dass ich noch keinen der Mitmieter zu Gesicht bekommen hatte. Als hätte sie meine Gedanken gehört, streckte Frau Schiller ihren Kopf zur Wohnungstür heraus, als ich auf dem Rückweg in die Wohnung daran vorbeikam.

»Herzlich willkommen«, sagte sie mit einem breiten Lächeln, »hat der Umzug gut geklappt?«

Ich nickte. »Bestens, vielen Dank. Ab sofort wohne ich hier. Umgemeldet bin ich auch schon.«

»Prima. Sie sehen: Ich habe mir bereits erlaubt, Ihre Klingel und Ihren Briefkasten entsprechend zu beschriften. Das mache ich immer für die neuen Mieter, damit die Schrift auf allen Schildern einheitlich ist. Das sieht so unordentlich aus, wenn alle irgendwas krakeln, finden Sie nicht? Haben Sie übrigens morgen ein Stündchen Zeit? So am frühen Abend? Ich dachte, wir treffen uns gemütlich im Garten und trinken auf Ihren Einzug ein Schlückchen Sekt zusammen. Ich habe schon allen Bescheid gesagt.«

Oh. Es schien so, als wäre Gegenwehr zwecklos. Ich seufzte innerlich; ich fühlte mich überrumpelt. Aber gut, dann hatte ich es wenigstens in einem Aufwasch hinter mir, alle Nachbarn kennenzulernen.

Also machte ich gute Miene zum bösen Spiel. »Das ist aber eine nette Idee, sehr gerne. Ich hatte damit gerechnet, heute einigen zu begegnen.«

Frau Schiller riss die Augen auf. »Oh, nein – dazu sind hier alle im Haus viel zu diskret. Hier weiß man, was sich gehört. Wenn jemand einzieht, respektiert man, dass derjenige im Stress ist. Das ist nun wirklich nicht der passende Moment, um sich vorzustellen.«

Ach was? Aber man könnte seine Hilfe anbieten, oder nicht? Aber vermutlich war die Hausgemeinschaft bereits durch Frau Schiller informiert, dass es keine Möbel zu tragen geben würde – das wusste sie von mir, denn sie hatte etliche meiner Möbellieferungen mitbekommen. Nicht nur das: Sie hatte sich netterweise erboten, die Lieferanten in meine Wohnung zu begleiten, während ich arbeiten war.

Aber ich konnte mir dennoch nicht vorstellen, dass mein Einzug unbemerkt vonstattengegangen war; bestimmt hatte der eine oder andere neugierig durch die Gardine gelinst …

Zum Abendessen holte ich mir aus einer nahe gelegenen Pizzeria eine hervorragende Pizza, und sofort wanderte die Speisenkarte – man konnte sich das Essen auch liefern lassen – an den Kühlschrank. Danach ging ich daran, den Inhalt der Küchenkartons einzuräumen. Irgendwann war meine Energie verpufft, und ich machte Schluss für den Tag.

Ich weihte die Dusche ein, plumpste ins frisch bezogene, nagelneue Bett und schlief umgehend ein.

Ich muss nicht extra erwähnen, dass ich beim Erwachen am nächsten Morgen zunächst ein paar Sekunden lang hochgradig orientierungslos war. Dass ich mich in einer fremden Umgebung befand, erkannte ich sogar, bevor ich mir die Hornbrille aufgesetzt hatte. Das Licht war anders, der Geruch war anders, und das Bett unter mir fühlte sich anders an. Außerdem quengelte mir kein Kater die Ohren voll.

Aber die Erkenntnis kam blitzartig: Ich war in meiner neuen Wohnung! Juhu!

Munter federte ich aus dem Bett und hüpfte los, wobei ich im Vorbeigehen den Fernseher einschaltete. In der Küche erlitt ich erneut einen kurzen Anfall von Orientierungslosigkeit: Wo hatte ich gestern Nacht im Halbschlaf mein Zeugs hingeräumt? Wo war das Besteck, wo die Tassen, wo die Frühstücksbrettchen? Alles war an anderen Stellen, als ich es gewöhnt war. Oder waren die Dinge, die ich jetzt benötigte, vielleicht noch in den Kartons, die bisher nicht ausgepackt waren? Ich suchte ein wenig herum, aber irgendwann saß ich am Tisch und frühstückte, während ich mit einer Hirnhälfte darüber nachdachte, welche meiner Fotos ich auf Leinwand drucken lassen sollte, um damit die Wände meines neuen Heims zu schmücken. Genug Material hatte ich ja.

Als das Telefon klingelte, fiel mir auf, dass mein Festnetzanschluss bereits freigeschaltet war – das hatte ich gestern zu checken vergessen. Da ich meine alte Nummer hatte mitnehmen können, landeten Anrufer nun problemlos in meiner neuen Wohnung.

»Na, wie war die erste Nacht?«, zwitscherte Doris. »Was hast du geträumt? Du weißt ja: Der erste Traum in der neuen Wohnung geht in Erfüllung.«

Oh … ich konnte mich an keinen Traum erinnern; ich hatte geschlafen wie ein Stein.

»Ich habe nichts geträumt«, erwiderte ich lahm. »Ist das schlimm?«

»Ach wo, Schätzchen. Der erste Traum, an den du dich erinnerst, zählt. Wann du ihn hast, ist egal.«

Dann war ja alles gut … obwohl: Ich wusste nicht, ob ich mir das wirklich wünschen sollte. Leider schlichen sich die gruseligen Erlebnisse vom letzten November noch immer ab und zu in meine Träume. Und ganz sicher wollte ich nicht, dass die Ereignisse sich wiederholten.

Wir verabredeten uns für später; dann machte ich mich daran, den Rest auszupacken. Als ich die letzten Kartons in den Keller brachte und in meine hübsche, übersichtliche Wohnung zurückkehrte, beglückwünschte ich mich ein letztes Mal dazu, dass ich mich vor dem Umzug so konsequent von allen Dingen getrennt hatte, die ich als Ballast empfunden hatte.

Jetzt musste ich nur noch den Ballast in meinem Kopf loswerden. Dafür brauchte ich nur einen großen Bogen um Mörder, Psychopathen, fehlgeleitete Liebende und andere Personen zu machen, durch die ich in Dinge geraten konnte, die mir nicht guttaten.

Und dazu war ich fest entschlossen.

Hörte sich gar nicht so schwer an.

Mit dem Handy machte ich einige Fotos von der Wohnung und sandte sie an Diana, damit sie auf dem Laufenden war. Kaum hatte ich sie abgeschickt, als sie auch schon anrief.

»Gratuliere, sieht klasse aus«, sagte sie. »Aber kein pinkfarbenes Sofa. Ich bin ein wenig enttäuscht.«

»Dafür aber eins, das so blau ist wie die Nordsee, wenn sich der wolkenlose Himmel in ihr spiegelt.«

»Oha – wann genau ist aus dir denn eine Poetin geworden? Aber du hast recht. Darüber an der Wand würden sich einige der Fotos, die du im Dezember hier am Strand geknipst hast, wirklich ganz hervorragend machen.«

Sie hatte recht. Und interessanterweise war den Bildern nicht anzusehen, ob sie im Sommer oder im Winter gemacht worden waren: weißer Sand, strahlend blauer Himmel, das endlose Watt, ein paar Möwen … wunderschön zu jeder Jahreszeit.

»Und was sagt der olle Baghira zum neuen Umfeld?«, fuhr sie fort.

»Er kennt es noch nicht, Doris und Erwin bringen ihn gleich vorbei.« Ich warf einen Blick auf die Armbanduhr. »Oh, sie klingeln jeden Moment, sehe ich gerade. Wir telefonieren später noch mal, okay? Ich lerne nämlich heute noch meine Nachbarn kennen.«

»Ui – alle auf einmal?«

»Allerdings; es findet ein kleines Treffen im Hinterhof statt. Aber dann habe ich es wenigstens in einem Aufwasch hinter mir.«

»Na dann viel Spaß. Bis später.«

Kaum hatte ich aufgelegt, als es klingelte. Aha, so hörte sich also meine neue Türbimmel an – wieder was dazugelernt.

Baghiras lautstarkes Protestgeschrei hallte durch den Hausflur. Bestimmt fragte der arme Kerl sich, wohin er jetzt nun wieder verfrachtet wurde. Er fühlte sich bei Doris und Erwin wohl, aber er verabscheute es, im Transportkorb durch die Weltgeschichte gekarrt zu werden. Auch für ihn musste gerade alles fremd riechen; ganz sicher registrierte er, dass er nicht in sein altes, vertrautes Zuhause gebracht wurde.

Böse funkelte er mich durch die Gitterstäbe der Tür in der Box an, als Erwin ihn mir übergab. Während er noch mal nach unten ging, um Futter und Baghiras Klo aus dem Auto zu holen, folgte Doris mir in die Wohnung und stellte die große Plastikdose mit dem Kuchen auf dem Esstisch ab.

Dann sah sie sich um und nickte wohlgefällig. »Sehr schön. Hast du schon alles ausgepackt?«

»Klar. War ja nicht so viel. Bis Mitternacht hatte ich das meiste geschafft, und den Rest hab ich heute Morgen erledigt.«

Forderndes Miauen klang aus dem Korb, den ich so aufs Sofa gestellt hatte, dass Baghira uns sehen konnte.

»Willst du ihn nicht befreien?«

Ich schüttelte den Kopf. »Erst, wenn seine Toilette an dem Platz steht, den ich dafür vorgesehen habe. Dort lasse ich ihn raus, damit er sofort weiß, wo er seine Geschäfte zu erledigen hat.«

Es klingelte, und ich eilte hinunter, um Erwin beim Tragen zu helfen. Als wir in die Wohnung kamen, klapperte Doris in der Küche bereits geschäftig mit Geschirr.

Ich stellte Baghiras Toilette ins Bad und füllte sie mit frischem Katzenstreu. Dann holte ich den Kater aus dem Korb und trug ihn zu seinem Klo. Er war beleidigt, drehte den Kopf von mir weg und machte sich steif, also setzte ich ihn behutsam auf dem Fußboden ab.

»Hier, Schätzchen, dein Klo«, sagte ich leise, dann ließ ich ihn allein.

Bereits auf dem Weg ins Wohnzimmer hörte ich ihn scharren – das war also geschafft. Der Tisch war gedeckt, Erwin schnitt den Apfelkuchen auf, und in der Küche war Doris dabei, die frische Sahne aufzuschlagen.

»Braucht er sofort sein Fressi?«, fragte ich.

Doris schüttelte den Kopf. »Nicht vor heute Abend. Er ist pappsatt. Ich habe übrigens Kaffee mitgebracht.« Sie deutete mit dem Kopf auf die Einkaufstasche, die auf der Arbeitsfläche stand. »Du machst ja immer dieses schwatte Zeugs. Der ist mir jetzt zu stark.«

Ich grinste, als ich die Warmhaltekanne aus der Tasche holte. Den Vortrag, dass Espresso bei Weitem magenschonender war als per Filter aufgebrühter Kaffee, hatte ich ihr schon zigmal gehalten, ohne dass sie mir auch nur ein Wort davon geglaubt hatte.

»Ich will sowieso keinen«, sagte ich. »Oje, ich habe keine Kondensmilch, tut mir leid.«

»Alles in der Tasche«, erwiderte sie fröhlich und trug die geschlagene Sahne nach nebenan.

Wir saßen am Tisch und genossen den Kuchen, als Baghira die Szene betrat. Geduckt und im Zeitlupentempo erkundete er die neue Umgebung. Millimeter für Millimeter wurde alles akribisch abgeschnüffelt, aber ich hatte darauf geachtet, dass er in jedem Raum etwas Vertrautes vorfand: ein Kissen auf dem Sofa, das er immer gern als Schlafplatz benutzt hatte, sowie je eine vertraute Liegedecke am Fußende meines Bettes und auf dem Tagesbett im Balkonzimmer.

Als ich seinen Namen rief, zuckte er nur kurz mit den Ohren und ließ sich ansonsten nicht von seiner Mission ablenken, das unbekannte Terrain weiterhin intensiv zu erkunden. Minutenlang verschwand er im Schlafzimmer, dann kam er wieder heraus, marschierte an uns vorbei und sprang auf die Fensterbank.

Endlich entdeckte Baghira den neuen Kratzbaum, bei dem ich die Plattformen jeweils mit ein wenig Katzenlockstoff besprüht hatte, um die Attraktivität zu erhöhen. Eben noch hatte der große schwarze Kater interessiert aus dem Fenster geblickt, aber plötzlich hob er den Kopf und schnüffelte. Mit der lässigen Eleganz eines Panthers erklomm er die oberste Ebene, wo er sein gewohntes Schlafkissen mit hohem Rand vorfand. Auch das untersuchte er gewissenhaft, dann sprang er wieder herunter und auf den Fußboden.

Eine Sekunde später schmiegte er sich maunzend an mein Bein, und ich nahm seine Zustimmung erleichtert entgegen. Zumindest bildete ich mir ein, dass er mir damit sein Einverständnis mit der neuen Umgebung mitteilen wollte.

Sein zweibeiniger Dosenöffner war hier, sein geliebtes Krähennest ebenfalls – alles im grünen Bereich. Doris stippte einen Finger in die Schlagsahne und hielt ihn Baghira hin, der sofort die Seiten wechselte, zu Doris trippelte und hingebungsvoll alles abschleckte.

»Du liebe Güte.« Ich stöhnte und verdrehte die Augen. »Ich möchte nicht wissen, womit du ihn verwöhnst, wenn ich nicht dabei bin.«

Vermutlich war er nur deshalb – wie Doris es formuliert hatte – *pappsatt,* weil sie ihm mittags eine ordentliche Schüssel Gulasch mit Kartoffeln und Soße gegönnt hatte. Ich wollte lieber nicht weiter darüber nachdenken.

Doris lachte und servierte dem entzückten Kater eine weitere Portion. »Das Schätzeken soll doch nicht leben wie ein Hund, oder? Wenn wir Sahne essen, kriegt er seinen Teil ab, das versteht sich wohl von selbst.«

Zumindest Baghira war eindeutig ihrer Meinung.

Als ich Doris und Erwin verabschiedete, passte ich einen Moment lang nicht auf, und Baghira flitzte durch unsere Beine hinaus in den Hausflur. Einen Wimpernschlag lang stand er unschlüssig herum, dann machte er sich auf den Weg nach unten. Ich raste hinterher und bekam ihn in dem Moment zu fassen, als von außen die Haustür aufgeschlossen wurde. Ein Mädchen von vielleicht zwölf Jahren kam herein und blieb wie angewurzelt stehen, als sie mich sah.

»Tagchen«, sagte ich, »wohnst du hier? Dann sind wir ab jetzt Nachbarn. Ich würde dir ja gerne die Hand geben, aber du siehst ja …«

Sie starrte fasziniert den Kater an, der wie ein nasser Sack auf meinem Arm hing. »Der ist aber groß. Darf ich ihn mal streicheln?«

»Klar.«

Vorsichtig streckte sie die Hand aus, zog sie aber rasch wieder zurück, als Baghira plötzlich den Kopf hob. Erschrocken sah sie mich an. »Beißt der auch nicht?«

Großer Gott. Die Vorstellung, dass mein sanfter, trotteliger Baghira jemanden *beißen* könnte, war so absurd, dass mir zunächst keine Antwort einfiel. Er wusste ja noch nicht einmal, wie man kratzte!

Ich schüttelte den Kopf. »Nee, der beißt nicht. Am besten, du hältst ihm zuerst deine Hand hin, damit er sie beschnüffeln kann. Das machen Katzen genauso wie Hunde. Dann kannst du seinen Kopf streicheln.«

Sie machte brav, was ich ihr geraten hatte, und Baghira schnurrte laut, als sie ihm den Kopf kraulte.

Das Mädchen lächelte entzückt und fragte: »Wie heißt der denn?«

»Das ist Baghira.«

Überrascht sah sie mich an. »Das ist ja lustig. Wie der nette Panther im Dschungelbuch!«

»Genau.«

»Hallo, du schöner Baghira«, murmelte sie, »bist du auch so nett wie der Panther in dem Buch?«

Ich stieg die Stufen hoch, und sie blieb an meiner Seite, ohne mit dem Streicheln aufzuhören. Als sie Doris und Erwin sah, stockte sie kurz, grüßte dann scheu und lief rasch weiter in die zweite Etage.

Oben ging eine Tür auf, und eine weibliche Stimme sagte scharf: »Hammenie, da bist du ja. Du wolltest doch schon vor einer halben …« Die Frau rief jemandem in der Wohnung zu: »Das ist Hammenie!« Eine Männerstimme antwortete etwas Unverständliches, dann knallte die Tür ins Schloss.

»Du liebe Güte – *wie* heißt dieses Kind?«, murmelte Doris mit hochgezogenen Brauen.

»Ich werde es herausfinden und dir umgehend mitteilen«, murmelte ich zurück. »Zumindest macht sie einen netten Eindruck.«

»Immerhin.« Erwin nickte, dass seine grauen Minipli-Löckchen munter um sein Gesicht wippten. »So, wir lassen dich und den Butzebär jetzt alleine, damit er zur Ruhe kommt.«

»Vielen Dank noch mal. Ich weiß nicht, was ich ohne eure Hilfe gemacht hätte, das hat dem Dicken den Umzug sehr erleichtert. Ihr seid die Besten.«

»Immer gerne, das weißt du doch. Der kleine schwarze Teufel ist bei uns immer willkommen.«

Ich schloss die Wohnungstür hinter ihnen und setzte den Kater ab, der sofort in Richtung Wohnzimmer strebte.

Moment mal: Butzebär? *Butzebär?*

Ich räumte den Esstisch ab und spülte rasch das benutzte Geschirr. Als ich zurück ins Wohnzimmer kam, lag Baghira zusammengerollt auf seinem persönlichen Sofakissen und schnarchte. Seine Berührungsängste mit der neuen Umgebung – sollte er überhaupt welche gehabt haben – hatten sich offenbar gelegt. Er schlief dort so friedlich und entspannt, als hätte er nie woanders gelegen.

Tss – *Butzebär.*

Also wirklich.

Kapitel 4

Frau Schillers ›Meet & Greet‹ im idyllischen Hinterhof – Loretta lernt ihre neuen Nachbarn kennen (inklusive Jolanthe und Cäcilie)

Noch eine halbe Stunde bis zum Treffen mit den anderen Mietern des Hauses.

Um ehrlich zu sein: Ich war ein bisschen aufgeregt. Dreimal zog ich mich um, bevor ich einigermaßen zufrieden war. Aber dann fand ich mich in dem schönen Outfit, das ich zu Dianas Hochzeit getragen hatte, viel zu aufgedonnert. So lief ich im Alltag nicht durch die Weltgeschichte.

Und überhaupt: Wem musste ich hier eigentlich etwas vormachen? Niemandem. Loretta Luchs trug Jeans und Pulli, und das in beinahe allen Lebenslagen. Meistens waren es geringelte Oberteile, aber zur Feier des Tages wählte ich einen schlichten moosgrünen, fein gestrickten Pullover. Das war schick genug.

Vom Balkon aus warf ich einen Blick in den Hinterhof, wobei ich sorgfältig darauf achtete, mich nicht bemerkbar zu machen. Albern, ich weiß, aber manchmal bin ich eben albern. Vor der Bank am Rand der Rasenfläche stand nun ein Campingtisch, an dem einige zusammengeklappte Gartenstühle lehnten. Frau Schiller, ein Tablett mit Gläsern in den Händen, kam ins Bild, gefolgt von dem Mädchen, das mir vorhin im Hausflur begegnet war.

Frau Schiller lud das Tablett auf dem Tisch ab. »Du kannst schon mal die Stühle aufstellen«, rief sie dem Mädchen zu und eilte von dannen.

Mit mürrischem Gesichtsausdruck klappte das Mädchen einen Stuhl nach dem anderen auseinander und verteilte sie um den Tisch. Wenn die Kleine das da unten freiwillig machte, würde ich einen Besen fressen.

Ich war unschlüssig – sollte ich jetzt schon hinuntergehen oder warten, bis alle versammelt waren, und dann dazustoßen? Aber das würde dazu führen, dass mich alle anglotzten. Mit dem Gedanken fühlte ich mich unbehaglich.

Kurz entschlossen schloss ich die Balkontür, ging ins Bad und zupfte mir die kurzen Haare zurecht. Dann machte ich mich auf den Weg.

»Da sind Sie ja, Frau Luchs!«, zwitscherte Frau Schiller mir aufgeräumt entgegen, als ich über den Rasen ging.

Neben dem Mädchen stand jetzt eine Frau, einige Jahre jünger als ich, also vielleicht Anfang bis Mitte dreißig. Sie war ein wenig pummelig und auf unaufdringliche Weise hübsch. Die Ähnlichkeit zwischen ihr und ihrer Tochter war unverkennbar: Beide hatten die gleichen blauen Augen und verblüffend blonde Haare.

»Ich bin Jeanette Zwickel«, sagte die junge Frau und streckte mir die Hand entgegen, die ich brav schüttelte. Dann stupste sie ihre Tochter in die Seite. »Steh nicht so herum – sag guten Tag!«

Das Mädchen blitzte sie böse an, und ich beschloss, ihr zur Seite zu stehen.

»Wir sind uns vorhin bereits im Flur begegnet, Frau Zwickel, wir kennen uns also schon.« Ich wandte mich an das Mädchen. »Aber ich habe deinen Namen nicht richtig verstanden, glaube ich.«

»Harmony«, murmelte sie.

Du liebe Güte: Harmony Zwickel ... darauf musste man erst mal kommen. Waren die Eltern besoffen gewesen, als sie sich für diesen Namen entschieden hatten? Den die Mutter – nebenbei bemerkt – noch nicht einmal richtig aussprach. *Hammenie*, also wirklich. Das arme Kind.

Ich lächelte Harmony an. »Das ist aber wirklich ein schöner und außergewöhnlicher Name.«

Das Mädchen verzog das Gesicht. »Finden Sie? Geht so. Ich muss ihn ständig wiederholen, weil die Leute ihn nicht verstehen. Und buchstabieren, das finde ich echt blöd.«

»Ach, das kenne ich.« Ich nickte ihr aufmunternd zu. »Weißt du, ich heiße Loretta, das ist auch ziemlich selten. Oder kennst du noch eine andere Loretta?« Sie schüttelte den Kopf, und ich fuhr fort: »Früher haben die anderen Kinder mich deswegen ausgelacht, weil ich nicht Sabine oder Andrea heiße. Aber irgendwann habe ich gemerkt, dass es auch gut sein kann, einen seltenen Namen zu haben. Immerhin weiß jeder sofort, wer gemeint ist, wenn einer sagt: *Gestern habe ich Loretta getroffen.* Keiner fragt: *Welche Loretta?* Alle wissen, dass ich gemeint bin, denn es gibt keine zweite Loretta. Bestimmt gibt es auch keine zweite Harmony, oder?«

»So habe ich das noch gar nicht gesehen«, sagte sie, sichtlich verdutzt. »Sie sind nett. Darf ich Sie mal besuchen und mit Baghira spielen?«

Ehe ich antworten konnte, zischte ihre Mutter: »*Hammenie*, lass das! Dräng dich Frau Luchs doch nicht auf! Das gehört sich nicht!«

Oha, jetzt wurde es kritisch: Einerseits durfte ich Jeanette Zwickels mütterliche Autorität nicht untergraben, andererseits wollte ich Harmony nicht enttäuschen.

»Du gibst Baghira noch ein bisschen Zeit, um sich einzugewöhnen, okay? Momentan ist alles noch total fremd für ihn. Und wenn er so weit ist, schauen wir weiter. Ist das in Ordnung für dich?« Sie nickte, und ich wandte mich an ihre Mutter. »Sie kennt meinen Kater bereits, denn er war mir in den Flur entwischt, als Harmony und ich uns getroffen haben. Ich habe wirklich nichts dagegen, wenn sie mich mal besucht. Vorausgesetzt, Sie haben nichts dagegen.«

Sie nickte zögernd, und ich hatte den Eindruck, als gefiele ihr dieser Gedanke nicht besonders. Kein Wunder, ich war ja eine völlig Fremde für sie.

Frau Schiller sagte: »Setzen wir uns doch!« Sie deutete auf eine Kuchenplatte, auf der sich kleine Stücke Streuselkuchen türmten. »Bitte bedienen Sie sich. Den habe ich extra für unser kleines Treffen gebacken. Nach dem Geheimrezept meiner Großmutter, Sie werden staunen. Ein Glas Sekt für Sie, Frau Luchs?«

Das wüsste ich aber, ich verabscheue diese Prickelbrause. »Nein, vielen Dank. Ich nehme auch den Apfelsaft, den Harmony trinkt. Und bitte nicht böse sein: Ich habe vorhin schon zwei Stücke Kuchen gegessen.«

Frau Schiller wirkte leicht pikiert, aber sie lächelte tapfer. »Dann probieren Sie ihn bei einer anderen Gelegenheit. Aber Sie verpassen etwas!«

Dann ging es Schlag auf Schlag: Erst erschien ein älteres Ehepaar, das mir als Horst und Miriam Kabolek vorgestellt wurde – »Mitzi!« korrigierte sie sofort – und irgendwie altmodisch, aber gleichzeitig auch pompös gestylt war. Er trug Blazer mit Goldknöpfen, hatte einen gezwirbelten Schnäuzer und ein allzu weißes Porzellangebiss. Auf ihrem Kopf turmte sich eine auftoupierte Hochsteckfrisur in Platinblond, und sie war mit einer Rüschenbluse, bestickten Jeans, sehr viel Goldschmuck und noch viel mehr Make-up ausstaffiert. Sofort sah ich vor meinem geistigen Auge ihre Wohnung: Glas, Gold, üppige Teppiche und falsches Biedermeier, wohin das Auge auch blickt. Und über dem Bett hängt die goldgerahmte feurige Zigeunerin, aber in teuer. Kaum vorstellbar, dass dieser überaus schnieke Gentleman die Gartenarbeit erledigte – ob er dabei auch seinen Blazer trug?

Gut, dass ich keine Vorurteile hatte …

Kaum hatten sie ihren Sekt in der Hand, folgte auch schon der nächste Auftritt: Ein schlaksiger, hochgewachsener Mann in meinem Alter kam auf uns zu. Interessant: Durch die älteren Damen am Tisch ging ein Ruck, und Jeanette Zwickel errötete sanft. Mein Geschmack war der Typ nicht: Für sein Alter waren die Haare eine Spur zu lang und zudem eindeutig zu dunkel gefärbt, die Jeans zu gewollt zerfetzt und sein enges schwarzes Oberhemd zu weit geöffnet. Die Krönung war seine Jacke – vom Stil her ein Zirkusdirektor-Frack, bestand sie aus olivgrünem Stoff mit Tarnmuster. Außerdem liefen vom Stehkragen bis zum Saum zwei Reihen glänzender Knöpfe, insgesamt bestimmt mehr als zwanzig Stück. Jesses.

»Frau Luchs, das ist Arnold Reitmüller, zweiter Stock links«, sagte Frau Schiller. »Er ist Lehrer.«

Ah ja. So liefen Lehrer heutzutage rum? Aber vielleicht trug er diesen Aufzug ja nur in seiner Freizeit?

Er musterte mich, nickte dann und lächelte schmelzend. »Arnie für meine Freunde.«

Gut, dass wir keine Freunde sind, dachte ich, denn ich möchte keinen erwachsenen Mann *Arnie* nennen. Höchstens den Mann, der mit Nachnamen Schwarzenegger heißt, aber der bist du eindeutig nicht.

»Freut mich, Herr Reitmüller«, sagte ich und stellte damit direkt klar, dass ich nicht vorhatte, mich um Aufnahme in seinen Freundeskreis zu bewerben.

Abrupt wandte er sich ab, um Jeanette Zwickel auf die Schläfe zu küssen, und mich traf fast der Schlag: Die Rückseite seiner Jacke zierte ein Totenkopf, der aus unzähligen Glitzersteinchen zusammengesetzt war.

Er wollte Harmony über den Kopf streichen, aber das Mädchen zuckte zur Seite, sodass seine Hand ins Leere traf.

Achselzuckend setzte er sich und nahm ein Glas Sekt entgegen, während ich meine Schlüsse zog: Er war der Lover der alleinerziehenden Mutter, und das Töchterlein konnte ihn nicht ausstehen.

Nicht weiter ungewöhnlich im Zeitalter der Patchwork-Familien: Das Kind trauerte vielleicht noch dem leiblichen Vater hinterher, hatte sich zudem an die Zweisamkeit mit der Mutter gewöhnt und musste sich nun damit abfinden, dass ein neuer Mann aufgetaucht war.

»Arnie hilft Harmony bei den Schulaufgaben«, erzählte Jeanette Zwickel mir mit sichtlichem Stolz und nahm Reitmüllers Hand, »ich wüsste sonst nicht, wie sie die Schule schaffen sollte. Ich habe zwei Jobs, ich kann sie einfach nicht unterstützen.«

Harmonys Gesicht hatte sich in eine steinerne Maske verwandelt. Das arme Ding. Nicht nur, dass sie ihn nicht leiden konnte – sie musste ihn sogar ertragen, wenn ihre Mutter nicht da war. Ich konnte für sie nur hoffen, dass er seinen Beruf nicht auch noch ausgerechnet an ihrer Schule ausübte. Ich suchte ihren Blick, um ihr aufmunternd zuzulächeln, aber sie starrte auf ihre Knie. Keine Chance.

Zwei junge Mädchen kamen durch die Einfahrt und über

den Rasen – das mussten die erwähnten Studentinnen sein. Eine blond, eine dunkel, aber beide hübsch, langmähnig und langbeinig. Sie stellten sich mir als Kerstin Dankow und Filiz Öztürk vor, hießen mich im Haus willkommen – nebenbei bemerkt: die Ersten in der Runde, die das taten – und versicherten beinahe glaubhaft, dass sie zu ihrem allergrößten Bedauern bereits für heute verabredet gewesen waren, als sie von diesem geselligen Beisammensein erfahren hatten, zu schade aber auch.

Ja, wirklich, zu schade.

Ich an ihrer Stelle und in ihrem Alter hätte vermutlich auch etwas viel Besseres mit dem Rest des kostbaren Wochenendes anzufangen gewusst, als dröge im Hinterhof herumzusitzen und mir das mäßig interessante Gelaber der schnarchigen Nachbarn anzuhören.

Sie winkten fröhlich und zischten wieder ab – und ich hätte sie am liebsten gebeten, mich mitzunehmen. Tatsächlich ging mir in dem Moment auf, dass ich mich leicht überfordert fühlte. Nachdem ich – in aller gebotenen Vorsicht, versteht sich – über mich Auskunft gegeben hatte, stürzte Mitzi sich in einen ausschweifenden und stinklangweiligen Monolog über die Kreuzfahrt, die sie und ihr Gatte im März unternommen hatten. Ab und zu ergriff ihr Ehemann das Wort, aber da er bestimmte Anekdoten nach Mitzis Meinung ›nicht richtig‹ erzählte, übernahm sie rasch wieder – angefeuert von den Nachfragen des schneidigen Lehrers, der in Kürze eine Kreuzfahrt mit seinen ›beiden Liebsten‹ antreten wollte.

Prompt überfiel mich bleierne Müdigkeit, und ich hatte Mühe, die Augen offen zu halten.

Wie lange saß ich schon hier? Es kam mir vor wie eine

halbe Ewigkeit. Wann konnte ich mich wohl verdrücken, ohne unhöflich zu sein?

Zwei schneeweiße Tauben flatterten heran, landeten auf den Pflastersteinen unter dem Tisch und pickten nach heruntergefallenen Kuchenkrümeln, von denen es reichlich gab.

Mitzi unterbrach ihren Vortrag und seufzte theatralisch. »Ich hasse diese schrecklichen Viecher. Kann Anton nicht besser auf sie aufpassen?«

Harmony war aus ihrer Starre erwacht und ging neben dem Tisch in die Hocke. »Das sind Jolanthe und Cäcilie«, sagte sie, »ich erkenne sie an ihren Ringen.«

»Immerhin *etwas*, das du dir ohne Nachhilfestunden merken kannst«, säuselte ihre Mutter, was das Mädchen geflissentlich ignorierte.

Frau Schiller wandte sich mir zu. »Die gehören Anton, dem Taubenvatta von nebenan.« Sie deutete hinauf zum Dach des Nachbarhauses. »Dort oben ist ihr Schlag. Das sind wertvolle Brieftauben, mit denen er auch an Wettbewerben teilnimmt.«

Mitzi schnaubte. »Ja, vor allem am Wettbewerb, wer am schnellsten unseren Balkon vollkacken kann.«

Erstaunlich drastische Worte für die elegante Mitzi, dachte ich amüsiert, wer hätte das gedacht? Aber wenn diese Tauben wirklich …

»Ich habe dir schon hundertmal gesagt, dass sie nur deshalb immer auf eurem Balkon sind, weil du dort ständig Essenssachen stehen hast«, sagte Frau Schiller.

»Ich werde doch wohl auf *meinem* Balkon *meinen* Kuchen auskühlen lassen können, wenn ich das will!«

Frau Schiller grinste. »Klar kannst du das, Mitzi. Aber dann kommen die Tauben. Du hast die Wahl.«

»Aber die sind doch so lieb«, murmelte Harmony, die noch immer neben dem Tisch hockte und die beiden weißen Vögel beobachtete.

»Warte nur ab, Harmony – wenn wir auf dem Schiff sind, wirst du jede Menge Möwen sehen«, sagte Reitmüller und tätschelte gönnerhaft Jeanette Zwickels Hand, die sofort mädchenhaft kicherte.

»Er hat uns beide eingeladen«, verkündete sie stolz, was bei den anderen am Tisch – außer bei Harmony und mir – beifälliges Raunen auslöste. »Wir werden Hammenies vierzehnten Geburtstag auf hoher See feiern.«

Ich war perplex – ich hätte das Mädchen für jünger gehalten. Sie wirkte wie elf, allerhöchstens zwölf Jahre alt. Andere Mädchen in ihrem Alter taten bereits alles, um erwachsener zu wirken, schminkten sich teilweise sogar – bei Harmony war das Gegenteil der Fall. Sie wirkte schon durch ihre Ausdrucksweise sehr kindlich, und ihre äußere Erscheinung unterstrich das zusätzlich.

»Hallo zusammen!«, rief eine männliche Stimme.

Auf dem Balkon unter meinem stand ein junger Mann und winkte uns zu. Er hatte hellbraunes Haar und trug einen dieser Vollbärte, die sich zurzeit unter jungen Männern großer Beliebtheit erfreuten. Harmony stand so hastig auf, dass sie sich den Kopf am Tisch stieß.

»Da sind Sie ja, Herr Lembeck! Kommen Sie doch zu uns – wir haben uns schon gefragt, wo Sie bleiben!«, rief Frau Schiller zurück.

Er hob beide Hände. »Tut mir sehr leid, aber ich kann nicht. Sie wissen ja … ich habe viel zu tun! Ein anderes Mal!« Er winkte noch einmal und verschwand in seiner Wohnung.

»Na ja, er zieht ja sowieso bald aus.« Frau Schiller schüttelte bedauernd den Kopf. »Das finden wir alle sehr schade.« Sie senkte verschwörerisch die Stimme, als wollte sie uns ein großes Geheimnis verraten. »Der junge Herr Lembeck kennt sich nämlich richtig gut mit Computern aus, das ist sein Beruf. Hier am Tisch sitzt niemand – außer Ihnen natürlich, Frau Luchs –, dem er nicht mindestens einmal bei einem Computerproblem geholfen hat. Aber er wird demnächst heiraten und bezieht dann natürlich mit seiner Frau eine größere Wohnung. Ein sehr nettes Mädchen, hat er mir erzählt, sie studiert ... was war es doch gleich ...«

Ich ließ ihr Geplapper an mir vorbeirauschen, denn ich beobachtete Harmony: Ihr trauriger Blick war auf Lembecks nun wieder leeren Balkon gerichtet. Dann fiel mir auf, dass Reitmüller wiederum das Mädchen mit gerunzelter Stirn anstarrte ... Was war da denn los?

War Harmony doch reifer, als ich dachte, und in Lembeck verknallt? Und Reitmüller sah sich in der Pflicht, das minderjährige und sicherlich noch jungfräuliche Mädchen vor einer Dummheit zu beschützen?

Aber das alles ging mich nichts an.

Schließlich war ich in dieses Haus gezogen, um meine Ruhe zu haben. Wenn Harmony ab und zu am Wochenende mal vorbeikommen wollte, um ein wenig mit Baghira zu spielen, sollte es mir recht sein.

Darüber hinaus würde ich freundlich grüßen, wenn ich jemandem im Hausflur begegnete, ansonsten aber keinen näheren Kontakt suchen. Niemand von den Leuten, mit denen ich hier zusammensaß, machte mich neugierig genug, um mehr über ihn oder sie erfahren zu wollen.

Reitmüller stand auf und nickte in die Runde. »Ich verabschiede mich; ich will noch zum Sport.«

Die Bitten der Damen, doch noch zu bleiben, wehrte er lachend ab, dann schlenderte er lässig von dannen. Der glitzernde Totenkopf auf seinem Rücken funkelte.

Als wenige Minuten später eine Kirchturmuhr irgendwo in der Nähe sieben Mal schlug, erhob ich mich ebenfalls. »Ich bedanke mich sehr für den freundlichen Empfang und freue mich, dass ich Sie heute alle kennenlernen konnte. Aber …«, rasch pantomimte ich ein Gähnen, »… ich bin todmüde. Die beiden letzten Tage waren doch sehr anstrengend, wie ich gerade merke.«

Außerdem hatte Frau Schiller von einem Stündchen geredet, und die Stunde war um. Also bitte.

Alle redeten irgendwie durcheinander und wünschten mir einen schönen Abend und gute Erholung und wie sehr man sich freue, dass ich die Hausgemeinschaft nun bereicherte.

Kriegt euch mal wieder ein, dachte ich, so toll bin ich nun auch wieder nicht. Ich nickte Harmony zu. »Wir zwei sehen uns demnächst, versprochen.«

Sie lächelte erfreut, und ich sah zu, dass ich zurück in meine Wohnung kam.

Baghira erwartete mich bereits. Eifrig trippelte er vor mir her und lotste mich unter lautem Geschrei in die Küche, wo er anklagend zwischen seinem leeren Fressnapf und mir hin und her guckte.

Offenbar war die sättigende Wirkung von Doris' Gulasch mittlerweile verpufft, und der Kater hatte Kohldampf.

Ich füllte sein Schüsselchen und stellte es auf den Boden. Sein Schmatzen begleitete mich ins Wohnzimmer, wo ich mich auf meine meerblaue Couch warf, nachdem ich die Glotze angestellt hatte.

Kapitel 5

Der erste Traum in der neuen Wohnung ist nicht so doll – die erste Party dafür umso schöner

Okay – in dieser Nacht hatte ich einen Traum, an den ich mich beim Aufwachen noch erinnerte: Das Haus, in das ich gezogen war, stand als Miniaturausgabe auf einem staubigen Dachboden. Die Front war offen wie bei einem Puppenhaus, und ich hatte bei den Wohnungen jeweils Einblick ins Wohnzimmer und den Raum mit dem Balkon.

Puppenklein bewegten sich die Mieter durch ihre Wohnungen, die optisch offenbar meine Vorstellungen – okay: Vorurteile – widerspiegelten: Die beiden Studentinnen lebten in einem kunterbunten und gemütlichen Mix aus Flohmarktmöbeln, mit vielen Bücherregalen und noch mehr Grünpflanzen. Bei Reitmüller dominierten Stahl, schwarzes Leder und ein gigantischer Fernseher – im Balkonzimmer standen diverse Fitnessgeräte. Die Wohnung von Jeanette und Harmony Zwickel war mit Mobiliar von einem eher günstigen Möbeldiscounter eingerichtet; helles Holzimitat bestimmte den schmucklosen und zweckmäßigen Stil – das galt auch für das Zimmer des Mädchens. Horst und Mitzi wohnten in einem Traum – oder Albtraum, je nach Sichtweise und persönlichem Geschmack – aus goldenen Schnörkeln, Pseudo-Rokoko und schillerndem Brokat, in dem der moderne Flachbildfernseher tatsächlich anachronistisch war. Meine Wohnung sah aus wie … nun ja, meine Wohnung, es gab sogar einen winzigen schwarzen Kater. Doch eine Sache war anders: Statt des meerblauen Sofas gab es dort ein pinkfarbenes. Auch Frau Schillers Einrichtung bescherte mir keine Überraschung – die kannte ich bereits. In Lembecks Räumen standen nur gepackte Umzugskartons.

Aus der Perspektive eines spielenden Kindes beobachtete ich also die winzigen Menschen – mich inklusive. Die Studentinnen saßen an ihrem Esstisch und aßen, Reitmüller trainierte an einem seiner Geräte, Harmony machte Schularbeiten, während ihre Mutter staubsaugte, die Kaboleks prosteten sich mit Wein zu, ich spielte mit Baghira, Frau Schiller saß vor dem Fernseher, und Lembeck schichtete Kartons zu Stapeln auf.

Plötzlich erschienen zwei gigantische Tauben. Erst ließen sie sich auf dem Dach nieder, dann flatterten sie herab und stolzierten mit vor- und zurückruckenden Köpfen vor dem Haus hin und her, wobei sie immer wieder scheinbar wahllos nach den winzigen Bewohnern pickten. Die kleinen Menschen – ich inklusive – kreischten in panischer Angst und versuchten, sich zu verstecken.

Dumm für Lembeck, dass seine Räume fast leer waren: Einer der Vögel flog hoch und packte ihn mit seinen Krallen, dann flogen die Tauben weg.

Mit Lembecks Schrei im Ohr – oder war es mein eigener? – fuhr ich aus tiefem Schlaf hoch. Gute Güte, was war das denn gewesen? Auf jeden Fall war dieser Traum eine kuriose Mischung aus Fantasie und Realität, aber wahrscheinlich hatte mein Gehirn keine andere Möglichkeit gesehen, den massiven Input des gestrigen Tages zu verarbeiten. Und war es nicht so, dass Lembeck bald ausziehen würde? Das hatten in meinem Traum halt die beiden Tauben erledigt … insofern stimmte der Aberglaube, dass der erste Traum in einer neuen Wohnung in Erfüllung gehen würde, also zu hundert Prozent.

Insgeheim war ich sogar ein wenig erleichtert, dass die Riesentauben nicht *mich* verschleppt hatten.

Eigentlich war es noch zu früh, um aufzustehen, aber ich war hellwach. Mit einem frisch aufgebrühten Espresso ging ich hinaus auf den Balkon, nachdem ich Baghira das Frühstück serviert hatte.

Es war bereits fast hell, und zahllose Vögel zwitscherten um die Wette. Ich beugte mich weit über das Geländer und blickte nach links zum Balkon der Kaboleks. Tatsächlich, das wuchernde Grün schien fast eine Wand zu bilden, die nur ein Fenster zum Garten freiließ. Irre. Das wollte ich auch haben – ich musste so schnell wie möglich herausfinden, welche Pflanzen so schnell wuchsen und rankten, dass ich bereits in diesem Jahr meinen kleinen Dschungel züchten konnte.

Ich ließ mich in den Stuhl fallen und stellte die Rückenlehne weiter zurück, sodass ich beinahe lag. Jetzt musste ich nur noch aufpassen, dass ich nicht wieder einschlief und die Nachbarschaft mit sonoren Schnarchgeräuschen beschallte.

Ich hielt den Atem an, als Baghira in der offenen Balkontür erschien – für ihn eine ganz neue Erfahrung, dieses ›Draußen‹. Er verharrte auf der Schwelle, reckte den Kopf und schnupperte ausgiebig.

»Komm, Dicker. Trau dich.«

Seine Schwanzspitze zuckte, dann trat er vorsichtig auf die Fliesen des Balkons und sah mich an.

»Und jetzt? Wie weiter?«, schien sein Blick zu fragen, und ich klopfte mit der flachen Hand auf die Platte des runden Rattantischchens, das neben mir stand.

Er folgte meiner Aufforderung und sprang hinauf. Er spähte umher, entdeckte den Garten und stützte sich mit den Vorderpfoten aufs Balkongeländer. Ausgiebig inspizierte er die Umgebung, und ich fragte mich, ob ich den Balkon wohl mit einem Katzennetz würde sichern müssen, damit er keine Dummheiten machte.

Baghira hatte sich in unserem bisherigen Zusammenleben nicht sonderlich abenteuerlustig gezeigt; bei einem offenen Fenster hatte er sich stets nur auf die Fensterbank gesetzt und das Treiben auf der Straße beobachtet. Aber eine Arbeitskollegin hatte mir mal erzählt, ihr Kater habe die Angewohnheit, auf einem wenige Zentimeter breiten Sims das komplette Haus zu umrunden und den Nachbarn von draußen durchs Fenster in die Wohnung zu glotzen – was angeblich einige Beinahe-Herzinfarkte bei den Bewohnern und hysterische Anfälle bei deren Wellensittichen ausgelöst hatte. Immerhin lebte sie im dritten Stock eines Altbaus – da wurde man normalerweise nicht von außen durchs Fenster angestarrt.

Es blieb abzuwarten, ob in Baghira auf seine alten Tage vielleicht doch noch überraschender Forscherdrang erwachen würde, und dann war so ein blödes Netz fällig. Eigentlich wusste ich gar nicht, wie alt er genau war, denn ich hatte ihn vor ungefähr drei Jahren von jemandem übernommen, der – besser gesagt: die – eine kurze Zeit bei mir gewohnt hatte. Da hatte er schon einige Jahre auf dem Buckel gehabt, aber wie viele genau – keinen Schimmer. Er war alles andere als temperamentvoll, aber das mochte ich an ihm. Ein jugendlicher Derwisch, der den ganzen Tag beschäftigt werden wollte und fröhlich in den Vorhängen schaukelte, wäre mir zu viel gewesen. In seiner Behäbigkeit strahlte er genau die

Ruhe aus, die ich brauchte, wenn ich nach einem langen Arbeitstag nach Hause kam.

Apropos Arbeit: Die Woche hielt noch einiges für mich bereit. Es gab da ja noch die alte Wohnung. Ein Sperrmülltermin wartete auf mich, außerdem hatte ich eine Verabredung mit der Familie, die sich bereits im Vorfeld eine Menge meiner alten Möbel ausgesucht hatte. Sie wollten mit einem Transporter kommen, aber ich bezweifelte stark, dass es – wie sie hofften – mit einer Fuhre getan sein würde.

Am nächsten Freitag dann musste ich die alte Wohnung übergeben. Zu meiner großen Erleichterung brauchte ich sie nicht zu renovieren, da sie nach meinem Auszug saniert werden würde. Vielen Dank, liebes Schicksal!

Ich zuckte zusammen, als die morgendliche Stille durch streitende Stimmen unterbrochen wurde. Zuerst erklangen sie nur gedämpft, aber dann wurde über mir die Balkontür geöffnet.

»Du solltest froh sein, dass er dir hilft!«, hörte ich Jeanette Zwickel keifen. »Immerhin müssen wir für Arnies Nachhilfeunterricht nicht bezahlen! Hast du eigentlich eine Vorstellung, wie teuer es sonst wäre?«

»Ist mir egal!«, rief Harmony direkt über mir. »Ich will das nicht mehr! Ich kann ihn nicht leiden!«

»Du bist doch selbst schuld daran! Und du könntest ruhig ein wenig dankbarer sein. Arnie tut so viel für uns. Außerdem: Wenn du mehr lernen würdest, wäre der Nachhilfeunterricht nicht nötig!«

»Dann bleibe ich eben sitzen!« Harmonys Stimme klang, als wäre das Mädchen den Tranen nahe. »Ist doch sowieso alles egal!«

»Du kommst jetzt auf der Stelle rein und machst die Tür zu«, hörte ich Jeanette zischen. »Willst du, dass die ganze Nachbarschaft mithört?«

»Na und! Soll sie doch!«

Den Geräuschen nach zerrte Jeanette ihre widerstrebende Tochter in die Wohnung, dann wurde die Balkontür geschlossen. Drinnen stritten sie weiter, aber ich konnte nichts mehr verstehen.

Das arme Mädchen. Sie steckte mitten in der Pubertät, was schon schwierig genug war. Und dann noch dieser ätzende *Arnie* … Jetzt, genau in diesem Moment, ging mir auf, an wen er mich erinnerte: an einen etwas jüngeren, aber bereits leicht verlebten David Hasselhoff. Der hatte auch einen Hang zu merkwürdigen Jacken und hielt sich für unwiderstehlich.

Und Harmony *was looking für freedom* … wenn das nicht passte, dann wusste ich auch nicht. In späteren Jahren würde sie seinen Einsatz vielleicht zu schätzen wissen, aber bis dahin würde noch eine Menge Wasser die Ruhr hinunterfließen.

Langsam erwachte das Haus zum Leben. Unter mir unterhielt Frau Schiller sich mit Lembeck von Balkon zu Balkon über seinen Umzug sowie den Termin für die Wohnungsabnahme, und nebenan hörte ich Wasser gluckern: Herr Kabolek goss seine Pflanzen, während er ein munteres Liedchen summte, was allerliebst mit dem Summen der Bienen und Hummeln, die seine Blumen besuchten, zusammenklang.

Gurren und Flügelschlagen signalisierte mir, dass der Taubenvatta vom Nachbarhaus seine Lieblinge hinausließ – schon sah ich den kleinen Schwarm schneeweißer Vögel in den blauen Himmel steigen. Baghira reagierte auf die potenzielle Beute lediglich mäßig interessiert – er verfolgte den Flug der Tauben zwar, geriet aber nicht aus dem Häuschen. Ich würde ihm so schnell wie möglich einen schönen Platz konstruieren, von dem aus er alles gut beobachten konnte.

Umzuziehen war genau die richtige Entscheidung gewesen, stellte ich wieder einmal fest. Ich hatte wirklich und wahrhaftig das Gefühl, ein ganz neues Leben zu beginnen.

Die Woche gestaltete sich tatsächlich recht betriebsam, denn ich pendelte größtenteils zwischen der alten Wohnung, der neuen, dem Baumarkt und einer Gärtnerei.

Zum Sperrmülltermin heuerte ich vier Studenten an, die in Windeseile die verbliebenen Möbel vors Haus schafften, wo sie am nächsten Morgen in aller Frühe abgeholt werden sollten. Als die Jungs abgezogen waren und ich noch einmal durch die leeren Räume ging, überfielen mich unerwartet sentimentale Erinnerungen. Lange Jahre hatte ich hier gelebt: zuerst mit meinem Ex-Ex Tom, danach mit Freundin und Kollegin Diana, bis sie zu ihrem Liebsten gezogen war.

Meine Teilnahme bei der Fernseh-Kochshow *Gib mir den Löffel!* war hier gedreht worden. Dann hatte kurzfristig eine junge Schauspielerin die Wohnung mit mir geteilt, der ich Baghira verdankte. Und zuletzt war Pascal hier eingezogen, als wir uns ineinander verliebt hatten.

Gerade während der letzten fünf Jahre – seit ich begonnen hatte, rätselhafte Todesfälle aufzuklären – war unglaublich viel passiert; nicht zuletzt war ich selbst einige Male ernsthaft in Bedrängnis geraten, und sogar ein paar meiner Freunde hatte ich dadurch in Gefahr gebracht.

Ja, so sah ich das: Ich hatte sie in Gefahr gebracht. Weil ich es einfach nicht geschafft hatte, mich nicht in diese Todesfälle einzumischen – einer der wesentlichen Gründe für die Trennung von Pascal und mir.

Und mit diesem Teil meines alten Lebens wollte ich endgültig abschließen. Dazu gehörte auch, die alte Wohnung aufzugeben und mir eine neue Umgebung zu suchen. Die kleine, spießige Hausgemeinschaft, in die ich nun gezogen war, erschien mir perfekt.

Am Samstag lud ich meine Freunde zum Brunch ein – meine Version der traditionellen Einweihungsparty. Das Alter hemmungsloser nächtlicher Saufgelage hatten wir alle längst hinter uns, also traf man sich mittags zum gepflegten, geselligen Beisammensein.

Während der Woche hatte ich noch einiges an Deko-Schnickschnack in die Bude geschleppt, um alles ein wenig gemütlicher zu gestalten. Ein Kissen hier, eine große Zimmerpflanze dort … doch, so langsam wurde es. Im Gartencenter hatte ich für den Balkon alles an Blühendem gekauft, was nicht bei drei auf dem Baum war; vor allem einjährige Kletterpflanzen in bereits beeindruckender Größe, die sich nun malerisch um diverse Rankgitter schlängelten. Mit Kaboleks Balkon konnte ich noch nicht mithalten, aber ich war mehr als zufrieden mit meinem kleinen Paradies. Mit einem Rankgitter war auch Baghiras Aussichtsturm zum Abgrund hin gesichert, damit er nicht aus Versehen abstürzen konnte. Er liebte den Balkon, und wann immer ich die Tür nach draußen öffnete, flitzte er hinaus und guckte in den Hof oder machte ein Nickerchen in der Sonne.

Die diversen Speisen für den Besuch meiner Freunde in der kleinen Küche zuzubereiten und als Büfett aufzubauen, erwies sich als echte Herausforderung – in meiner alten Küche hatte ich dreimal so viel Arbeitsfläche zur Verfügung gehabt. Aber ich wurschtelte mich durch, und es war alles bereit, als es mittags klingelte.

Und dann wanderten sie durch meine Wohnung: Doris und Erwin, Frank und Bärbel; sogar die viel beschäftigte Isolde und mein Chef Dennis hatten die Zeit gefunden. Über Isoldes Besuch freute ich mich ganz besonders, denn sie schrieb mittlerweile hauptberuflich Romane und lebte den größeren Teil des Jahres mit ihrer Lebensgefährtin Maria in London, wo die berühmte Modefotografin Maria einen Auftrag nach dem anderen erledigte.

Es hagelte Komplimente, und besonders der gemütlich hergerichtete Balkon wurde allgemein gelobt. Bei der Gelegenheit stellte ich fest, dass dort zur Not sieben Personen Platz fanden – im Stehen.

»Wie schon du es hier hast«, sagte Isolde, als wir zurück im Wohnzimmer waren. Sie umarmte mich herzlich. »Maria und ich hatten uns schon ernsthafte Sorgen um dich gemacht. Du warst so unglücklich.«

»Aber du hast ja wesentlich dazu beigetragen, dass es mir besser geht«, erwiderte ich und deutet auf die Nordseemotive, die mittlerweile über dem Sofa hingen. »Ihr habt mich schließlich zum Fotografieren gebracht. Und du hast mich zu Stella geschickt.«

Stella – das war die Astrologin Stella Albrecht, die mir zu einer ganz neuen Perspektive auf mein Leben verholfen und mir eine Menge Denkanstöße gegeben hatte. Ohne Isolde wäre ich im Traum nicht auf die Idee gekommen, eine Astrologin aufzusuchen. Ich hatte heftige Vorbehalte gehabt, aber Isolde hatte mir gut zugeredet. Ich war froh, dass ich mich doch noch hatte überreden lassen. Ja, in dieser Branche gab es Betrüger und Scharlatane – in welcher gab es die nicht? –, aber Stella gehörte definitiv nicht dazu.

Wir verbrachten einen wunderbaren Nachmittag zusammen, und alle hatten einen Riesenspaß, als Frank sein Glas erhob und einen Trinkspruch ausbrachte: »Auf Loretta ihr neuet Leben – ab sofort mit ohne Morde!«

»*Mit ohne Morde!*«, grölten wir im Chor, stießen miteinander an und tranken vom teuren Champagner, den Isolde als Gastgeschenk mitgebracht hatte. Sogar ich nahm ein Schlückchen.

Ich hob die Hand. »Und wenn ich meine Nase wieder in mörderische Angelegenheiten stecke, die mich nichts angehen, dürft ihr kommen und mich an die Heizung ketten, bis die Polizei den Fall gelöst hat!«

Grinsend drohte Doris mir mit dem Finger. »Das hast du gerade vor Zeugen gesagt, Schätzchen. Ich werde dich darauf festnageln, wenn es so weit ist.«

Alle lachten, aber ich wusste, sie meinte es bitterernst. Nicht zuletzt deshalb, weil ich meist gemeinsam mit ihrem Liebsten Erwin auf Mörderjagd ging. Obwohl er längst in Pension war, steckte in ihm noch immer der Polizist, der er sein ganzes Berufsleben lang gewesen war.

Hornbrillen-Girl und *Minipli-Man* – das unschlagbare Gespann, das jeden auch noch so vertrackten Fall löste.

Korrigiere: gelöst *hatte* – Vergangenheit.

Ich hatte ja keine Ahnung.

Kapitel 6

Ein traumhafter Sonntagmorgen, findet Loretta – und muss dann leider ihre Meinung ändern

Sonntagmorgen.

Ich schlug die Augen auf.

Irgendetwas hatte mich geweckt. Aber was? Ein lautes Geräusch? Hatte Baghira, der ja manchmal erstaunlich ungeschickt war und bei der Verteilung katzenhafter Eleganz offenbar übergangen worden war, etwas umgeworfen?

Es dämmerte bereits. Das morgendliche Gezwitscher vor meinem Schlafzimmerfenster hatte längst begonnen, und nach und nach stimmten weitere Vögel ein.

Der Wecker würde erst in einer guten Stunde klingeln, aber ich war hellwach; also konnte ich genauso gut jetzt schon aufstehen. Während ich kurz duschte, lief mein Espresso durch. Im Bademantel und mit meinem Kaffee ging ich hinaus auf den Balkon.

Wunderschöne Morgenröte verbreitete ein beinahe unwirkliches Licht, und ich atmete tief durch. Beinahe meinte ich den Duft des Flieders im Hinterhof bis zu mir hinauf zu riechen. Ich stutzte, denn ich erkannte eine Gestalt auf der verschnörkelten Gartenbank. Der Mensch schien zu schlafen; der Kopf war gesenkt. Das Gesicht konnte ich nicht sehen, denn er trug ein Basecap mit Schirm. Das könnte Marcel Lembeck sein, denn ich erinnerte mich plötzlich daran, was Frau Schiller bei unserer ersten Begegnung über ihn erzählt hatte. Bestimmt hatte er es nach einer nächtlichen Kneipentour wieder einmal nicht mehr in die Wohnung geschafft. Oder seine Freunde hatten ihn im Garten abgesetzt. Er trug Jeans und Sweatshirt, war also warm genug angezogen. Ich sah keinen Grund, ihn anzusprechen.

Leises Gurren mischte sich ins Vogelkonzert. Ich lehnte mich übers Balkongeländer und blickte hoch zum Dach des Nachbarhauses: Taubenvatta Anton von nebenan ließ seine Schützlinge zum Morgenflug hinaus. Das typische Schwirren von Taubenflügeln erklang, und eine kleine weiße Wolke zog einige Kreise über dem Hinterhof, dann flogen die Tiere herab und ließen sich rund um den schlafenden Marcel Lembeck nieder.

Einige saßen neben ihm auf der Rückenlehne, andere pickten zu seinen Füßen auf den Pflastersteinen herum. Zwei von ihnen stritten um einen kleinen, glänzenden Gegenstand.

So schnell ich konnte, rannte ich ins Wohnzimmer und holte meine Kamera, und prompt kamen zwei weitere Tauben, die um Lembeck herumflatterten, da sie auf der Lehne keinen Platz mehr fanden.

»Bitte setzt euch auf seinen Kopf«, murmelte ich.

Als hätten sie mich gehört, leiteten die beiden Neuankömmlinge das Landemanöver ein. Eine hockte sich auf Lembecks Schulter, die andere tatsächlich auf seinen Kopf. Natürlich knipste ich wie verrückt. Bestimmt würde er sich über die Fotos genauso amüsieren wie ich gerade. Ich kicherte leise vor mich hin, denn er musste jeden Moment erwachen, und darauf wartete ich: ein um sich schlagender Marcel, panisch auffliegende Tauben, flatternde Flügel … Was für ein Bild!

Aber unten blieb es ruhig. Gerade begann ich, mich darüber zu wundern, als Lembeck ganz langsam zur Seite kippte. Der Aufprall seines Kopfes auf die hölzerne Sitzfläche der Bank war deutlich zu hören. Erschrocken stoben die Tauben auseinander und flatterten davon.

Lembecks Körper rutschte von der Bank und blieb gekrümmt davor liegen.

Wenn dieser Mann schlief, dann aber *sehr* tief. Nein – offenbar ging es ihm deutlich schlechter, als ich gedacht hatte. Wenn er eine Alkoholvergiftung hatte, war schnelles Handeln gefragt.

Ich rief den Notarzt an, dann rannte ich aus der Wohnung, so schnell ich konnte.

Hier würde jeder Notarzt der Welt zu spät kommen, wie ich direkt erkannte, als ich – völlig außer Atem – die Bank im Hinterhof erreicht hatte. Ich blickte auf eine Leiche, daran gab es keinen Zweifel. Und er war es tatsächlich: Marcel Lembeck. Mit weit geöffneten Augen starrte er ins Leere. Jetzt sah ich auch, dass seine Mütze oben am Kopf blutdurchtränkt war, was mir vom Balkon aus wegen ihrer dunkelroten Farbe nicht aufgefallen war.

Jesses.

Sollte ich die Polizei anrufen? Ich entschied mich dagegen, denn das würden ohnehin die Sanitäter erledigen. Am liebsten hätte ich mich auf die Bank gesetzt, denn meine Knie begannen zu zittern. Aber ich hatte zu viel Angst, eventuelle Spuren zu verwischen.

Verdammt, warum hatte ich mich im Bett nicht einfach noch einmal umgedreht? Hellwach hin, hellwach her: Es war schlicht und ergreifend nicht natürlich, am Sonntagmorgen so früh aufzustehen. Und das hatte ich jetzt davon.

Ich hätte einfach liegen bleiben sollen, und jemand anderer hätte sich um alles hier kümmern müssen.

Hätte, hätte, Fahrradkette. Zu spät.

Als ich die Sirene des Notarztwagens hörte, lief ich vors Haus und winkte den Wagen in unsere Einfahrt.

Ich rannte ihm hinterher und deutete in den Hinterhof, als die Sanitäter – zwei Männer und eine Frau – schneidig heraussprangen. »Da hinten vor der Bank. Aber Sie brauchen sich nicht zu beeilen, er ist tot.«

Die beiden Männer griffen sich ihr Equipment und rannten los. Die Frau musterte mich und sagte: »Sie haben also bereits eine Diagnose gestellt? Dann darf ich annehmen, dass Sie vom Fach sind?«

»Nein, das bin ich nicht«, fauchte ich. »Aber ich bin auch nicht blind.«

Sie zuckte mit den Schultern und gesellte sich zu ihren Kollegen, die bereits neben der Leiche knieten, um sie zu untersuchen. Sie hatten ihm die Mütze vom Kopf gezogen, und ich sah Lembecks blutverschmiertes Haar.

»Exitus«, sagte die Frau schließlich. »Ich hol mal die Polizei.« Sie kam wieder auf mich zu und fragte: »Sie haben ihn also gefunden und uns angerufen?«

Ich nickte. »Erst dachte ich, er schläft, aber …«

»Ja, ja«, fiel sie mir ins Wort, »das können Sie gleich alles der Polizei erzählen.«

»Das werde ich auch tun. Aber von Ihnen möchte ich wissen, ob er schon länger tot ist.«

Ihre Augen verengten sich – oho, sie war misstrauisch. »Warum wollen Sie das wissen?«

»Weil ich – wie ich Ihnen bereits zu erklären versuchte –

zuerst dachte, dass er schläft. Sprich: Ich habe zunächst nichts unternommen, weil er dafür bekannt ist, zuweilen nach einer Kneipentour auf dieser Bank zu schlafen. Erst als er von der Bank rutschte, wurde mir klar, dass etwas ganz und gar nicht stimmt. Und jetzt frage ich mich, ob er zu retten gewesen wäre, wenn ich Sie früher gerufen hätte.«

Sie hatte aufmerksam zugehört. »Wie viel früher?«

»Weiß ich nicht genau.« Ich zuckte mit den Schultern. »Ich habe die Zeit nicht gestoppt. Eine Viertelstunde vielleicht, eher weniger. Keinesfalls länger.«

»Nein, er ist bereits deutlich länger tot. Sie kennen den Mann nicht zufällig?«

Dafür, dass ich gleich alles der Polizei erzählen sollte, stellte sie aber ganz schön viele Fragen.

»Zufällig ja. Oder sagen wir so: Ich weiß, wer er ist. Er heißt Marcel Lembeck und wohnt hier im Haus. Er will – wollte – demnächst ausziehen.«

»Und Sie wohnen ebenfalls hier?«

Natürlich wohne ich hier, du dumme Else. Oder denkst du, es ist mein Hobby, am frühen Sonntagmorgen im Bademantel mit nix drunter auf fremden Hinterhöfen herumzuschleichen?, dachte ich gallig.

»Ja.« Ich zeigte auf meinen Balkon. »Ich habe ihn zuerst von dort oben aus gesehen.«

»Und Sie heißen?«

»Loretta Luchs. Erster Stock rechts. Ich gehe jetzt hoch und ziehe mir etwas anderes an, wenn Sie gestatten. Sie können ja der Polizei sagen, wo ich zu finden bin.«

Ohne ihre Antwort abzuwarten, drehte ich mich um und marschierte los.

Als ich ins Haus trat, kam Frau Schiller im flatternden Nachthemd aus ihrer Wohnung geschossen. Sie packte mich am Ärmel und flüsterte aufgeregt: »Was ist denn da draußen los? Wer liegt denn da vor der Bank? Und warum sind die Sanitäter hier?«

»Es … es geht um Herrn Lembeck. Er ist tot.«

Sie ließ mich los, wich zwei kleine Schritte zurück und presste die Hand auf ihren wogenden Busen. »Waaaa… *Tot?* Um Himmels willen – wieso denn tot? Musste das denn ausgerechnet noch …« Sie unterbrach sich und schlug die Hand vor den Mund, als wollte sie die Worte aufhalten, die ihr auf der Zunge lagen.

Aber ich wusste auch so, was sie dachte: Hätte er mit dem Sterben nicht noch ein paar Tage warten können? Bis *nach* seinem Auszug aus diesem Haus?

»Ich habe ihn vorhin vom Balkon aus gesehen und die Sanitäter gerufen.«

Ich fragte mich, wie oft ich diesen Satz in näherer Zukunft wohl noch sagen würde … der Polizei, meinen Hausnachbarn, meinen Freunden …

»Und was machen die jetzt? Die bringen ihn hoffentlich so schnell wie möglich weg?«

Ich schüttelte den Kopf. »Nein, erst kommt die Polizei. Und die wird alles ganz genau untersuchen und … na ja, uns befragen, schätze ich.«

Ihre Augen weiteten sich entsetzt. »Die *Polizei* kommt ins Haus? Ja, aber … *wieso* denn? Er liegt doch da draußen! Und wir haben doch gar nichts gesehen!«

Obwohl sie bereits jetzt einer Ohnmacht nahe schien, sagte ich: »Falls man eventuell zu dem Schluss kommt, dass er umgebracht wurde …«

»*Umgebracht?*«

Sie taumelte rückwärts, verdrehte die Augen und rutschte dann mit dem Rücken an der Wand herunter. Als ihr Hinterteil den Boden berührte, sank sie zur Seite. Ich konnte gerade noch hinzuspringen und verhindern, dass ihr Kopf ungebremst auf die Steine knallte.

Gut gemacht, Loretta. Halt doch einfach mal im richtigen Moment die Klappe …

Ich raste in ihre Wohnung und weiter auf den Balkon, beugte mich über das Geländer und rief: »Sanitäter! Kann mal bitte jemand kommen? Hier ist jemand ohnmächtig geworden! Erdgeschoss, bei Schiller!«

Die beiden Männer rannten los. Ich ließ sie zur Haustür herein, und sie beugten sich über die bewusstlose Frau.

»Sie hat sich sehr über den Tod von Herrn Lembeck aufgeregt«, sagte ich. »Sie ist einfach umgekippt.«

»Frau Schiller?« Einer der Sanitäter patschte ihr mit der flachen Hand leicht gegen die Wangen. »Frau Schiller? Können Sie mich hören?«

»Was ist denn los? Wo bin ich?«, murmelte Frau Schiller verwirrt.

»Keine Sorge, Frau Schiller, wir kümmern uns um Sie. Können Sie aufstehen, wenn wir Ihnen helfen? Kommen Sie, wir bringen Sie rein und geben Ihnen ein leichtes Beruhigungsmittel. Dann wird es Ihnen bald besser gehen«, sagte der Sani – für mich das Signal, endlich in meine Wohnung zurückzukehren.

Für den Moment hatte ich die Nase gestrichen voll, um ehrlich zu sein. Bevor die Polizei kam, um mich auszuquetschen, brauchte ich dringend ein paar Minuten für mich.

Während ich mich anzog, ergriff leichte Hysterie Besitz von mir, als mir durch den Kopf schoss, ob ich vielleicht gerade ein neues, aufregendes Szenario für meine Arbeit an der Sexhotline entdeckt hatte: Ich trug nur einen Bademantel und war bewusstlos, der Sanitäter untersuchte mich, dann folgte Mund-zu-Mund-Beatmung, woraus sich wiederum leidenschaftliches Sie-wissen-schon entwickelte …

Ich stieß ein nervöses Kichern aus. »Loretta, reiß dich zusammen«, murmelte ich. »Das ist *nicht* komisch.«

Nein, das war es in der Tat nicht. Und schon wieder ein toter Mensch, der mir vor die Füße gefallen war. Aber der ging mich nichts an, gar nichts. Bestimmt war es ohnehin kein Mord. Und selbst wenn – nicht meine Angelegenheit.

Ich brühte mir einen frischen Espresso auf und ging auf den Balkon. Mittlerweile hatten die Sanitäter Lembecks Leiche mit einer Rettungsdecke abgedeckt, und die goldene Folie gleißte in der Sonne.

Von oben beobachtete ich das Eintreffen der Polizei, indem ich durch die schützenden Blätter einer Ranke linste. Zunächst tauchten zwei uniformierte Beamte auf, die alles kurz in Augenschein nahmen und mit den Sanitätern sprachen. Ihren Gesten entnahm ich, dass es um Lembecks Verletzung ging: Der Sani deutete erst auf seinen Kopf, dann machte er eine Bewegung, als würde er jemanden mit einem Gegenstand heftig schlagen. Aha … ich kam zu dem Schluss, dass Lembeck einen tödlichen Hieb auf den Kopf bekommen hatte. Daher vermutlich auch das Blut in seinem Haar.

Einer der Polizisten telefonierte, und mir war klar: Er holte die Kripo. Ob die Spurensicherung auch kommen würde? Vielleicht.

Auf dem Nebenbalkon hörte ich ein geflüstertes Gespräch, das die Kaboleks führten: Sie fragten sich, was im Hof los war. Ich verhielt mich mucksmäuschenstill, denn ich hatte keine Lust, ihnen Rede und Antwort zu stehen.

Dann erklangen auch über mir aufgeregte Stimmen: Jeanette und Arnie debattierten über die Geschehnisse im Hof ... Huch, die Polizei? Und Sanitäter? Lag da unter der Decke etwa ein Toter? Arnie redete beruhigend auf seine Freundin ein und versicherte ihr, man werde bestimmt bald erfahren, was sich dort unten abspielte. Er werde sofort in den Hof gehen und nachfragen.

Ich fragte mich, ob Harmony wohl noch schlief. Hätte ich sie vorwarnen sollen, damit ihr Schock nicht so groß war? Sie schien Lembeck ja sehr gemocht zu haben ... aber er lag ja nicht – nicht mehr – für alle sichtbar tot im Garten.

Dennoch: Vielleicht würde sie sich jemandem anvertrauen wollen, um damit fertigzuwerden. Wenn es so war, wollte ich mich um sie kümmern, nahm ich mir vor.

Moment mal – ich wollte mich um ein Kind kümmern, das ich kaum kannte? Was war denn da los? Was war es, das mein Interesse an Harmony geweckt hatte? Vielleicht die Erinnerung daran, wie anstrengend meine Teenagerzeit gewesen war? Diese Szene im Hof, diese deutlich spürbare Spannung zwischen ihr, ihrer Mutter und deren neuem Lebensgefährten ... Ein Mädchen in dem Alter litt zwangsläufig darunter, noch ein Kind zu sein und keinen Einfluss auf die familiäre Situation zu haben.

Oder war es einfach so: Wenn ich mich schon aus dem Todesfall raushalten musste – immerhin hatte ich es nicht nur mir, sondern auch meinen Freunden geschworen –, dann brauchte ich irgendetwas, das mich ablenkte ...

Die Kripo-Kollegen der Polizisten trafen ein: ein junger Mann und eine schlaksige Frau mit leicht angegrautem Kurzhaarschnitt in Jeans und Lederjacke.

Ich hielt den Atem an. Nein, das konnte nicht sein – war diese Frau denn *immer* im Dienst?

Die Sanitäterin zeigte hoch zu meinem Balkon, und ich meinte, direkt in Kommissarin Küppers Augen zu sehen, obwohl ich hinter Blättern verborgen war. Die Sanitäterin sagte etwas, und das Gesicht der Kommissarin versteinerte.

Ich wusste genau, was sie gerade erfahren hatte: meinen Namen.

Kapitel 7

Loretta unterhält sich mit einer alten Bekannten (beide sind darüber nicht gerade erfreut)

Markigen Schrittes enterte Arnie Hasselhoff die Szenerie. Auch heute trug er eine künstlich zerfetzte Jeans, dazu ein Shirt in wildem Pseudobatikmuster, über das zu allem Überfluss auch noch irgendwelche Parolen gedruckt waren, in denen mehrfach das Wort ›cool‹ vorkam. Jesses. Der Mann brauchte dringend einen Stylisten.

Er eilte auf die Polizisten zu, bis er von Kommissarin Küppers ausgestreckter, gegen ihn gerichteter Handfläche abrupt gestoppt wurde.

»Bleiben Sie stehen!«, herrschte sie ihn an. »Wer sind Sie, und was wollen Sie hier?«

»Mein Name ist Reitmüller, und ich wohne in diesem Haus!«, blökte er pompös. »Ich habe ein Recht darauf, zu erfahren, was hier vor sich geht!«

Ich sah die Mundwinkel der Kommissarin zucken, aber sie beherrschte sich. »Das werden Sie zu gegebener Zeit. Bitte gehen Sie wieder hinein und warten Sie, bis einer meiner Kollegen kommt, um Sie zu befragen.«

Er fuhr zurück. »Sie wollen mich verhören? Wieso das denn? Ich habe rein gar nichts damit …«

»Reine Routine«, fiel sie ihm mit der Superfloskel aller polizeilichen Floskeln ins Wort. »Wir werden alle Mieter *befragen*, Herr Reitmüller. Das ist kein Verhör. Und dann werden Sie auch alles erfahren, was Sie zu den Vorkommnissen wissen müssen.«

Er trottete aus meinem Blickfeld. Nebenan auf dem Balkon hörte ich aufgeregtes Tuscheln, denn natürlich hatten die Kaboleks – genau wie ich – dank der ausgezeichneten Akustik jedes Wort verstanden. Sie sollten befragt werden? Um Himmels willen – war die Wohnung aufgeräumt? Und man müsse sich rasch etwas Angemessenes anziehen, wurde flüsternd entschieden.

Obwohl mich natürlich brennend interessierte, was die beiden wohl für eine polizeiliche Befragung kleidungsmäßig angemessen fanden, würde ich es vermutlich nie erfahren. Aber ich ahnte, dass Mitzi bestimmt zu gern vorher noch zum Friseur und zur Maniküre gegangen wäre.

Und zu einem schicken, neuen Befragungskostümchen hätte sie bestimmt auch nicht Nein gesagt.

Die Kirchturmuhr schlug sieben Mal – war ich wirklich schon seit zwei Stunden auf den Beinen?

Ich ging hinein und griff zum Telefon, denn ich musste einfach mit jemandem über das reden, was passiert war. Ich wählte und kam sofort durch.

»Guten Morgen. Habe ich euch geweckt?«

Ich musste meinen Namen nicht nennen, denn er stand auf dem Display seines Telefons.

Erwin lachte dröhnend. »Morgen, Loretta. Du weißt doch: Wir sind unverbesserliche Frühaufsteher. Mein Täubchen werkelt schon längst in der Küche, und es duftet herrlich nach einem guten Frühstück. Aber ich frage mich, warum du so früh bei uns anrufst. Ist alles in Ordnung?«

»Ja … nein … also, bei mir schon. Bei mir persönlich, meine ich. Allerdings habe ich heute Morgen eine Leiche gefunden, weißt du?«

»Wie bitte? Eine Leiche?«, rief er entgeistert aus.

Prompt hörte ich Doris' Stimme im Hintergrund fragen: »Eine Leiche? Wer ist denn da am Telefon?«

»Das ist Loretta. Sie hat eine Leiche gefunden.«

»Was? Aber sie hatte uns doch versprochen … wessen Leiche denn überhaupt?«

»Doris will wissen, wessen Leiche du gefunden hast«, soufflierte Erwin.

Ich seufzte. »Ich weiß, ich kann sie hören. Stell am besten das Telefon auf Lautsprecher, das macht dieses Gespräch weniger kompliziert.«

Ich hörte ein leises Geräusch, dann verkündete Erwin: »Okay, du kannst loslegen.«

Ich berichtete kurz, was bisher geschehen war. »Ich habe den Eindruck, er wurde erschlagen, auf jeden Fall hat er eine Kopfverletzung.«

»Und was willst du jetzt tun?«, fragte Erwin.

»Ich? Gar nichts. Ich sitze hier in meiner schönen Wohnung und warte auf deine Patentochter, die jeden Moment klingeln wird, um mich zu befragen.«

»Astrid ist vor Ort?«

»Natürlich.« Mir entfuhr ein Schnauben. »Hat die gute Kommissarin Küpper etwa nicht immer Dienst oder Bereitschaft, wenn ich über eine Leiche stolpere? Allmählich denke ich, irgendein böser Fluch kettet uns aneinander.«

»Aber du wolltest doch nichts mehr damit zu tun haben«, jammerte Doris, »du hast es uns fest versprochen.«

»Ich habe es vor allem *mir* fest versprochen«, erwiderte ich, »und dabei bleibt es auch. Ich bin ja nicht in der Hoffnung in dieses Haus gezogen, dass mir die Leiche eines Nachbarn vor die Füße kollert. Aber ich bin nun mal leider die Erste, die ihn im Hof gesehen hat, also habe ich die Sanitäter gerufen, und die wiederum die Polizei. Was hätte ich denn tun sollen? Ihn ignorieren und warten, bis der nächste wach wird und sich um alles kümmert?«

Es klingelte an der Wohnungstür.

»Das wird die Kommissarin sein«, sagte ich, »oder einer ihrer Kollegen. Aber ich denke, sie wird es sich nicht entgehen lassen, mich persönlich zu befragen. Ich melde mich später noch einmal.«

Ich ging zur Tür und öffnete – und da stand sie: meine Lieblingskommissarin.

»Frau Küpper«, sagte ich, »kommen Sie doch bitte herein.«

Sie musterte mich streng, so wie ich es von ihr gewöhnt war, und trat an mir vorbei in die Wohnung. »Frau Luchs. Lange nicht gesehen. Jedenfalls nicht dienstlich. Ist es mal wieder so weit.«

Das stimmte – wir waren uns vor zwei oder drei Monaten auf einer Feier bei Doris und Erwin begegnet und hatten uns nett unterhalten. Und wie bei jeder privaten Begegnung mit ihr hatte ich es bedauert, dass wir schon so oft dienstlich, wie sie es nannte, miteinander zu tun gehabt hatten und jedes verdammte Mal böse aneinandergeraten waren – privat konnte ich sie nämlich gut leiden.

Sie ging mir voraus ins Wohnzimmer und deutete auf den Esstisch. »Darf ich?«

»Klar. Espresso?«

Sie nahm dankend an und setzte sich. Ich ging in die Küche und bereitete Espresso für uns zu. Ich konnte ebenfalls einen gebrauchen, denn beide Tassen, die ich mir heute gemacht hatte, waren kalt geworden.

Ein forderndes Miauen hinter mir erinnerte mich daran, dass ich den Kater noch nicht gefüttert hatte, also holte ich das rasch nach. Dann ging ich mit zwei Tassen brühheißen Kaffees zurück an den Tisch und setzte mich gegenüber der Kommissarin.

Vorsichtig nippte sie am Espresso, dann stellte sie die Tasse ab und sah mich an. »Sie kennen das ja. Ich möchte wissen, was heute Morgen geschehen ist.«

Ich erzählte ihr also den Ablauf des bisherigen Morgens, wobei ich mich tunlichst aufs Wesentliche beschränkte. Wir hatte das ja nun schon einige Male miteinander durchexerziert, und wenn ich ins Schwafeln geriet, wurde sie stinksauer. Und sehr ungeduldig.

»Irgendetwas hat Sie geweckt«, sagte sie, nachdem ich geendet hatte. »Können Sie sich erinnern, was das war? Stimmen? Ein Geräusch?«

»Leider nein. Ich war urplötzlich wach. Gegen fünf Uhr. Aber auf die Art, wie man erwacht, wenn man im Schlaf gestört wird, verstehen Sie? Erst dachte ich, der Kater hätte etwas umgeworfen oder so, aber er schlief tief und fest.«

»Und dann sahen Sie vom Balkon aus die Leiche und sind in den Hof gegangen?«

Es entsprach nicht gerade den klassischen Befragungsregeln, mir praktisch die Worte in den Mund zu legen … Aber vielleicht wollte sie es auch nur so schnell wie möglich hinter sich bringen. Ich kicherte innerlich. Bestimmt hatte sie einen kurzen Moment lang geglaubt, ich ziehe den Leichen hinterher …

Ich erklärte ihr noch einmal, warum ich zuerst gedacht hatte, er schliefe nur, und keinen Handlungsbedarf gesehen hatte. »Bis er dann von der Bank kippte«, schloss ich. »Die

Tauben müssen ihn aus dem Gleichgewicht gebracht haben. Erst fiel er zur Seite, dann von der Bank herunter. In diesem Moment wusste ich, da stimmt was nicht. Aber auch da habe ich noch vermutet, er wäre so besoffen, dass er vielleicht ins Koma gefallen ist und dringend Hilfe benötigt. Ich alarmierte die Rettungskräfte, *bevor* ich hinunter in den Hof ging. Aber als ich vor ihm stand, war mir klar, dass die ihm nicht mehr helfen können.«

»Kein Lebenszeichen mehr?«

»Korrekt.«

Sie nickte und trank ihre Tasse aus. Sie brauchte mich nicht zu fragen, woher ich gewusst hatte, dass der Mann tot war. Sie zuallererst wusste, wie viele Leichen ich schon gesehen hatte.

»Kannten Sie ihn näher?«, fragte sie. »Wissen Sie irgendetwas über ihn?«

Ich schüttelte den Kopf. »Überhaupt nichts. Ich wohne hier seit gerade mal einer Woche, und ich bin ihm nur einmal begegnet, und das auch nur von Ferne: Ich war im Hof, und er stand auf seinem Balkon. Das war alles. Er wollte wohl demnächst ausziehen und heiraten, aber das weiß ich auch nur von Frau Schiller.«

»Die Dame aus dem Erdgeschoss, die vorhin ärztliche Hilfe benötigte?«

»Genau die. Sie kümmert sich für die Vermieter um alles hier im Haus. Sie hat mir erzählt, Lembeck sei Computerspezialist und habe allen im Haus schon mindestens einmal bei Problemen geholfen. Sie sehen – diesmal kann Ihnen jeder andere hier mehr über das Opfer erzählen als ich. Ich habe ihn nur gefunden, damit ist mein Einsatz erledigt. Ich werde Ihnen nicht in die Ermittlungen pfuschen.«

»Mal was ganz Neues«, murmelte sie. Sie klang amüsiert.

»Ich habe rein gar nichts mit dem Mann zu tun gehabt, Frau Küpper, und deshalb keinen Grund, mich einzumischen.«

Sie grinste knapp. »Bisher haben Sie noch immer einen Grund gefunden.«

»Diesmal nicht. Ehrenwort.«

Sie stand auf. »Darauf werde ich Sie festnageln, Frau Luchs. Kommen Sie bitte ins Präsidium, damit wir Ihre Aussage schriftlich haben. Oder Sie können das Protokoll gern selbst verfassen, wenn Sie wollen, und bei uns vorbeibringen. Sieht ja wirklich so aus, als könnten Sie tatsächlich nichts weiter dazu beitragen.«

Ich folgte ihr zur Wohnungstür und fragte: »Ist er gewaltsam gestorben? Ich habe mitbekommen, dass er eine Kopfverletzung hat. War es Mord?«

Sie öffnete die Tür, drehte sich zu mir um und sagte mit sanfter Stimme: »Vielen Dank für Ihre Zeit. Und vergessen Sie bitte das Protokoll nicht. Auf Wiedersehen, Frau Luchs.«

Natürlich würde sie mir kein Sterbenswort über die bisherigen Erkenntnisse verraten. Und das war – eingedenk meiner Vorsätze – auch gut so, denn offenbar war es nicht so leicht für mich, mich daran zu halten.

Danke, Kommissarin Küpper.

Auch wenn es seit meinem Umzug näher gelegene Möglichkeiten gab, am Sonntagmorgen frische Brötchen fürs Frühstück zu besorgen, war es für mich Ehrensache, zu *Kropkas Klümpchenbude* zu fahren – zumal Frank gestern beim Brunch erwähnt hatte, dass er zur Frühschicht dort sein würde.

Schon vor der Tür wurde ich mit großem Hallo begrüßt, denn mit dem Einsetzen der warmen Jahreszeit hatte auch das geriatrisch-infernalische Trio – bestehend aus den Rentnern Jupp Zwo, Locke und Steiger – seinen Stammplatz auf der Bank vorm Kiosk wieder eingenommen. Von dort aus pflegten sie beinahe täglich alles und jeden wortreich und boshaft zu kommentieren.

»Die Kleene!«, grölte Jupp Zwo, der Wortführer der drei, prompt, als er meiner ansichtig wurde. »Lange nich gesehn, hömma! Wie geht's denn imma so?«

»Bestens«, gab ich zurück. »Und selbst, die Herren? Alles fit? Was machen die morschen Knochen?«

Sofort wurde dreistimmig über diverse Zipperlein gejammert und geklagt, bis ich lachend die Hand hob. »Genug, das klingt ja so, als würdet ihr mit einem Bein im Grab stehen. Oder mit drei Beinen, ihr seid ja zu dritt.«

Meckerndes Gelächter, dann sagte Steiger: »Weißte doch, wir sind wie Unkraut. Nich totzukriegen.«

Ich nickte. »Und vor allem muss man euer loses Mundwerk extra erschlagen, sonst gebt ihr noch unter der Erde keine Ruhe.«

Sie klopften sich auf die Schenkel vor Lachen, und ich hatte beinahe Sorge, sie könnten sich dabei überanstrengen.

»Hömma, dein Mundwerk is minnigens so lose als wie dat unsere«, keuchte Jupp Zwo schließlich. »Fürn Mädchen hast du 'n ganz schönet Schandmaul.«

Hatten wir das also auch geklärt. Ich mochte die Oppas und ihren beißenden, selbstironischen Humor. Vor ungefähr einem Jahr, als Frank mit seinem Kiosk schwer in der Klemme saß und wir deswegen ein wildes Abenteuer erlebt hatten, waren die Rentner mir sehr ans Herz gewachsen.

»Sachma, wann schiebse denn ma wieder Dienst hier?«, fragte Steiger. »Dat war immer lustich, wennde hier wars.«

»Jungs, ich hab einen Beruf. Ich habe Frank nur in der Anfangszeit geholfen, als er sich noch keine Aushilfen leisten konnte. Das hat sich ja Gott sei Dank geändert. Ich geh mal rein, sonst krieg ich keine Brötchen mehr ab.«

Während ich mit den Oppas gesprochen hatte, waren nämlich diverse Kunden aus dem Verkaufsfenster heraus bedient worden, und alle hatten bei ihrem Abgang gefüllte Brötchentüten in der Hand.

»Keine Sorge, Loretta«, sagte Frank, als ich den Kiosk betrat, »ich hab sofort zwei Körner und 'n Krossong für dich beiseite gepackt, als ich dich mit die Oppas reden hörn hab.«

»Ach, das ist aber nett von dir. Guten Morgen, übrigens.« Erst jetzt sah ich, dass auch seine Liebste im Kiosk war. »Bärbel! Was machst du denn hier?«

Sie umarmte mich herzlich. »Brötchen holen, was denkst du denn?«

Frank legte meine Brötchentüte auf den Tresen und musterte mich kritisch. »Müde siehsse aus, hömma. Nich so gut geschlafen?«

So lässig ich konnte, sagte ich: »Leiche gefunden. Im Morgengrauen.«

Während Bärbels Miene versteinerte, rasten über Franks Gesicht blitzartig wechselnde Emotionen wie Wolken bei einem Orkan über den Himmel. Zuerst Unglauben, der sich in Überraschung verwandelte, dann Entsetzen, gefolgt von Neugier, dann wieder Entsetzen, aber letztendlich siegte die Neugier.

»Setz dich«, sagte er streng. »Ich mach dir 'n Kakau. Erzähl. Und lass nix aus, hörsse?«

Bärbel erwachte aus ihrer Erstarrung. »Oh, Loretta … wie schrecklich.«

»Alles halb so wild, Süße, wirklich. Nicht so wie sonst immer. Komm.«

Ich zog sie mit mir zum Stehtisch, und wir erklommen die Barhocker. Bärbel sah mich ängstlich an, aber ich nickte ihr beruhigend zu und leierte los. So ganz allmählich konnte ich die Geschichte im Schlaf erzählen.

Währenddessen brachte Frank mir den Kakao, blieb am Tisch stehen und lauschte andächtig.

»Boah«, sagte er schließlich, als ich geendet hatte. »Und die olle Küpper war auch da? Hat se mit dir gemeckert?«

Ich schüttelte den Kopf. »Nee. Dafür gab es aber auch keinen Grund. Ich hab den Typen zufällig als Erste im Haus gesehen und die Kavallerie geholt. Das ist auch schon alles. Ende der Geschichte.«

»Dat kannze deine Omma erzähln.« Frank zwinkerte mir schelmisch zu. »Du has doch bestimmt wat vor!«

Ich schüttelte erneut den Kopf. »Hab ich nicht. Ich kenne den Kerl nicht mal. Die Polizei war da und wird sich um alles kümmern. Ende der Geschichte.«

»Versteh ich nich. Sonz haste doch immer …«

»Bist du taub? Du hast doch gehört, was Loretta gesagt hat!«, fauchte Bärbel. »Und jetzt lass sie damit in Ruhe, verstanden? Komm ja nicht auf dumme Gedanken, Freundchen. Keine Mörderjagd mehr, das hat Loretta sich fest vorgenommen. Und das gilt auch für dich, sonst muss ich wohl mal Klartext mit dir reden.«

Holla. Also, für mich hatte sich das jetzt schon verdammt nach Klartext angehört.

»Ihr kriegt euch doch jetzt bitte nicht meinetwegen in

die Plünnen«, sagte ich. »Dafür gibt es wirklich überhaupt keinen Grund. Also vertragt euch wieder, sonst fühle ich mich scheiße. Noch scheißer als sowieso schon. Es ist nämlich kein Vergnügen, am frühen Morgen einem Toten in die starren Augen zu gucken.«

»Ach, Loretta, entschuldige.« Bärbel nahm mich erneut in den Arm. »Es ist nur so, dass ich mir immer solche Sorgen mache. Um dich und natürlich auch um Frank, wenn ihr …« Sie unterbrach sich und sah weg.

Ich wusste, was sie meinte: Nicht nur einmal war ich zusammen mit ihm auf Verbrecherjagd gewesen, und wir hatten dabei reichlich kritische Situationen erlebt.

»Diesmal hast du dazu keinen Grund, wirklich nicht. Ich werde mich nicht einmischen.«

Wenn ich für jedes Mal, das ich diesen Satz sagte, einen Zehner kriegte, würde ich bald sehr reich sein.

Kapitel 8

Falls Loretta gedacht haben sollte,
sie sei die Meisterin der Mordtheorien,
wird sie nun eines Besseren belehrt

Frau Schiller lauerte am Küchenfenster, sah mich, winkte und verschwand. Ich ahnte, was kommen würde – und richtig: Kaum hatte ich das Haus betreten, stand sie auch schon vor mir. Mist.

»Frau Schiller«, sagte ich, so freundlich ich konnte. »Es geht Ihnen hoffentlich besser?«

»Frau Luchs! Bitte, Sie müssen hereinkommen und mir alles erzählen! Ich habe ja erst etwas bemerkt, als hier schon der reinste Jahrmarkt ablief!«

Ich hob die Brötchentüte. »Nicht böse sein, aber ich brauche jetzt dringend eine Stunde für mich. Und mein Magen knurrt – trotz allem. Ich komme nach meinem Frühstück zu Ihnen, in Ordnung?«

Sie nickte widerstrebend und ließ mich für den Moment aus ihren Klauen.

Eilig flitzte ich die Treppe hoch und in meine Wohnung, bevor mich noch einer meiner Nachbarn ansprechen konnte. Mit Sicherheit hatte die Polizei inzwischen ihre Runde durchs Haus gemacht und alle befragt; also waren alle informiert und wussten, dass ich diejenige welche gewesen war.

Ich musste damit rechnen, noch diverse Male darauf angesprochen zu werden. So hatte ich mir den Start in mein neues Leben natürlich nicht vorgestellt, aber es war nicht mehr zu ändern.

Baghira maunzte zur Begrüßung, trippelte zur Balkontür und blickte mich auffordernd an. Also ging ich mit ihm hinaus und spähte in den Hinterhof.

Dort sah es aus wie immer: keine Leiche, keine Sanitäter, keine Polizei. Nichts war mehr abgesperrt. Bestimmt hatte die Spurensicherung dort die Lage gecheckt und war zu dem Schluss gekommen, dass es sich nicht um den Tatort handelte. Auch ich hatte dort keine Blutspuren oder dergleichen gesehen. Und wenn man Lembeck auf der Bank den Schädel eingedroschen hätte, wären auf jeden Fall Blutspritzer oder sogar eine Blutlache zu finden gewesen.

Dafür allerdings – das hatte ich im Vorbeigehen im Treppenhaus gesehen – war Lembecks Wohnungstür polizeilich versiegelt. Ob er in seiner Wohnung umgebracht worden war? Was sie dort wohl gefunden hatten?

»Geht dich nichts an, Loretta«, murmelte ich und ging in die Küche, um mir das Frühstück zuzubereiten. Damit und einer Sonntagszeitung, die ich bei Frank gekauft hatte, setzte ich mich auf den Balkon.

Im Haus war es ruhig, niemand war im Hof oder hielt sich auf den Balkonen auf; jedenfalls hörte ich keinen Mucks. Obwohl … Ich hielt den Atem an und lauschte. Jemand weinte. Über mir. Ob das Harmony war?

Ich hätte erwartet, dass das gesamte Haus vor Aufregung summen würde, dass die Nachbarn zusammenstehen und alles bekakeln würden, aber nichts dergleichen. Seltsam. Oder standen alle unter Schock, weil in ihrer unmittelbaren Umgebung ein Mord geschehen war? Vielleicht sogar im Haus, während wir alle nichts ahnend geschlafen hatten?

Doch, ich musste zugeben: Diese Vorstellung war gruselig.

Ich erschrak: Lembeck hatte unter mir gewohnt – war ich heute Morgen von seinem Todesschrei erwacht? Oder davon, dass er um sein Leben gekämpft hatte?

Wie viel Zeit war vergangen, bis ich nach dem Aufwachen meinen Balkon betreten hatte? Ich hatte geduscht und mir einen Kaffee gemacht, das hatte sicherlich eine Viertelstunde gedauert. Auf jeden Fall Zeit genug, um den Toten aus der Wohnung in den Garten zu bringen.

Aber warum sollte der Täter dieses unnötige Risiko eingehen? Immerhin war es bereits ziemlich hell gewesen, und vermutlich war es ein Wunder, dass niemand ihn dabei entdeckt hatte. Aber vielleicht war das alles doch schon früher, in tiefer Nacht, geschehen. Sowohl der Mord – oder Totschlag – als auch die Platzierung der Leiche im Garten.

Dennoch: Der Täter hätte ihn doch einfach in der Wohnung lassen können; dann wäre Lembeck erst entdeckt worden, wenn es im Haus komisch gerochen hätte.

Aber vielleicht war Lembeck ja auch ganz woanders gestorben … nein, das war Unsinn. Dann hätte der Täter ja wissen müssen, wo sein Opfer wohnte. Hm … Wenn es jemand aus Lembecks Umfeld gewesen war, kannte derjenige bestimmt auch die Adresse. Warum eigentlich nicht? Statistisch gesehen passierten die meisten gewaltsamen Todesfälle unter Verwandten und Bekannten.

Ich konnte nichts dagegen machen: Mein Gehirn hatte sich von meinem offenbar doch nicht so eisernen Willen abgespalten und deklinierte unermüdlich alle Möglichkeiten durch, wie und unter welchen Umständen Lembeck zu Tode gekommen sein könnte. Was allerdings das Warum anging, hatte ich keinerlei Anhaltspunkte. Der Vorteil daran: eine Sache weniger, über die ich nachgrübeln konnte.

Ich ließ mir Zeit mit meinem Frühstück, wohl wissend, dass Frau Schiller ungeduldig auf mich wartete.

Schließlich – nachdem ich auch noch die Zeitung in aller Ruhe gelesen hatte – ließ es sich nicht weiter aufschieben. Am liebsten hätte ich mich in meiner Wohnung verschanzt, aber versprochen ist versprochen – und wird auch nicht gebrochen. So war die Regel.

Auch unter Nachbarn.

Mein Finger hatte kaum den Klingelknopf losgelassen, als sie die Wohnungstür auch schon aufriss. Hatte sie dahinter gelauert?

Wie auch immer – ich folgte ihr ins Wohnzimmer und ließ mich auf ihr Sofa nötigen. Alle Angebote – Kaffee, Tee, Saft, Kuchen, Mineralwasser – lehnte ich dankend mit dem freundlichen Hinweis ab, dass ich eben erst gefrühstückt hatte und pappsatt war.

Sie ließ sich in einen Sessel plumpsen und sagte: »Frau Luchs, das ist alles zu viel für mich. Ich kann nicht mehr. Nach meinem schweren Kollaps sollte ich ja eigentlich ins Krankenhaus gebracht werden, aber ich habe gesagt, nein, mein Platz ist hier. Ich trage schließlich Verantwortung für dieses Haus. Eine Leiche liegt im Garten, die Polizei ist im Haus, man wird verhört … ich weiß nicht mehr, wo mir der Kopf steht. Was sollen nur die Nachbarn denken? Dies ist ein ordentliches Haus! Mit handverlesenen Mietern! Bisher konnte ich immer hocherhobenen Hauptes über die Straße gehen. Und dann so etwas!«

Frau Schiller schaffte es nicht einmal, seinen Namen zu nennen. Dachte sie etwa, dass ›der junge Herr Lembeck‹ vor seinem gewaltsamen Ableben noch darauf bestanden hatte, als Leiche im Garten deponiert zu werden, um ihren Ruf – und/oder den dieses ehrenwerten Hauses – zu ruinieren?

Sie schien keine Antwort zu erwarten, denn sie fuhr fort: »Ihnen muss es furchtbar gehen, Frau Luchs. Auge in Auge mit einem *Toten!*«

Nun. Wieder einmal hätte ich ehrlich sein und ein paar Schwänke aus meinem Leben erzählen können, aber ich zog es vor – wie bei den Angaben zu meiner beruflichen Tätigkeit –, die Wahrheit zu verschweigen.

Da ich nichts sagte, fügte sie hinzu: »Glauben Sie mir: Hätte ich ihn gefunden, hätte ich mich gleich danebengelegt, weil mich garantiert der Schlag getroffen hätte! Eine Leiche … wer rechnet denn mit so was? Ich muss Ihnen gestehen: Ich bin froh, dass Sie und nicht ich … ich meine … tut mir leid, aber … Sie verstehen schon.«

Ja, ich verstand, also nickte ich. »Mir geht es gut, Frau Schiller. Ich hatte kaum Zeit, zu erschrecken, denn ich dachte ja zuerst, er sei nur bewusstlos. Und da hatte ich schon längst den Notarzt gerufen, als ich ihn vom Balkon aus von der Bank fallen sah.«

»Von der Bank …?«

Ihre Augen weiteten sich panisch, also erzählte ich ihr alles haarklein. Während ich redete, stieß sie kleine, entsetzte Kiekser aus, wisperte: »Die Tauben …«, und schlug dann die Hand vor den Mund.

»Glauben Sie, er ist an zu viel Alkohol gestorben?«, flüsterte sie, nachdem ich geendet hatte.

Ohne nachzudenken, schüttelte ich den Kopf und posaunte es hinaus: »Er hatte eine schlimme Wunde am Kopf.«

Frau Schiller verdrehte die Augen, griff sich ans Herz und japste: »*Wunde am Kopf?*«

Verdammt.

Verwandelte ich mich jetzt in Frank, der ja oft genug schneller redete, als er dachte? Ganz sicher hatte ich gerade etwas preisgegeben, das die Polizei meinen Nachbarn garantiert nicht mitgeteilt hatte.

»Er ist *umgebracht* worden?«, keuchte sie. »Ein *Mord?*«

Schadensbegrenzung, schnell …

»Nein, nein, das ist nicht gesagt. Wenn er getrunken hatte, kann er zum Beispiel gestürzt sein und hat sich dann noch bis zur Bank geschleppt, nicht wahr? Bestimmt war es kein Mord, Frau Schiller.«

Aber sie hörte mir nicht zu. Sie starrte grübelnd ins Leere, dann beugte sie sich vor, sah mich eindringlich an und flüsterte: »Um Ihnen die Wahrheit zu sagen: So richtig geheuer war er mir ja nie.«

Ach was? Der nette Herr Lembeck war ihr auf einmal nicht geheuer gewesen? Interessant.

»Tatsächlich? Ich dachte, er sei so hilfsbereit gewesen. Sie haben doch gesagt, es sei so bedauerlich, dass er auszieht.«

Hatte sie das? Ich erinnerte mich nicht mehr so ganz genau. Aber es konnte nicht schaden, diesen kleinen Versuchsballon zu starten.

Mit einer wegwerfenden Handbewegung erwiderte sie: »Man will ja schließlich nicht schlecht über seine Nachbarn reden. Zumal potenziellen neuen Mietern gegenüber.«

Nee, man lügt ihnen lieber die Hucke voll, wie toll alle im Haus sind, dachte ich.

Sie brannte sichtlich darauf, über ihn auszupacken, aber wollte ich das wirklich wissen? Meine Alarmglocken schrillten. Je mehr ich wusste, desto intensiver würde ich mich mit dem Fall beschäftigen; dafür kannte ich mich gut genug. Ich rang mit mir und kam zu dem Schluss, dass sie bestimmt nur ein bisschen Tratsch loswerden wollte, also fragte ich höflich: »Was war Ihnen denn an ihm nicht geheuer?«

»Zunächst einmal seine Trinkerei. Also, mir wäre es peinlich, wenn meine Nachbarn mich sonntagmorgens schlafend auf der Parkbank vorfinden würden, weil ich zu besoffen war, um das Türschloss zu finden.«

Ach ja? Das hatte sich vor Kurzem doch noch ganz anders angehört ...

»Und dann die Leute, die bei ihm ein und aus gingen, zum Beispiel. Zu jeder Tages- und Nachtzeit. Er arbeitet ja von zu Hause aus.« Sie verzog den Mund. »Das allein ist doch schon suspekt, finden Sie nicht?«

Nee, fand ich nicht, behielt das aber für mich.

»Das waren vielleicht seine Auftraggeber, oder? Als Computerexperte arbeitet man ja oft für viele verschiedene Firmen.«

»Und die kommen nachts um zwei? Das ist doch *merkwürdig!* Und immer in dicken Autos.«

Nun, nächtlicher Besuch von Auftraggebern war tatsächlich nicht der Normalfall. Obwohl ... wenn er zum Beispiel für ein Sicherheitsunternehmen gearbeitet hatte, das nachts ein Museum überwachte oder so, mochte es durchaus Gründe dafür gegeben haben. Aber das war Spekulation.

»Außerdem warf er mit Geld um sich«, fuhr sie fort. »Für sich und seine zukünftige Frau hat er eine Eigentumswohnung angeschafft, hat er erzählt. Und er hat mir den Ring gezeigt, den er seiner Freundin zur Verlobung gekauft hat, das war so ein Kawenzmann.« Daumen und Zeigefinger bildeten einen Kreis von der Größe eines Golfballs. »Und der war ganz sicher nicht aus dem Kaugummiautomaten. Ich habe ihn gefragt, ob das ein echter Diamant ist, und er hat ganz stolz genickt. So einen großen Diamanten habe ich in meinem Leben noch nicht gesehen, Frau Luchs.«

Sie lehnte sich zufrieden im Sessel zurück und blickte mich abwartend an. Ich wusste nicht recht, was ich sagen sollte. Zunächst einmal war ich zu hundert Prozent sicher, dass sie bei der Größe des Steins maßlos übertrieben hatte. Des Weiteren sollte es Menschen geben, die den Kauf einer Wohnung per Bankkredit finanzieren, den sie dann über viele Jahre mühsam abzahlen – die Tatsache an sich bedeutete ja nicht, dass er die Wohnung bar bezahlt hatte. Außerdem …

»Hochkarätige Computerspezialisten verdienen mehr Geld, als wir uns vorstellen können, Frau Schiller«, sagte ich. »Es gibt Firmen, die solchen Leuten Unsummen dafür bezahlen, Sicherheitslecks in deren Computersystemen aufzuspüren. Banken zum Beispiel.«

»Ach, wirklich? Ihre Bank auch?«

Für den Bruchteil einer Sekunde brachte sie mich mit der Frage aus dem Konzept. Meine Bank? Welche Bank? Dann fiel mir die Legende ein, die ich regelmäßig auspackte, wenn jemand nach meinem Beruf fragte.

Also nickte ich ernst. »Ganz bestimmt sogar. Gerade in einem Callcenter müssen wir ja vor Angriffen von außen geschützt werden. Also vor Leuten, die Passwörter rauskriegen wollen oder dergleichen. Natürlich bekommen wir als Mitarbeiter von diesen Sicherheitsprüfungen nichts mit. Das wäre ja kontraproduktiv, weil wir eine potenzielle Schwachstelle sind. Aber ich bin sicher, sie finden statt.«

Ich redete kompletten Blödsinn, aber das würde sie hoffentlich nicht merken.

»Wenn er so viel wusste, konnte er sein Wissen doch

auch für kriminelle Dinge benutzen, oder? Man hört doch immer wieder von dieser … wie heißt es gleich … genau: Computerkriminalität. Dass diese Typen Konten leer räumen und so. Und Passwörter klauen.«

Ich zuckte mit den Schultern. »Keine Ahnung. Ich kannte ihn nicht, und ich habe keinen Schimmer, womit genau er sein Geld verdient hat. Ich habe gerade lediglich diverse Möglichkeiten aufgezeigt. Ob sie auf ihn zutrafen, weiß ich nicht.«

»Aber …«, sie machte eine dramatische Kunstpause und fuhr dann fort, »es muss ja schließlich einen *Grund* dafür geben, dass er umgebracht wurde, oder etwa nicht? Wenn man sich mit den falschen Leuten abgibt … nun ja. Wer sich in Gefahr begibt, kommt darin um, sage ich immer. Niemand wird grundlos ermordet, das ist meine Meinung.«

Ach du liebes bisschen. *Dieser* Zug stand auf dem Gleis und nahm gerade Geschwindigkeit auf. »*Falls* er ermordet wurde, Frau Schiller.«

»Ja, ja, das meinte ich natürlich.«

Aber ihrem Blick nach zu urteilen, war es für sie längst beschlossene Sache: Lembecks undurchsichtiger und zweifelhafter Lebenswandel hatte ihn das Leben gekostet.

Leider musste ich mir eingestehen, dass ich ihr diesen Floh überhaupt erst ins Ohr gesetzt hatte, als ich die Kopfwunde rausposaunt hatte.

Ich war eine Vollidiotin.

Und ich verwettete meinen Arsch darauf, dass sie alles im Haus herumtratschen würde. *Frau Luchs hat gesagt, er wurde ermordet.* So was in der Art.

Ich konnte nur hoffen, dass Kommissarin Küpper nichts davon erfuhr, denn dann würde sie mir die Ohren lang ziehen, und zwar mindestens bis runter zu den Knien.

Kapitel 9

Loretta findet einfach keine Ruhe,
aber was sein muss, muss sein

Mit dem Hinweis darauf, dass ich dringend Ruhe brauchte, um mich von den Strapazen des Tages zu erholen, verabschiedete ich mich. Frau Schiller war sehr verständnisvoll und begleitete mich zur Tür. Nachdem ich ihr versichert hatte, mich an sie zu wenden, falls ich Beistand benötigte, flüchtete ich zurück in meine Wohnung.

Den Teufel würde ich tun, und wenn es mir noch so dreckig ging. Frau Schiller neigte offenbar zum Tratschen, sonst hätte sie mir nicht diese Dinge über Lembeck erzählt.

Je weniger sie von mir wusste, desto besser.

Ich legte mich aufs Sofa und musste rasch eingenickt sein, denn als ich von der Türklingel erwachte, war es bereits früher Abend. Jemand stand im Hausflur und wollte zu mir. Das wusste ich, weil es zwei unterschiedliche Klingeltöne gab; je nachdem, ob jemand vor der Haustür oder eben bereits vor der Wohnungstür stand.

Ein Nachbar? Oder einer meiner Freunde, den jemand, der gerade das Haus verließ, hereingelassen hatte?

Um das herauszufinden, sollte ich wohl oder übel öffnen.

Ich blickte in ein total verquollenes Gesicht – Harmony musste sich seit Stunden die Augen ausgeweint haben. Sie sah mich flehend an, und ich brachte es nicht übers Herz, das unglückliche Mädchen wegzuschicken, nur weil ich lieber meine Ruhe gehabt hätte.

»Komm rein«, sagte ich, und sie trottete stumm hinter mir her ins Wohnzimmer.

Sie blickte sich um. »Ist Baghira nicht da?«, fragte sie und schniefte. Ihre Nase lief.

»Doch. Er ist auf dem Balkon. Sollen wir zu ihm gehen?«

Sie schüttelte heftig den Kopf.

Logisch – vom Balkon aus hätte sie die Bank gesehen. Ich war so ein Trottel.

»Setz dich schon mal aufs Sofa, ich hole ihn.«

Bevor ich das tat, brachte ich ihr eine Packung Papiertaschentücher. So weit ging mein Mitleid nun auch nicht, dass ich ihren Rotz auf meinem nagelneuen Sofa hätte haben wollen. Sie putzte sich geräuschvoll die Nase und hockte sich auf die Sofakante, nachdem sie das benutzte Taschentuch in die Jeanstasche gestopft hatte.

Ich ging hinaus und pflückte den widerstrebenden Kater von seiner Aussichtsplattform. Er meckerte zwar, versuchte aber nicht, mir vom Arm zu springen. Ich schloss die Balkontür, trug ihn ins Wohnzimmer und setzte ihn neben Harmony auf die Couch.

Sie streckte die Hand nach ihm aus, ließ ihn schnuppern und streichelte dann vorsichtig seinen Rücken. Prompt warf Baghira seine Schnurrmaschine an und rollte sich eng an ihrer Seite zusammen. Braver Kater.

»Möchtest du etwas trinken?«, fragte ich, aber sie schüttelte den Kopf.

Sie war ganz auf Baghira konzentriert, also setzte ich mich ans andere Ende des Sofas und wartete ab. Es brachte nichts, sie zu bedrängen; sie würde reden, wenn ihr danach war.

Wir zuckten beide erschrocken zusammen, als das Telefon, das auf dem Couchtisch lag, läutete. Ich sah Erwins Namen auf dem Display – richtig, ich hatte ja versprochen, ihn anzurufen.

Ich nahm das Gespräch an.

»Gibt es etwas Neues?«, fragte er sofort.

»Nicht viel. Du, es passt gerade nicht, ich habe Besuch. Wir sehen uns ja morgen in der Firma. Kannst du dich bis dahin gedulden?«

»Sicher. Bis morgen.«

Er legte auf, und ich bedankte mich im Stillen bei ihm, dass er seine Neugier bezähmen konnte, ohne weitere Erklärungen zu benötigen. Er war einfach der Beste.

Eine halbe Stunde verging, ohne dass Harmony oder ich redeten. Nur Baghiras lautes, zufriedenes Schnurren unterbrach die Stille.

Plötzlich fragte sie: »Wie hat er ausgesehen?«

Natürlich wusste ich gleich, was sie meinte. »Als ob er ganz tief schläft.«

Es gab keinen Grund, ihr von den weit aufgerissenen, starren Augen zu erzählen.

»Woher wussten Sie dann, dass er …« Sie brach ab und rang sichtlich um Fassung. Nach einiger Zeit fuhr sie fort: »Dass er *tot* ist.«

»Das wusste ich nicht. Das hat der Arzt festgestellt. Den hatte ich angerufen, als ich ihn auf der Bank sah. Ich dachte, er braucht vielleicht Hilfe.«

»Das war nett von Ihnen«, murmelte sie und fügte hinzu: »Aber es war zu spät. Schade, dass Sie ihn nicht früher gesehen haben. Vielleicht …«

Ich schüttelte langsam den Kopf. »Dann wäre es noch

ganz dunkel gewesen, und ich hätte ihn vom Balkon aus überhaupt nicht bemerkt. Weißt du, es war um fünf Uhr heute Morgen, als das alles passierte. Und der Arzt hat gesagt, auch früher hätte er ihn nicht mehr retten können.«

Harmonys Lippen bebten, und sie begann zu weinen. »Warum ist er tot?«, schluchzte sie.

»Du mochtest ihn gern, oder?«

Sie schnäuzte sich die Nase und wischte sich mit dem Handrücken die Tränen aus dem Gesicht. Dann sagte sie leise: »Er war nett.«

Ich wartete einen Moment, bis sie sich wieder beruhigt hatte. »Du warst ein bisschen verliebt in ihn, nicht wahr?«

Sie war derart verblüfft, dass sie glatt das Weinen vergaß. »Verliebt? Nein! Der war doch viel zu alt!«

Ich wusste sofort, dass sie die Wahrheit sagte. Und aus der Sicht einer Dreizehnjährigen war ein Mann von Anfang dreißig wohl tatsächlich uralt – es sei denn, sie war frühreif. Und das war dieses Mädchen eindeutig nicht.

»Aber du mochtest ihn. Hat er dir mal mit deinem Computer geholfen?«

»Ja. Ein paarmal. Er hat mich verstanden.«

Aha? Was sollte das denn bedeuten? Ich konnte nicht anders, ich musste noch mal nachfragen.

»Was meinst du damit, dass er dich verstanden hat?«

Harmony war wieder ganz auf den Kater konzentriert. Zuerst dachte ich, sie hätte meine Frage nicht mitgekriegt, aber dann sagte sie plötzlich: »Ich konnte ihm alles sagen. Er hat mir zugehört. Und meine Probleme verstanden.«

»Kannst du denn mit deiner Mutti nicht über deine Probleme reden?«

War Jeanette Zwickel etwa eins dieser ignoranten Elternteile, die der Meinung waren, Kinder könnten noch keine echten Sorgen haben?

»Pff, die interessiert sich nicht für mich. Die würde mir sowieso nicht glauben. Immer nur dieser blöde Arnie, der angeblich so toll ist. Ist er in Wirklichkeit gar nicht. Aber das merkt sie nicht, weil er sich bei ihr verstellt. Das macht er nur, weil sie in ihn verliebt sein soll. Und blind. Sie sagt, ich denke mir alles nur aus, weil ich eifersüchtig bin. Sie sagt, ich bin beleidigt, weil sie mit Arnie glücklich ist. Und dass ich froh sein soll, dass wir ihn haben. Bin ich aber nicht.«

Nee, das war sie eindeutig nicht.

Klassiker: Ein neuer Mann taucht auf und will unbedingt ein Vater fürs Kind sein. In Harmonys Fall noch verschärft durch die Tatsache, dass er Lehrer war und ihr Nachhilfe gab. Vermutlich verbrachte er mehr Zeit mit dem Mädchen als die Mutter.

»Sag mal, ist Arnie Lehrer an deiner Schule?«

Harmony rollte mit den Augen. »Nein, puh, dann müsste ich ihn ja noch öfter sehen. Dann würde ich von zu Hause weglaufen. Nach Amerika oder so. Möglichst weit. Vielleicht mache ich das sowieso bald.«

»Nein«, sagte ich streng, »das wirst du nicht tun. Wenn du nicht mehr weiterweißt, kommst du zu mir, und wir reden über alles, versprichst du mir das?«

»Hm.« Sie schien nachzudenken, dann gab sie sich einen Ruck und fragte: »Könnte ich mich hier verstecken?«

Ups. Verstecken? Nun …

»Das sehen wir dann, wenn es kritisch wird. Es ist immer besser, eine Lösung zu finden, die ohne Verstecken auskommt, glaub mir.«

»Und wenn es gar nicht mehr anders geht? Marcel wollte mir helfen.«

Wie bitte? Hatte der Kerl ihr etwa irgendeinen Blödsinn versprochen? Dass sie bei ihm unterschlüpfen könne, wenn Arnie ihr zu sehr auf die Nerven ging? Wenn ja, war es unverantwortlich gewesen. Aber wenn das stimmte, erklärte es auch, warum sein Tod sie so sehr schockierte.

»Ich bin sicher, das wird nicht nötig sein.«

»Ach ja? Woher wollen Sie das wissen?« Jetzt klang sie wütend. Und frustriert – wieder eine blöde Erwachsene, die ihr nicht glaubte. »Sie kennen mich doch gar nicht. Und Sie kennen Arnie nicht. Sie wissen nicht, wie gemein er ist.«

Oje – ich musste sie unbedingt beruhigen. »Das stimmt. Aber du könntest mir von ihm erzählen. Und von dir.«

Ich seufzte innerlich. Ehrlicherweise musste ich mir eingestehen, dass mich diese Situation ziemlich überforderte. Doch ich wollte das Mädchen auf gar keinen Fall zurückweisen oder ihr das Gefühl geben, ihre Gefühle seien nicht ernst zu nehmen.

Sie druckste ein wenig herum, dann sagte sie: »Also gut. Er ist … also, Arnie ist …«

Weiter kam sie nicht, denn es klingelte und klopfte gleichzeitig an meiner Wohnungstür. Eine Männerstimme rief: »Harmony? Ich weiß von Frau Schiller, dass du hier bist!«

Das Gesicht des Mädchens versteinerte. Dann flüsterte sie: »Das ist Arnie. Können wir nicht einfach so tun, als wären wir nicht da?«

Ich schüttelte den Kopf. »Tut mir leid, aber das geht nicht. Hat Frau Schiller dich vielleicht gesehen, als du bei mir geklingelt hast?«

»Ja, sie kam aus der Wohnung der Kaboleks, als ich vor Ihrer Tür stand. Die doofe Petze.«

»Das ist kein Petzen. Er hat eine Frage gestellt, auf die sie geantwortet hat. Sie hat es nicht böse gemeint. Außerdem: Was, wenn er sich echte Sorgen macht und die Polizei holt, um dich suchen zu lassen?«

Zugegeben – das war ein großes Kaliber, aber es widerstrebte mir, mich gleich zu Beginn meiner Zeit in diesem Haus mit meinen Nachbarn anzulegen.

»Pff. Soll er doch.«

»Nein, soll er nicht, Harmony. Die Polizei mag es gar nicht, wenn sie herausfindet, dass du dich nur versteckt hast. Wir reden ein anders Mal weiter, okay?«

»Hallo?«, rief Arnold Reitmüller aus dem Flur. »Macht bitte mal jemand die Tür auf?«

Harmony starrte mich finster an, als ich aufstand, um ihm zu öffnen.

Reitmüllers Blick war nicht wesentlich freundlicher. »Ist Harmony hier?«, herrschte er mich an. »Ich suche das Mädchen überall!«

»Auch Ihnen einen guten Tag«, gab ich zurück. »Ja, sie ist hier, und es tut mir leid, wenn sie …«

Weiter kam ich nicht. Harmony rempelte sich wortlos an uns vorbei und stapfte die Treppe hoch. Donnernd knallte oben die Wohnungstür ins Schloss.

»Dieses kleine Luder«, zischte Reitmüller, der ihr nachgesehen hatte, »na warte …«

Er wollte losstürmen, aber ich hielt ihn am Arm fest. »Warten Sie. Harmony hat es nicht böse gemeint.«

Zum zweiten Mal innerhalb weniger Minuten benutzte ich diese Formulierung. Entwickelte ich mich gerade zur offiziellen Streitschlichterin dieses Hauses? Loretta Luchs – Mediatorin. Würde sich auf Visitenkarten bestimmt gut machen.

Beinahe ungläubig starrte er auf meine Hand auf seinem Arm, die ich schnell zurückzog, dann sah er mich an. »Nicht böse gemeint? Sie haben ja keine Ahnung. Dieses Mädchen ist mit allen Wassern gewaschen.«

»Diesen Eindruck machte sie mir nicht. Sie ist traurig und hat jemanden zum Reden gesucht. Mehr nicht.«

»Ach ja? Dafür bin ich da. Oder ihre Mutter. Wir brauchen keine fremden Leute, die sich in unsere Familie einmischen. Und wir möchten absolut nicht, dass Harmony die Nachbarn belästigt.«

Ich seufzte. »Das hat sie keineswegs. Harmonys Mutter ist gerade nicht zu Hause, oder?« Das war ein Schuss ins Blaue, aber er widersprach nicht. »Sie als Pädagoge müssten eigentlich wissen, dass ein Mädchen in der Pubertät vielleicht lieber mit einer Frau über seine Gefühle reden möchte als mit einem Mann. Marcel Lembecks Tod hat sie sehr schockiert. Da ich diejenige bin, die ihn heute Morgen gefunden hat, konnte ich ihr einige Fragen beantworten. Natürlich habe ich sie geschont, soweit es ging.«

Reitmüller musterte mich verdutzt. War ihm tatsächlich keine Sekunde lang in den Sinn gekommen, dass Harmony mich deshalb besucht hatte?

»Ach ja? Welche Fragen hatte sie denn?«

»Fragen, die ein Kind stellt, das noch keine unmittelbare Erfahrung mit dem Tod hat. Ob er zu retten gewesen wäre, wenn man ihn früher gefunden hätte. Und ob er schlimm aussah. Solche Sachen eben. Und niemand außer mir hätte ihr darüber Auskunft geben können.«

»Hm … ja … vermutlich haben Sie recht«, sagte er geistesabwesend. Er wandte sich zum Gehen. »Dann … äh … nichts für ungut. Ich muss jetzt hoch. Harmony hat noch Schularbeiten zu erledigen.«

»Ich möchte Sie sehr herzlich bitten, ihr jetzt keine Strafpredigt zu halten.«

Er war bereits die halbe Treppe hoch, aber er drehte sich noch einmal um. »Werde ich nicht. Aber beim nächsten Mal möchte ich Bescheid wissen, wenn sie Sie besucht.«

Damit du dann hier aufkreuzen und Alarm machen kannst, du Honk?, dachte ich. Vergiss es. Ich werde allenfalls mit deiner Jeanette besprechen, ob und wann Harmony mich besuchen darf.

Kapitel 10

Ein – fast – normaler Arbeitstag
und ein Besuch auf dem Präsidium

Kaum saß ich am nächsten Morgen am Schreibtisch, kam Dennis auch schon in mein Büro galoppiert.

›Büro‹ war eigentlich ein viel zu großes Wort für die kleine Ecke, die er mir im Callcenter mithilfe stoffbespannter Trennwände von den Telefon-Arbeitsplätzen abgeteilt hatte. Aber genau so war es mir recht: Irgendwie saß ich noch immer mitten im Geschehen, während ich an den Arbeits- und Urlaubsplänen meiner Kollegen bastelte, und war schnell gleichzeitig erreichbar, wenn jemand eine Frage hatte.

Tatsächlich schluckten die Wände sogar deutlich mehr von dem Lärm um mich herum, als ich erwartet hatte. Der für mich hörbare Rest des gedämpften Stimmengewirrs an der Sexhotline störte mich nicht weiter, zumal ich nur selten nach draußen telefonieren musste. Und die Kolleginnen, die mich – zum Beispiel wegen einer Krankmeldung – von außerhalb anriefen, wussten ja, wo sie landeten.

Nun also stand mein Chef vor mir und platzte beinahe vor Neugier. Klar – Erwin hatte ihm bereits erzählt, was mir gestern Morgen passiert war.

»Los, mitkommen«, sagte Dennis.

Auch ohne ein zusätzliches markiges ›*Widerstand ist zwecklos!*‹ wusste ich, dass es genauso war. Bereitwillig folgte ich ihm durch den Flur zu Erwins Hobby-Detektei, wo ich bereits sehnsüchtig erwartet wurde.

Die beiden hibbeligen Herren nötigten mich in einen Sessel der gemütlichen Sitzecke; dann pflanzten sie sich mir gegenüber und starrten mich erwartungsvoll an.

Okay – mein Einsatz.

Ich lieferte also einen einwandfreien, chronologisch exakt sortierten Ablauf des gestrigen frühen Morgens, der mir mittlerweile über die Lippen sprudelte, ohne dass ich auch nur eine halbe Sekunde darüber nachdenken musste, was wann geschehen war. Kein Wunder – hatte ich diesen Vortrag doch bereits mehrfach gehalten.

Allmählich kam ich mir vor wie eine Schallplatte mit einem Sprung.

»… dann kam die Polizei, und die ermittelt jetzt. Ende der Geschichte«, schloss ich meinen Monolog.

»Ja, ja.« Dennis wedelte ungeduldig mit der Hand. »Und was hast du mittlerweile herausgefunden?«

»Ich? Gar nichts«, erwiderte ich. »Ist diesmal nicht meine Sache. Ich bin raus aus der Nummer.«

Dennis blickte verdutzt zu Erwin, der mit undurchdringlicher Miene auf der Couch lümmelte, dann sah er wieder zu mir. »Hey, verarsch mich nicht. Erzähl mir nicht, dass du nicht längst Informationen sammelst. Du hast doch bestimmt schon eine Theorie.«

Ich schüttelte den Kopf. »Keineswegs. Ich kannte den Mann ja gar nicht. Aber Frau Schiller von unten …« Ich machte eine dramatische Kunstpause und fuhr dann fort: »*Die* hat bereits eine Theorie.«

»Ach ja?« Prompt warf Erwin seine Zurückhaltung über Bord und setzte sich aufrecht hin. »Nämlich welche?«

»Sie ist der Meinung, dass Lembeck sich mit reichlich windigen Gestalten herumgetrieben hat und dass sein gewaltsamer Tod keine große Überraschung für sie ist. Eigentlich hat sie immer geahnt, dass es so enden musste.« Ich kicherte.

»Woher weiß sie denn, dass er umgebracht wurde?«, fragte Erwin und fixierte mich scharf. »Die Polizei hat es doch bestimmt nicht herumerzählt.«

Oh-oh … Ich spürte, wie mein Gesicht immer heißer wurde; ganz bestimmt war ich knallrot geworden. »Äh … also … ich fürchte, das war meine Schuld. Ich hab mich ihr gegenüber verplappert.«

»Bittöh?« Erwin war sichtlich pikiert. »Gerade dir sollte doch klar sein …«

Schon klar: polizeiliche Ermittlungen, blabla, potenzielles Täterwissen, blabla …

»Ja, ja, ich weiß. Aber irgendwie ist mir rausgerutscht, dass er eine Wunde am Kopf hatte, und dann war es nicht mehr zu stoppen. Egal, was ich sagte: Ab dem Moment stand für sie fest, dass jemand den jungen Mann ermordet hat. Sie überschüttete mich mit Informationen – besser gesagt: Tratsch – über ihn. Vor meinem Einzug war sie voll des Lobes über ihn und seine Hilfsbereitschaft gewesen. Aber kaum saß er tot auf der Bank, packte sie plötzlich aus.«

Sie warteten auf schmutzige, kleine Details, das sah ich ihnen an, aber ich gönnte mir erneut eine kleine Kunstpause.

Schließlich fauchte Dennis: »Herrgott, Loretta, was soll denn das? Lass dir doch nicht alles aus der Nase ziehen!«

»Also gut. Die windigen Gestalten habe ich ja bereits erwähnt. Lembeck hat wohl freiberuflich gearbeitet; er war Computerspezialist. Seine Freiberuflichkeit fand sie schon fragwürdig, aber dazu kamen nächtliche Besuche von obskuren Kerlen in dicken Autos.«

»Na und?« Dennis zuckte mit den Achseln.

»Dass du das nicht seltsam findest, ist klar«, sagte ich, »schließlich bist du ja selbst ein obskurer Kerl mit einem dicken Auto.«

Dennis bog sich vor Lachen, und Erwin kratzte sich nachdenklich an der Nase. »Nächtliche Besuche …«, murmelte er dann. »Dafür kann es viele Erklärungen geben.«

»Siehste? Das habe ich ihr auch gesagt! Aber sie war davon nicht abzubringen. Sie ist der Meinung, dass irgendetwas Geheimes abgegangen sein muss – nur das könne der Grund für nächtliche Treffen sein. Sie faselte was von Computerkriminalität und dass er seine Kenntnisse ja auch dazu benutzt haben könnte, um illegale Dinge zu tun.« Ich sah von Erwin zu Dennis. »Versteht ihr? Die klassische Mischung aus Halbwissen und haltlosen Anschuldigungen. Ach so: Sie meinte noch, schließlich würde ja niemand grundlos ermordet.«

»Da spricht die Expertin«, brummte Erwin. »Wie oft ich das in meiner Laufbahn als Polizist gehört habe … Als wären die Opfer selbst schuld daran, dass sie ermordet wurden. So ein Mumpitz. Wenn die wüsste …«

»Weiß sie aber nicht«, gab ich zurück. »Und ich werde den Teufel tun und ihr darüber Vorträge halten. Oder darüber, wie viele Opfer allein ich kenne, die keinesfalls schuld an ihrem eigenen Tod sind, sondern von durchgeknallten Irren gekillt wurden. Ich will nicht, dass irgendwer im Haus von meinem ehemaligen Hobby als Amateur-Ermittlerin erfährt. Dann habe ich die Mischpoke erst recht am Hals. Ich ärgere mich ja jetzt schon halb zu Tode, dass ich gestern nicht einfach mit dem Hintern im Bett geblieben bin. Jetzt muss ich meinen Nachbarn blöde Fragen beantworten. Und als wäre das nicht bereits genug: Gestern Nachmittag hockte bei mir ein todunglücklicher Teenager.«

»Das Mädchen aus dem Haus?«, fragte Erwin.

Ich nickte. »Harmony. Ich habe den Eindruck, dass Lembeck eine Art Freund war, dem sie sich anvertraut hat.«

Erwin horchte auf. »*Freund?* Freund welcher Art? Er war doch viel älter als sie.«

»Dahinter scheint mir nichts Zweifelhaftes zu stecken. Ich fragte sie, ob sie in ihn verliebt gewesen sei. Diesen Gedanken fand sie völlig absurd, und ihre erstaunte Reaktion war absolut unverfälscht. Nein – er hat ihr bei Computerproblemen geholfen, soweit ich weiß.«

»Aha, soso.« Erwin nickte langsam. »Und was genau hat sie ihm anvertraut?«

»Das konnte ich leider nicht herausfinden. Gerade, als ich den Eindruck hatte, sie wolle sich mir öffnen, stand ihr … äh … der Lover ihrer Mutter vor der Tür und machte Alarm. Er ist Lehrer und wohnt auch im Haus. Offenbar fühlt er sich berufen, den Vater zu spielen und auf sie aufzupassen. Wenn ihre Mutter aus dem Haus ist – sie hat wohl zwei Jobs –, überlässt sie Harmony seiner Obhut. Er überwacht ihre Hausaufgaben und gibt ihr Nachhilfe.«

»Wenn die Mutter aus dem Haus ist, soso … Hast du den Eindruck, dass *er* sich ihr gegenüber unangemessen verhält?«, fragte Dennis stirnrunzelnd.

Ich schüttelte den Kopf. »Nein. Das ist eher so ein innerfamiliäres Ding. Lange hat sie mit ihrer Mutter allein gelebt, schätze ich, und jetzt ist da auf einmal dieser Kerl – der übrigens der Meinung ist, Harmony sei auf das Glück ihrer Mutter eifersüchtig. Das halte ich für Quatsch. Er sagte – ich zitiere –, ich hätte ja keine Ahnung und sie sei mit allen Wassern gewaschen. Das muss man sich mal vorstellen. So ein Arschloch. Ich sage euch, was ich denke: Das Mädchen ist mitten in der Pubertät und muss sich mit diesem Hasselhoff-Verschnitt herumschlagen. Der geht ihr schlicht auf die Nerven, das ist alles. Wahrscheinlich schnüffelt er auch noch in ihrer Privatsphäre herum. Das würde mich an ihrer Stelle auch rasend machen. Sie hat mir gesagt, dass sie am liebsten von zu Hause weglaufen würde.«

»Du liebe Güte«, sagte Erwin, »hoffentlich setzt sie diesen Plan nicht in die Tat um.«

»Ich werde ein bisschen auf sie aufpassen«, erwiderte ich. »Sie kann mich jederzeit besuchen kommen und mit Baghira spielen.«

Dennis gackerte spöttisch. »Mit Baghira *spielen?* Seit wann bewegt der sich denn unnötig?«

»Nie. Aber sie beschäftigt sich mit ihm. Ich betrachte ihn in diesem Fall als Therapie-Kater. Er scheint sie zu beruhigen. Und wenn er mir dabei hilft, sie von einer Dummheit abzuhalten – umso besser. Und es gibt mir die Gelegenheit, etwas mehr über sie zu erfahren.«

Erwin wiegte den Kopf. »Ein Tipp, Loretta: Engagiere dich nicht zu stark. Einmischung in Familienangelegenheiten kann fatale Folgen haben. Und manche Teenager … nun ja … die können ganz schon manipulativ sein, das solltest du nicht unterschätzen. Überleg dir in dieser Angelegenheit gut, wem du was glaubst. Ich will dem Mädchen nichts unterstellen, aber du hast keine Ahnung, wie ihre Situation in Wirklichkeit aussieht und ob sie die Sache nicht vielleicht ein bisschen dramatisiert, um dich auf ihre Seite zu ziehen.«

Ich schüttelte den Kopf. »Das macht sie nicht. Überhaupt

nicht. Sie hat nicht bei mir gesessen und Hasstiraden über ihn losgelassen. Ganz im Gegenteil: Sie ist in dieser Angelegenheit sogar ziemlich zurückhaltend. Sie ist eher traurig und fühlt sich unwichtig in der neuen Konstellation. Teenager scheinen entweder traurig oder wütend zu sein.«

Dennis grinste breit. »Ich wette, du warst während deiner Pubertät permanent wütend.«

Keine Ahnung, wie er darauf kam. Aber wie auch immer: Die beiden waren Männer; die verstanden ohnehin nicht, wie Frauen sich fühlten. Selbst wenn sie erst dreizehn Jahre alt waren. Ich kapierte ja selbst nicht ganz, warum ich den Drang spürte, mich um Harmony zu kümmern. Ich glaube, es war eine Mischung aus Trotz und Solidarität.

Natürlich flatterte Doris in ihrer Pause besorgt um meinen Schreibtisch herum; also teilte ich ihr im Telegrammstil den Stand der Dinge mit und schwor alle Eide, dass ich nicht plante, mich in die Ermittlungen einzumischen.

»Schau mal, Doris: Bei allen Fällen bisher war ich irgendwie persönlich beteiligt. Oder jemand aus meinem Umfeld war irgendwie involviert. Das war für mich jeweils der Antrieb, selbst etwas zu unternehmen.«

»Oder die Polizei hielt es fälschlicherweise für einen Unfall«, sagte sie.

»Genau.«

Sie war noch nicht fertig. »Oder die Polizei verdächtigte jemanden, der unschuldig war, und dein Instinkt sagte dir, dass sie sich irrten.«

»Äääāh … ja.«

»Es kann also ganz schön viele Gründe dafür geben, dass du dich in Dinge einmischst, die dich nichts angehen.«

»Diesmal nicht, Doris. Ich kannte diesen Mann nicht, ich bin neu in diesem Haus, ich weiß nichts über die Beziehungen der Leute untereinander oder wer einen Grund gehabt haben könnte …«

»Ha!«, unterbrach sie mich triumphierend. »Ich wusste doch, dass du darüber nachdenkst!«

»*Selbstverständlich* denke ich darüber nach, Doris! Es wäre ja wohl unnormal, wenn ich es nicht täte, oder? *Jeder* im Haus denkt darüber nach; immerhin hat der Tote in unserem Hinterhof gelegen. Aber das heißt ja nicht, dass irgendwer – also auch ich nicht – sich dazu berufen fühlt, der Polizei ins Handwerk zu pfuschen!«

Polizei … Moment … da war doch noch irgendwas mit der Polizei …? Plötzlich fiel es mir ein, und mir wurde siedend heiß: Ich hatte das Protokoll, auf das Kommissarin Küpper wartete, vollkommen vergessen!

Als Harmony und dann auch Reitmüller gegangen waren, hatte ich nur noch einen Happen gegessen und danach ziemlich groggy auf dem Sofa gelegen. Immer wieder war ich beim Fernsehen eingenickt, bis ich mich schließlich ins Bett geschleppt und bis heute Morgen durchgeschlafen hatte. Das mit dem blöden Protokoll musste ich so schnell wie möglich erledigen.

Nachdem ich meine administrative Arbeit fürs Callcenter für den Tag weitestgehend erledigt hatte – alles andere konnte bis morgen warten –, gab ich also zum dritten Mal an diesem Tag die Geschichte zum Besten – diesmal schriftlich.

Sorgfältig achtete ich darauf, knapp und sachlich zu formulieren. Schnörkel und unnötige Ausschmückungen hatten in meiner Aussage nichts zu suchen; und auf *gar keinen*

Fall durfte der Eindruck entstehen, dass ich mit irgendwelchen Informationen hinterm Berg hielt.

Es war ja nicht gerade so, dass ich auf einen Literaturpreis scharf war oder so, aber ich feilte verbissen an dem Protokoll, formulierte immer wieder um, strich ganze Absätze, fügte andere hinzu – es dauerte Stunden, bis ich endlich zufrieden war. Wie es der Zufall wollte, war es spät genug für meinen Feierabend.

Ohne mich von jemandem zu verabschieden, fuhr ich auf direktem Weg zum Präsidium, denn ich hatte beschlossen, mein perfekt formuliertes Protokoll Kommissarin Küpper persönlich zu geben.

Sie war tatsächlich im Haus; und nach dem üblichen kleinen Scharmützel mit dem Herrn unten am Empfang – wer sind Sie, was wollen Sie, Moment, ich muss erst oben anrufen – durfte ich endlich in den Fahrstuhl steigen.

Kommissarin Küpper wirkte nicht sonderlich entspannt. Bei meinem Eintreten in ihr Büro blickte sie flüchtig hoch und fragte schmallippig: »Was ist denn so besonders an Ihrem Protokoll, dass Sie es mir unbedingt persönlich bringen?«

»Ich dachte, Sie können es direkt lesen und mir sagen, ob etwas fehlt oder so.«

»Ernsthaft, Frau Luchs?« Ihr Blick war genervt, als sie mich nun musterte. Dann fuhr sie in einem Ton fort, als spräche sie mit einem begriffsstutzigen Schulkind: »Woher soll ich denn wissen, ob Sie bei Ihrer Schilderung der Ereignisse etwas ausgelassen haben? *Ich* war ja nicht dabei. *Ich* habe den Toten nicht gefunden, wie Sie sich vielleicht erinnern. Das waren Sie, Frau Luchs. Deshalb benötigen wir ja auch *Ihre* Aussage, nicht wahr? Nur Sie allein können beurteilen, ob Ihr Protokoll vollständig ist.«

»Wie dumm von mir, Sie haben natürlich recht. Übrigens … ääääh … haben Sie denn schon etwas über die Tat herausgefunden?«

Sie ignorierte meine Frage und vertiefte sich wieder in die Papiere auf ihrem Schreibtisch. Mein Protokoll nahm sie entgegen und legte es dann achtlos auf einen Stapel Unterlagen.

»Wenn Sie mich jetzt entschuldigen, ich habe eine Menge zu tun. Ich wünsche Ihnen noch einen schönen Abend, Frau Luchs.«

Zack – schon stand ich wieder im Fahrstuhl und fuhr zurück ins Foyer.

Natürlich hatte ich nicht ernsthaft eine Antwort auf meine Frage erwartet, aber manchmal half ja Frechheit, um sein Gegenüber zu überrumpeln. Hatte ich bei ihr durchaus schon geschafft, aber das waren überaus seltene Glückstreffer, die ihr nicht nur peinlich waren, sondern die sie mir überdies persönlich übel nahm.

Astrid Küpper war ein Vollprofi, und sie war stets auf der Hut. Und sie mochte es ganz und gar nicht, überrumpelt zu werden.

Vor allem nicht von der vorwitzigen Loretta Luchs, die ihr schon viel zu oft ins Handwerk gepfuscht hatte.

Ich gackerte vergnügt vor mich hin, als ich mein Auto vom Parkplatz des Präsidiums lenkte. Um mir etwas Gutes zu gönnen, fuhr ich zu meiner Lieblings-Dönerbude.

Dafur musste ich auf meinem Heimweg zwar einen ziemlichen Umweg machen, aber irgendwas war ja immer.

Kapitel 11

Zu Besuch bei Horst und Mitzi –
und Loretta kommt sich plötzlich schmutzig vor

Erst jetzt, als stolze Besitzerin eines Balkons, wurde mir klar, wie viel mehr Wohnqualität dieser kleine Outdoor-Bereich bedeutete.

Mit anderthalb mal drei Metern Fläche war er für eine Person – und einen Kater – sehr großzügig bemessen und bot vor allem Raum für viele Blumen und Pflanzen, die wiederum alle möglichen Pollentransporter anlockten. Fasziniert beobachtete ich die kleinen gelbschwarzen Flugkünstler dabei, wie sie von Blüte zu Blüte sausten und kostbare Nahrung ernteten. Sobald die Sonne schien, tauchten sie in Scharen auf und bereicherten das Vogelkonzert um ihr Summen und Brummen.

Häufig holte ich die Kamera und schoss Hunderte Bilder. Ich entwickelte den Ehrgeiz, die Bienen und Hummeln im Flug zu erwischen, was gar nicht so einfach war, da sie sich – gerade dann, wenn ich es *nicht* wollte – schnell und zappelig von einer Blüte zur nächsten bewegten.

Dennoch entdeckte ich in der Vergrößerung vieler Fotos am Computermonitor faszinierende Details an den kleinen Tieren, die dem menschlichen Auge verborgen bleiben; zum Beispiel ihre Facettenaugen oder die filigrane Konstruktion ihrer zarten Flügel.

Wie praktisch, dass es in Gärtnereien Pflanzen von bereits beachtlicher Größe zu kaufen gab, sodass eine einzige Pflanzaktion den kahlen Balkon in einen kleinen Dschungel verwandelt hatte, in dem ich mich sowohl morgens als auch nach Feierabend bevorzugt aufhielt. Dort trank ich den ersten Espresso des Tages und las die Zeitung; dort genoss ich mein Abendessen. Spätestens im Hochsommer würde ich mir allerdings einen Sonnenschirm besorgen müssen. Noch war die Sonne auszuhalten, aber bei höheren Temperaturen war nicht nur heftiger Sonnenbrand, sondern auch Kernschmelze im Hirn zu befürchten.

Wie auch immer – ich gewöhnte mich rasch an die anfangs noch fremden Geräusche der Umgebung und des Hauses; was mir nicht schwerfiel, denn im Gegensatz zu meiner vorherigen Nachbarschaft war es hier beinahe grabesstill.

Auch an diesem Tag – es war Mitte der Woche – saß ich auf dem Balkon. Es war früher Abend, und ich war gerade fertig mit meinem Essen, als ich von nebenan erst zweistimmiges Tuscheln und dann Mitzi Kaboleks Stimme hörte. »Frau Luchs? Sind Sie da?«

Natürlich war ich da, und das wusste sie genau: klirrendes Besteck, meine leise Unterhaltung mit Baghira …

Ich seufzte innerlich.

Bisher hatten sie mich noch nicht auf Lembecks Tod angesprochen – jetzt war es also so weit. Ich erhob mich aus meinem wunderbar bequemen Lehnstuhl, beugte mich übers Geländer nach links und blickte in Mitzi Kaboleks Gesicht. Wie immer war sie sorgfältig zurechtgemacht: Make-up und toupierter Haarhelm saßen einwandfrei.

»Guten Abend, Frau Kabolek. Was gibt es denn?«

Sie lächelte strahlend. »Also, mein Mann und ich, wir haben uns gerade gefragt, ob wir Sie auf ein Gläschen Wein zu uns einladen dürfen. Also, natürlich nur, wenn wir Sie gerade nicht stören. Ganz spontan.«

Spontan – klar.

Vermutlich diskutierten sie seit Sonntagmorgen darüber, wann der optimale Zeitpunkt für diese Einladung war. Auf keinen Fall zu früh, um nicht allzu aufdringlich und neugierig zu erscheinen, das war ihnen bestimmt wichtig. Nachdem sie sich nun vier Tage lang zusammengerissen und mich nicht angesprochen hatten – es war Mittwoch –, hielten sie es nicht mehr aus. Aber dann hatte ich es auch endlich hinter mir. Und außerdem war ich verteufelt neugierig, wie ihre Wohnung wohl aussah.

»Aber sehr gerne«, flötete ich munter. »Allerdings habe ich nicht unbegrenzt Zeit, fürchte ich. Ich habe mir etwas Arbeit mit nach Hause gebracht, die ich heute Abend noch erledigen muss.«

Ihre Augen weiteten sich bestürzt, und ihr Mund formte ein kleines, rosa geschminktes O. »Wir wollten nicht … also, wenn Sie keine Zeit … wir wollen keinesfalls, dass Sie sich genötigt fühlen, obwohl Sie …«

Ach herrje – die arme Mitzi. Verbrannte gerade lodernd in der Hölle gesellschaftlicher Konventionen, die sie mir gegenüber nicht eingehalten zu haben glaubte.

Ich beschloss, sie zu erlösen. »Nein, ich komme gern kurz rüber. Jetzt gleich?«

Sie nickte, dann verschwand ihr Kopf, und ich hörte sie nach ihrem Gatten rufen.

Ich beugte mich zu Baghira. »Du machst keinen Scheiß, klar? Dann darfst du auf dem Balkon bleiben.«

Er wandte mir nur träge den Kopf zu und blickte dann wieder hinaus in den Hof.

Muss ich mir noch etwas anderes anziehen – sind Jeans und T-Shirt vielleicht zu formlos?, fragte ich mich, als ich mich kritisch im Garderobenspiegel musterte.

Nein, entschied ich. Selbst wenn die Kaboleks stets so aussahen, als seien sie auf dem Weg zu einem gesellschaftlichen Ereignis, bedeutete das noch lange nicht, dass ich mich für einen Besuch bei ihnen ebenso aufdonnern musste.

Ihre Wohnungstür war halb offen. Dennoch wollte ich nicht einfach hineingehen, also klopfte ich an den Türrahmen und rief: »Hallo?«

»Nur herein, nur herein!«, dröhnte Horst Kabolek jovial, der aus dem Wohnzimmer kam und mich mit einladender Geste in die Wohnung bat.

Ich hatte mir ja schon meine Gedanken zu ihrer Einrichtung gemacht und sah in diesem Augenblick die meisten meiner Fantasien bestätigt. Aber nichts hatte mich auf diese gleißende Helligkeit vorbereitet: Überall um mich herum schimmerte es Weiß und Gold, außerdem gab es jede Menge blitzendes Kristall am Kronleuchter, an Kerzenlüstern und in Form von kleinen, glitzernden Tierfiguren, die in Vitrinen sowie auf Regalen, Sideboards und Beistelltischchen standen.

Großer Gott – wer putzte das alles? Jedes auch noch so kleine Staubkorn würde diese perfekte Welt krachend zum Einsturz bringen. Und wer bitte war so wahnsinnig, sich einen weißen Teppich in die Hütte zu legen?

Das hatte ich mich im Teppichhandel schon immer angesichts weißer oder eierschalfarbener Auslegware gefragt – die Antwort darauf lag auf der Hand. Besser gesagt: dick und flauschig unter meinen Füßen.

Spontan kam ich mir vor wie diese Figur bei den Peanuts, die stets von einer Staub- und Dreckwolke umgeben ist. Alles würde ich hier kontaminieren, absolut *alles:* den Teppich mit meinen Schuhen, die Sitzfläche des satinbezogenen Sofas mit meinem Jeanshintern, die Armlehne mit meinen Händen. Warum bloß hatte ich mir nicht noch schnell die Hände gewaschen, bevor ich dieses schräge Paralleluniversum betreten hatte?

Am liebsten hätte ich um ein Handtuch gebeten, um es mir unterzulegen, bevor ich mich aufs Sofa setzte. So hockte ich mich vorsichtig auf die Kante, lehnte den Wein freundlich mit dem Hinweis ab, wegen meiner noch zu erledigenden Heimarbeit absolut nüchtern bleiben zu wollen, und bat um ein Glas Mineralwasser.

So saß ich dann also, blickte in Horsts und Mitzis neugierige Gesichter und harrte der Dinge, die da kommen sollten.

Schließlich ergriff Horst das Wort. »Und, Frau Luchs? Fühlen Sie sich bei uns wohl?«

Irritiert dachte ich kurz, er wolle von mir eine Rezension bezüglich ihrer Wohnungseinrichtung, aber dann ging mir auf, dass er das Haus meinte. Puh …

»Hier ist es wunderbar ruhig«, sagte ich. »Ich habe schon lange nicht mehr so gut geschlafen.«

»War es denn in Ihrem alten Haus so laut?«, fragte Mitzi.

Ich zuckte mit den Schultern. »Wie es halt so zugeht, wenn man nur noch von Studenten-WGs umgeben ist. Für jeden alten Mieter, der auszog, kam eine weitere WG. Und die sind nun mal häufig etwas lebhafter als die meisten normalen Familien. Es war nicht so, dass ich ständig von donnerndem Lärm umgeben war, aber sie waren stets *präsent.*«

Mitzi nickte verständnisvoll. »Und deshalb haben Sie sich eine neue Wohnung gesucht und sind hier bei uns gelandet?«

»Nein, das war nicht der Grund. Es gab Veränderungen in meinem Leben, und ich hatte das Bedürfnis, auch meine Wohnsituation zu verändern. Mir war nach Ruhe.«

Bitte, Leute – jetzt fragt schon, dachte ich, habe ich euch nicht gerade das perfekte Stichwort geliefert?

»Und dann geraten Sie ausgerechnet in diese Situation«, brummte Horst Kabolek mit sonorem Betroffenheitstimbre in der Stimme, »was müssen Sie denn jetzt von uns denken?«

Mitzi nickte und wisperte: »Genau. Was müssen Sie nur von uns denken? Da glauben Sie, Sie ziehen in ein ordentliches Haus, und dann so etwas.«

»Aber wie kommen Sie denn auf die Idee, dass ich irgendjemanden aus diesem Haus mit dem Vorfall am Sonntagmorgen in Verbindung bringe?«, fragte ich mit angemessen dosiertem Erstaunen.

Das Ehepaar Kabolek wechselte einen Blick, dann sagte Horst: »Nun, er hat ja immerhin in diesem Haus gewohnt, nicht wahr? Und dann saß er tot auf der Bank im Hof. *Ermordet.* Ich bin der Meinung, dass derlei Dinge nur in bestimmten Kreisen passieren. Und wenn man sich von derlei Kreisen fernhält, wird man auch nicht ermordet, ganz einfach.«

Och – das war ja mal eine interessante Theorie. Und so lebensnah. Mit bestimmten Kreisen meinte er todsicher fragwürdige Existenzen am Rande der Gesellschaft, für die Kriminalität zum Alltag gehörte. Man konnte nur hoffen, dass Kommissarin Küpper diese Theorie kannte, denn das würde ihre Suche nach dem Mörder stark vereinfachen.

»Nun, zunächst steht ja noch längst nicht fest, ob Herr Lembeck ermordet wurde«, erwiderte ich.

»Das verstehe ich nicht. Sie haben Frau Schiller doch selbst erzählt, dass er eine Kopfwunde hatte!«, gab Horst Kabolek zurück.

»Aber wenn ich über eine Teppichkante stolpere und blöd irgendwo gegenhaue, habe ich auch eine Kopfwunde. Nicht jede Wunde wird Leuten von anderen Menschen zugefügt. Meines Wissens hatte Herr Lembeck Spaß an Kneipentouren mit seinen Freunden, und Frau Schiller fand ihn in der Vergangenheit nicht nur einmal schlafend auf der Bank im Hof. Vielleicht war er ja betrunken, ist auf dem Heimweg gestürzt, schaffte es aber noch bis zur Bank und ist dort an den Folgen seiner Verletzung gestorben. Um ehrlich zu sein: Dieses Ergebnis der polizeilichen Untersuchung wäre mir persönlich am liebsten.« Sie sahen einander beinahe enttäuscht an, und ich fuhr fort: »Hatten Sie denn den Eindruck, dass Herr Lembeck sich innerhalb bestimmter Kreise bewegte?«

Mitzi beugte sich vor und raunte: »Nachts kamen und gingen Leute. Mitten in der Nacht! Das ist doch nicht normal!«

Für Studenten-WGs schon, dachte ich amüsiert und schaffte es gerade noch, ein Kichern zu unterdrücken.

»Und es wurde nur geflüstert«, fügte ihr Gatte hinzu. »Wer flüstert, frage ich Sie, Frau Luchs? Nur jemand, der etwas zu verbergen hat.«

Oder jemand, der mitten in der Nacht seine schlafenden Nachbarn nicht wecken will, dachte ich.

Davon abgesehen waren sie einer Meinung mit Frau Schiller: Man wollte nicht gerade laut aussprechen, dass die

Wahl des sozialen Umfelds zum *verdienten* gewaltsamen Tod führte, aber nun ja. Wer sich in Gefahr begab, kam darin um. Oder *könnte* darin umkommen. Jedenfalls eher als in normalen Kreisen unter zivilisierten Menschen – zu denen sie sich offenbar zählten.

So sehr mich ihre Theorien auch amüsierten: Ich blickte auf meine Armbanduhr und setzte eine Flut von gegenseitig ausgetauschten Höflichkeitsfloskeln in Gang: Huch, schon so spät, wir haben so nett und interessant geplaudert, da habe ich glatt die Zeit vergessen, jetzt muss ich aber wacker los, die Arbeit wartet – aber bleiben Sie doch noch – nein, nein, so gern ich Ihre Gastfreundschaft noch genießen …

Und so weiter.

Sie eskortierten mich zur Tür, und sie versicherten mir wortreich, diese reizende Plauderstunde mit mir baldmöglichst fortsetzen zu wollen, wenn ich ein wenig mehr Zeit hätte.

Ich nickte – wohl wissend, dass ich sowohl in naher wie auch in fernerer Zukunft leider überhaupt keine Zeit haben würde.

Zu schade aber auch.

Kapitel 12

Jemand inspiziert Lorettas Wohnung sehr genau – und Baghira entgeht ein leckerer Snack

Ein Blick auf den Balkon zeigte mir, dass Baghira in der Zwischenzeit tatsächlich keinen Quatsch gemacht hatte und tief auf seiner Aussichtsplattform schlief. Braver Junge.

Ich ging ins Wohnzimmer und zuckte zusammen, als in meiner unmittelbaren Nähe leises Gurren erklang. Hier im Raum. Im nächsten Moment kam eine von Antons schneeweißen Lieblingen unter dem Sofa hervor, warf mir einen kurzen Blick zu und spazierte mit vor- und zurückruckendem Kopf lässig durchs Zimmer.

Ich hatte keine Ahnung, was ich machen sollte.

Immerhin schien meine Anwesenheit sie nicht in Panik zu versetzen, das war schon mal gut. Man stelle sich vor, sie wäre durchgedreht und hysterisch durch den Raum geflattert, gegen das Fenster geknallt und mit gebrochenem Flügel …

Ich schauderte. Bloß nicht.

Immerhin – und das war gut – wusste ich, wohin sie gehörte. Ob sie sich von mir einfangen ließ? Und falls ja – was dann? Gut, ich könnte sie vom Balkon aus fliegen lassen, aber was, wenn Baghira im falschen Moment erwachte? Bei den Tauben, die draußen herumflatterten, zuckte er nicht großartig, aber diese hier befand sich auf seinem Territorium.

Keinesfalls wollte ich, dass er sie zu fangen versuchte. Erstens könnte er dabei vom Balkon stürzen, und zweitens könnte er Antons Liebling verletzen. Das sind *kostbare Brieftauben,* hallten Frau Schillers Worte mahnend durch meinen Kopf.

Noch immer wanderte das Täubchen munter herum und verschwand dann im Schlafzimmer. Rasch schloss ich die Tür zum Wohnungsflur, damit ihr der Weg auf den Balkon – und damit zu Baghira – versperrt war.

Mein Blick fiel auf Baghiras Transportkorb – das war die Lösung! Ich musste sie nur dort hineinlocken … mit Brotkrümeln vielleicht?

Ich stellte die Box mit geöffneter Gittertür auf den Boden und wetzte in die Küche. Vielleicht fand sie Süßkram ja attraktiver als schnödes Brot? Nein, besser keine Experimente. Ich hatte zwar mal gelesen, dass man Vögel nicht unbedingt mit Brot füttern sollte, aber das war immer noch besser als Gummibärchen oder dergleichen.

Ich zerbröselte also zwei Brötchen und legte eine Hänsel-und-Gretel-Gedächtnisspur vom Schlafzimmer bis zur Box. Dann setzte ich mich auf einen Stuhl daneben und wartete ab.

Es dauerte einige Minuten, aber dann tauchte sie wieder auf und pickte sich emsig in Richtung Transportkorb – perfekt. Ich rührte keinen Muskel, und tatsächlich schien sie mich nicht zu bemerken. Als sie in die Box huschte, schloss ich blitzschnell die Tür, dann hielt ich den Atem an.

Würde sie ausrasten und sich letztendlich doch noch verletzen, weil sie panisch wurde und randalierte?

Nein – nichts dergleichen geschah. Sie hockte ruhig im Korb und gurrte friedlich vor sich hin. Offenbar hatte Anton seine Lieblinge gut erzogen.

Ich klingelte bei Frau Schiller, um sie um Rat zu bitten.

»Ach, das ist bestimmt Jolanthe«, sagte sie, »die ist so neugierig und vorwitzig. Bei mir war sie auch schon.«

»Soll ich sie einfach im Hof freilassen?«

»Hm … also, wenn Sie gerade Zeit hätten und es Ihnen nichts ausmacht, wäre es gut, wenn Sie Jolanthe direkt zu Anton bringen würden. Der weiß gerne Bescheid, wo sich seine Schätzchen rumtreiben.«

»Mach ich. Wo finde ich ihn?«

»Sie wissen ja – nebenan. Bestimmt ist er auf dem Dachboden, aber Martha«, sie sagte *Mattah,* »müsste zu Hause sein. Sie klingeln bei ihr, und sie wird Sie reinlassen. Schulze. Anton und Martha Schulze. Erdgeschoss rechts.«

Also dackelte ich mit meiner gurrenden Fracht nach nebenan und klingelte bei Schulze.

»Bestimmt wollnse zum Anton«, stellte die kugelrunde Frau im Nylonkittel fest, die mich ins Haus gelassen hatte. Angesichts der Transportbox, die Taubengeräusche absonderte, hatte sie eins und eins zusammengezählt.

»Ja, eine seiner Tauben hat mich besucht. Ich wohne seit Kurzem nebenan.«

»Der is oben bei sein Federviech. Treppe ganz hoch, und dann nich die Wohnungstür, sondern die andere.«

Na, das dürfte nicht allzu schwer sein.

Oben klopfte ich an die Tür zum Dachboden.

»Kannz reinkomm«, rief eine Stimme von innen. »Aba sofort wieder Tür zumachen.«

Ich öffnete die Tür einen Spalt und schlängelte mich hindurch. Logisch – er hatte mit Sicherheit keine Lust, dass seine Täubchen im Hausflur herumflatterten.

Ich blickte auf eine Szenerie, die wie von einem alten Meister gemalt wirkte: Es war ein klassischer Spitzdachboden mit Holzsparren und sichtbaren Schindeln. Durch die Dachfenster auf der hofabgewandten Seite fiel das rotgoldene Licht der Abendsonne in klar begrenzten Lichtbalken in den Raum. Im Licht tanzte feiner Staub; einer der Strahlen traf auf Anton, der in einem Schaukelstuhl saß und mir neugierig entgegensah – genau wie die Taube, die auf seiner Schulter hockte.

An der Giebelseite stand eine Art Regalkonstruktion mit zahlreichen Sitzplätzen für die Tiere, also kleinen Stangen, unter denen sich jeweils Miniatur-Spitzdächer befanden – vermutlich, damit die Tauben sich nicht gegenseitig auf die Köpfe schissen. Einige der Stangen waren besetzt, andere Tauben waren bei meinem Eintreten hochgeflattert und suchten sich nun einen neuen Platz. Sie waren nicht sonderlich aufgeregt, aber durch ihr Herumfliegen wurde mehr Staub aufgewirbelt, was die Szenerie noch unwirklicher erscheinen ließ.

»Darf ich hier mal fotografieren?«, platzte es spontan aus mir heraus.

Anton Schulze musterte mich amüsiert. »Wer sind Se denn überhaupt, junge Dame?«

»Oh, natürlich …« Ich hob den Transportkorb und sagte: »Ich heiße Loretta Luchs. Ich wohne seit Kurzem nebenan, und ich hatte Besuch von einer Ihrer Tauben; sie lief durch meine Wohnung.«

»Und woher wollense wissen, dat die mir gehört?«

Ich glotzte ihn verblüfft an. Gute Frage … davon war ich einfach ausgegangen. »Frau Schiller sagt, das ist bestimmt Jolanthe.«

Anton Schulze grinste. »Könnte sein. Dat is ’n ganz schön kecket Schätzeken, die Jolanthe.« Er erhob sich mit einem Ächzen aus dem Schaukelstuhl und winkte mich zu sich. »Zeigense mal her.«

Zu meiner grenzenlosen Verblüffung blieb die Taube auf seiner Schulter sitzen, als ich auf ihn zuging und ihm die Transportbox übergab. Er öffnet die Tür und murmelte beruhigend klingende, aber unverständliche Worte. Dann steckte er die Hand hinein und holte die Taube heraus.

»Stimmt. Dat is die Jolanthe«, sagte er. »Und die war in Ihre Wohnung?«

Er ließ sie fliegen, und das Tier flatterte zwei anmutige Runden durch den Dachboden, bevor es sich auf einer der freien Stangen niederließ.

Ich nickte. »Sie muss sich am Kater vorbeigemogelt haben, der auf dem Balkon schlief. Ich habe sie im Wohnzimmer entdeckt, wo sie sich alles ganz genau angesehen hat. Ich war sehr erleichtert, dass sie in der Box keine Panikattacke bekommen hat. Davor hatte ich Angst. Und davor, dass sie sich dabei verletzen könnte.«

»Ach wat.« Er winkte lässig ab. »Dat sind die doch gewöhnt! Wat meinen Se denn, wie die zu Wettbewerben kommen. Mitten Fahrrad?«

Natürlich … Deshalb hatte sie ganz ruhig in der Box gesessen: Sie war darauf trainiert, auf diese Weise transportiert zu werden. Also hatte ich wohl instinktiv das Richtige getan.

Anton Schulze musterte mich neugierig. »So, die Frau Luchs sindse also. Dann sindse bestimmt auch die Frau Luchs, die am Sonntach inne Frühe den toten Mann gefunden hat.«

»Ja, die bin ich.«

»Ich war ja auch schon wach.«

»Ich weiß. Ich hab ja gehört, wie Sie die Tauben rausgelassen haben.«

»Aber von hier oben seh ich die olle Bank nich. Dafür müsst ich aufs Dach rausklettern. Da hätten zehn tote Männer rumliegen können – hätte ich nich gesehn.«

»Dafür ich aber – vom Balkon aus.«

»Hm. War wohl nich so schön.«

»Ging so. Gibt Schöneres.«

Er lachte meckernd, dann fragte er: »Schnäpsken, junge Dame?«

Warum eigentlich nicht? Immerhin wollte ich hier oben ja unbedingt Fotos machen. Also konnte es keinesfalls schaden, wenn er mich sympathisch fand.

»Gerne. Aber echt nur einen.«

Er marschierte zu einem kleinen Schrank, in dem er – wie ich dann sah – nicht nur Taubenfutter und sonstigen Kram, den ich nicht identifizieren konnte, aufbewahrte, sondern auch eine Flasche Korn und einige Pinnchen.

Ob *Mattah* davon wusste? Aber vermutlich war es ihr ohnehin schnurzpiepegal.

Er schenkte uns ein, und wir kippten den Schnaps mit feierlichem Ernst.

»So, undse wolln hier also Fottos machen? Sindse Fottografin? Fürne Zeitung oder so?«

Ich schüttelte den Kopf. »Nee, bin ich nicht. Ich mache das nur als Hobby. Und als ich vorhin hier reinkam … Das sah aus wie ein Bild. Echt malerisch, so mit dem Sonnenlicht, das schräg durchs Fenster kommt. Und Ihre schönen Tauben natürlich auch. Hätten Sie nicht mal gern ein paar hübsche Bilder von Ihren Tauben?«

Seinem Blick nach zu urteilen hatte ihn dieser Gedanke bisher noch niemals gestreift – auch nicht von Ferne. Seine *Mattah* würde ihm vermutlich was anderes erzählen, wenn er ihr mit der Idee um die Ecke kam, seine geflügelten Lieblinge gerahmt an die Wohnzimmerwand zu hängen.

Er lachte meckernd. »Dat sagense mal bitte meine Mattah, datse mein Dachboden malerisch finden! Die sacht immer, dat is 'n ollet Dreckloch.«

»Kommt ganz auf die Perspektive an. Na ja, jedenfalls finde ich Ihr Hobby sehr spannend, und Ihre Tauben sind wunderhübsch. Vielleicht bringe ich Harmony dann mit – kennen Sie sie? Den Teenager von nebenan? Ich mag die Kleine. Und sie ist zurzeit nicht so gut drauf. Ein bisschen Ablenkung würde ihr guttun.«

»Klar kenn ich die Hammenie. Sie war schon oft hier oben und hat mir mittem Füttern geholfen. Dann hattse ihre Ruhe, glaubich.«

»Ruhe? Wovor? Oder vor wem?«

Schulze machte eine wegwerfende Handbewegung. »Na, von diesen albernen Heiopei natürlich, diesen Clown mit die affigen Klamotten, der sich an Hammenie ihre Muddi rangemacht hat. Und den muss dat arme Kind jetzt aushalten. Manchmal flüchtetse hier hoch zu mir und meine Tauben. Dat meinte ich mit Ruhe. Dat lenktse von ihrn Alltach ab.«

Schlimm genug, dass das Mädchen überhaupt Ablenkung von ihrem Alltag benötigt, dachte ich.

»Wann wollnse denn Fottos machen? Jetz?«

»Nee, ich hab ja nix dabei. An irgendeinem sonnigen Abend, so wie heute. Wann sind Sie denn hier anzutreffen?«

»Jeden Tach. Und meistens auch um diese Zeit. Die Täubchen brauchen Futter, hier muss allet sauber gehalten werden – irgendwat is immer zu tun. Muss ich mir denn wat Schicket anziehn?«

»Quatsch«, erwiderte ich lachend, »Sie bleiben genau so, wie Sie jetzt sind. Das ist perfekt. Und Sie werden mich überhaupt nicht bemerken, versprochen. Ich bleibe im Hintergrund, und Sie tun das, was Sie immer tun.«

Er nickte langsam. »Na gut. Kommense einfach vorbei, wennse meinen, dat die Sonne perfekt scheint.«

»Sehr gerne.« Ich nahm meinen Transportkorb und wandte mich zum Gehen. »Man sieht sich.«

»Man sieht sich. Und danke, datse die Jolanthe vorbeigebracht haben. Die is schon 'ne Marke für sich.« Er gackerte und deutete auf ein kleines Glas im Schrank, das zur Hälfte mit allerlei buntem Tand gefüllt war. »Die steht auf Funkelzeugs, wie so 'ne Elster. Keine Ahnung, warum se dat macht. Also, von mir hat se dat nich. Sie hat Ihnen doch nich etwa inne Wohnung geschissen? Hoffentlich nich.«

Oha – das hatte ich noch gar nicht kontrolliert.

»Nicht, dass ich wüsste. Aber Jolanthe weiß doch bestimmt, was sich gehört. Also, bis auf die Klauerei.«

Er lachte sich halb kaputt, dann sagte er: »Trotzdem danke. Dat war echt nett.«

»Jederzeit wieder. Für meinen Kater kann ich allerdings nicht die Hand ins Feuer legen, falls es Ihrer Jolanthe bei mir zu gut gefiel und sie sich noch einmal dazu entschließen sollte, mich zu besuchen …«

Baghira beschnüffelte interessiert seinen Transportkorb. Er steckte den Kopf hinein, kam wieder zum Vorschein und erlitt eine heftige Niesattacke, nach der er mich verblüfft ansah.

»Das war Jolanthe, die in deiner Katzensänfte transportiert wurde«, erklärte ich ihm, aber er guckte trotzdem nicht schlauer aus der Wäsche. »Tja, leider hast du ihren Besuch verpennt, Butzebär. Da ist dir ein echt leckerer Snack durch die Lappen gegangen, fürchte ich. Andererseits hätte ich jetzt eine Menge sauber zu machen, wenn du sie massakriert hättest. Und ich müsste Anton einiges erklären.«

Meine Ausführungen interessierten ihn nicht weiter. Er fraß ein paar Häppchen, dann hörte ich ihn sein Klo benutzen. Da er nicht wieder im Wohnzimmer auftauchte, war er danach wohl auf den Balkon gegangen.

Dort suchte ich nach ihm, als ich später am Abend ins Bett gehen wollte. Ich war auf dem Sofa eingepennt, also war es bereits deutlich nach Mitternacht. Ohne eine Lampe anzumachen, trat ich nach draußen. Im schwachen Lichtschein aus dem Wohnungsflur konnte ich dennoch erkennen, dass Baghira hellwach war und mit gespitzten Ohren gespannt in den Garten spähte.

Was war im Hinterhof los, das seine Aufmerksamkeit erregt hatte? Vielleicht streunte nur eine andere Katze durchs Gebüsch, aber man konnte nie wissen ...

Instinktiv verbarg ich mich hinter meinen Pflanzen und linste durch die Blätter. Ein Lichtpunkt hüpfte über den Rasen auf die Bank zu – irgendjemand schlich unten mit einer Taschenlampe herum. Immer wieder leuchtete dieser Jemand den Boden um die Bank herum Stück für Stück ab; eindeutig suchte die Person etwas.

Aber was?

Und warum wartete derjenige nicht damit, bis es hell war?

Plötzlich wurde über mir eine Balkontür geöffnet und das Licht der Taschenlampe erlosch.

Jeanettes Stimme rief leise: »Arnie? Bist du im Hof?« Sie lauschte noch einen Moment, dann ging sie wieder hinein und schloss die Tür.

Eine Zeit lang passierte gar nichts.

Nach einigen Sekunden absoluter Stille hörte ich schleichende Schritte über den Rasen huschen. Dann ging in Frau Schillers Wohnung ein Licht an. Der Schein fiel in den Hof und auf einen sehr erschrocken aussehenden Arnold Reitmüller, der sich hastig duckte, seinen Schritt beschleunigte und ruckzuck aus meinem Blickfeld verschwand.

Ich war baff.

Nach was hatte er an der Bank Ausschau gehalten, das er nicht auch tagsüber hätte suchen können?

Warum mitten in der Nacht?

Mit einer Taschenlampe?

Nein, falsch – das waren nicht die richtigen Fragen.

Es konnte ja sein, dass er nachmittags oder abends dort etwas verloren hatte. Sagen wir, er vermisste seine Brieftasche oder so. Alles wurde abgesucht, und es blieb nur noch die Bank im Hof als Möglichkeit, wo das Ding sein könnte.

Eine Brieftasche ließ man natürlich nicht bis zum nächsten Tag dort liegen; da würde ich auch sofort nachsehen und mich vergewissern.

Aber: Reitmüller wollte offenkundig nicht gesehen werden.

Und mit diesen Überlegungen wurde mir auch die korrekte Frage klar: *Warum?*

Kapitel 13

Aufschlussreiche Informationen über den netten Herrn Lembeck – und ein paar schlechte Lügen gibt's später gratis dazu

»Interessiert an Neuigkeiten?«, fragte Erwin.

Hatte der Papst einen lustigen Hut auf? Natürlich war ich interessiert, zumal ich sofort wusste, was Erwin meinte: Neuigkeiten über Lembeck.

Ich folgte ihm in sein Büro. Sorgfältig verschloss er die Tür hinter uns. Aha – niemand sollte mitbekommen, was er mir zu erzählen hatte.

Ich warf mich in einen Sessel. »Raus damit.«

Erwin setzte sich aufs Sofa und sagte: »Also, das mit der Computerkriminalität … da hat deine Frau Schiller mitten ins Schwarze getroffen.«

»Ach was?! Von wem weißt du …«

Er hob die Hand, um mich zu unterbrechen. »Das ist egal. Aber Tatsache ist, dass Marcel Lembeck sich bereits im Visier der Kollegen vom diesbezüglichen Dezernat befand. Es geht um gefälschte Kreditkarten und dergleichen. Der junge Mann hat seine Kenntnisse tatsächlich dazu benutzt, um mit Leuten zusammenzuarbeiten, die es mit der Legalität ihrer Aktivitäten nicht so genau nehmen.«

Sieh da – Erwin hatte also seine alten Kontakte aktiviert und ein bisschen herumgefragt. Was Kommissarin Küpper mir niemals freiwillig verraten würde, kostete Erwin nur zwei oder drei Anrufe bei ehemaligen Kollegen.

»Und jetzt denkt deine Patentochter, dass Lembeck mit

seinen Komplizen in Streitigkeiten geraten ist, die für ihn tödlich ausgingen.«

Erwin nickte. »Logisch. Würde ich auch, solange ich keine Informationen hätte, die in eine andere Richtung deuten. Außerdem: Man hat natürlich seine Umzugskisten durchsucht und dort eine Menge Hinweise auf Hintermänner gefunden. Es gab tatsächlich auch schon Vernehmungen, aber bisher konnte niemand mit dem Mord an Lembeck in Verbindung gebracht werden.«

»Hm, das muss ja nichts heißen, welcher Mörder hinterlässt schon eine Visitenkarte?«, murmelte ich geistesabwesend, denn ich war mit meinen Gedanken ganz woanders. »Du, gestern Nacht habe ich etwas Seltsames gesehen ...«

Erwin sah mich fragend an, und ich fuhr fort: »Reitmüller – das ist dieser Lehrer – schlich mit einer Taschenlampe um die Bank im Hof herum. Er hat etwas gesucht, ganz sicher.«

»Und was ist daran seltsam?«

»Die Tatsache, dass er dabei nicht gesehen werden wollte.« Ich schilderte ihm die Situation.

»Du meinst, er suchte etwas, von dem niemand wissen darf, dass er es verloren hat?«

»Ich glaube, es geht nicht nur darum, was, sondern auch, *wann* er es verloren hat. Vielleicht ja in der Nacht, in der Lembeck starb?«

»Und was könnte das sein?«

Ich zuckte mit den Schultern. »Ich habe nicht die leiseste Ahnung. Auch nicht, warum er erst gestern danach gesucht hat. Vielleicht, weil er es vorher nicht bemerkt hatte?«

»Hm.« Erwin stand auf und tigerte durch den Raum. »Du denkst also, er hat was mit Lembecks Tod zu tun? Aber was wäre sein Motiv?«

Gute Frage.

»Okay … mal spontan aus dem Bauch gesprochen: Was wäre, wenn zwischen Lembeck und der kleinen Harmony doch etwas vorgefallen wäre? Das Mädchen hat für den jungen Mann geschwärmt, weil er ihr zugehört und sie ernst genommen hat. Vielleicht hat er sich ihr ja doch auf unangemessene Weise genähert? Und Reitmüller hat es irgendwie rausgefunden? So überbesorgt, wie er ihretwegen ist, könnte er Lembeck zur Rede gestellt haben. Und je nachdem, wie der reagiert hat, kann dieses Gespräch ratzfatz aus dem Ruder gelaufen sein. Eskalation … Reitmüller schlägt zu … zack – Lembeck tot. Vielleicht keine Absicht, aber das Ergebnis ist das gleiche.«

Erwin setzte sich wieder. »Und wo soll das Ganze stattgefunden haben?«

»Ich habe keine Ahnung.«

»Bestimmt nicht draußen im Hof. Wenn die Männer gestritten haben, wurde es sicherlich laut, und dann wäre garantiert irgendjemand davon wach geworden. Natürlich wurden auch die Mieter der Nachbarhäuser befragt, ob sie in der Nacht etwas gehört haben. Hat aber keiner.«

»Und wenn es in Lembecks Wohnung eskaliert ist? Vorausgesetzt, Reitmüller ist ihm dort auf die Pelle gerückt. Kannst du rausfinden, ob und was die Spurensicherung dort gefunden hat?«

»Klar. Aber falls Lembeck dort oder sonst wo umgebracht wurde …« Er kratzte sich nachdenklich am Kinn und fuhr dann fort: »Weißt du, es gibt eine Frage, die ich mir schon die ganze Zeit stelle.«

»Und die wäre?«

»Warum saß der tote Lembeck auf der Bank? Warum ließ man ihn nicht einfach dort liegen, wo er umgebracht wurde? Als wäre er dort ganz demonstrativ platziert worden. Er wurde regelrecht zur Schau gestellt. Es ging also nicht darum, seinen Tod so lange wie möglich zu verheimlichen – im Gegenteil.«

Damit hatte er mir etwas zu denken gegeben. Ich grübelte noch immer darüber nach, als ich nach Feierabend mit einer Tasse Espresso auf meinem Balkon saß.

Für wen war der tote Lembeck dort hingesetzt worden?

Als es klingelte, flitzte ich zur Tür. Hoffentlich war es Erwin, der mittlerweile etwas von den Ergebnissen der Spurensicherung herausgefunden hatte.

Aber die junge Frau in Schwarz, die die Treppe heraufkam, war mir vollkommen unbekannt.

»Guten Abend«, sagte sie, als sie vor mir stand. »Entschuldigen Sie, dass ich unangemeldet bei Ihnen auftauche ... Sie sind doch Loretta Luchs?«

Ich nickte, und sie fuhr fort: »Haben Sie einen Moment Zeit für mich, bitte? Ich bin ... äh ... ich war mit Marcel Lembeck verlobt.«

Uff. Ich wusste, was jetzt kam, denn ich hatte so etwas bereits erlebt: Ich hatte den teuren Verstorbenen gefunden, und man hatte Fragen an mich.

Unangenehm. *Sehr* unangenehm.

Ich bat sie herein und führte sie ins Wohnzimmer. Sie setzte sich an den Esstisch; nein, sie hockte mit zusammengepressten Knien auf der Stuhlkante. Ihr kummervolles Gesicht zu sehen, ging mir an die Nieren. Den angebotenen Kaffee lehnte sie ab, sie wollte auch sonst nichts zu trinken, also setzte ich mich ebenfalls.

»Was kann ich für Sie tun, Frau ...?«

Sie lächelte schwach. »Schnitzler. Verzeihen Sie, dass ich mich noch nicht vorgestellt habe. Ich bin momentan etwas …« Sie war immer leiser geworden und verstummte dann.

Ich wartete ab und musterte sie unauffällig. Sie war einfach gekleidet und wirkte eigentlich recht bodenständig – wäre da nicht der riesige Diamantring gewesen. Tatsächlich war der Klunker nicht annähernd golfballgroß, aber er war dennoch höchst beeindruckend.

Da sie weiterhin schwieg, fragte ich: »Was möchten Sie von mir wissen, Frau Schnitzler?«

»Die Polizei sagt, Sie haben ihn gefunden«, erwiderte sie. »Hat er noch gelebt? Hat er noch etwas gesagt?«

»Nein, tut mir wirklich leid. Er war bereits tot.«

»Ach so«, wisperte sie, und ihre Augen füllten sich mit Tränen. »Können Sie mir zeigen, wo Sie ihn gefunden haben?«

»Er saß auf der Bank im Hof.«

»Ich …« Sie lächelte entschuldigend. »Ich war noch nie zuvor hier.«

»Tatsächlich? Aber Sie standen kurz vor der Hochzeit, nicht wahr?«

»Schon. Aber Marcel wollte nicht, dass ich herkomme. Das sei nur eine olle, ungemütliche Junggesellenbude, sagte er immer. Wenn, dann waren wir bei mir. Und wir waren ja schon dabei, unsere gemeinsame Wohnung einzurichten. Hier hat er sich nur noch zum Packen aufgehalten.«

Ich bat sie, mir auf den Balkon zu folgen, und zeigte zur Bank. »Dort hat er gesessen, und von hier aus habe ich ihn am Sonntagmorgen gesehen.«

Sie schwankte leicht und hielt sich an der Brüstung fest. Ich nahm ihren Arm und führte sie zurück ins Wohnzimmer.

»Wenn er an diesem Abend nicht …«, sagte sie leise und

fuhr nach einer kleinen Pause fort: »Ich wollte nicht, dass er geht. Aber er müsse unbedingt noch etwas erledigen, bevor er endgültig auszieht, hat er gesagt. Er müsse dringend mit jemandem reden. Das schien ihm sehr wichtig zu sein.« Zitternd holte sie Luft.

Ach, das war interessant. Kaum hatte ich das gedacht, fühlte ich mich auch schon … hm … irgendwie *ertappt,* denn ich merkte, wie es in mir kribbelte. Das war eine Information, die mit dem Tod von Lembeck zu tun haben könnte. Verdammt. Ebenso wenig, wie man das Radfahren verlernte, konnte ich offenbar mein Gehirn dahingehend beeinflussen, *nicht* sofort auf Hochtouren zu laufen, sobald am Horizont ein vermeintliches Indiz auftauchte …

Ich konnte einfach nicht anders, als nachzubohren. Ich ließ ihr einen Moment, um sich zu sammeln, und fragte: »Mit jemandem hier im Haus?«

»Ich weiß es nicht. Aber es könnte sein, oder? Es hörte sich jedenfalls so an. Haben Sie eine Ahnung, ob er am Samstagabend noch mit jemandem gesprochen hat?«

Ich schüttelte den Kopf. »Nicht dass ich wüsste, tut mir leid. Aber das muss nichts heißen. Haben Sie die Polizei danach gefragt?«

»Ja, aber die Kommissarin hat mir erzählt, dass er an dem Abend zu niemandem im Haus Kontakt hatte. Das hätten die Nachbarn jedenfalls ausgesagt.« Sie straffte die Schultern und stand auf. »Vielen Dank, dass Sie spontan Zeit für mich hatten, Frau Luchs, das war sehr freundlich. Ich muss jetzt los; ich habe einiges zu organisieren.«

Ich hatte das Bedürfnis, sie irgendwie zu trösten, also sagte ich: »Bestimmt wird die Polizei herausfinden, was passiert ist. Sie findet den Täter und wird ihn bestrafen.«

Sie blickte mich an, als hätte ich etwas unglaublich Dummes gesagt. »Und dann? Bringt das ihn mir zurück? Nein, wohl kaum.«

Ich sah ihr nach, wie sie mit hängenden Schultern die Treppe hinabging. Sie tat mir wahnsinnig leid.

Natürlich ging mir diese eine Sache, die sie gesagt hatte, nicht mehr aus dem Kopf: diese geheimnisvolle Verabredung, die er noch gehabt hatte. Korrigiere: dieses Gespräch, das ihm so wichtig gewesen war.

Ungeachtet dessen, dass keiner der Hausbewohner am Samstagabend mit Lembeck geredet haben wollte ... konnte ja sein, dass irgendwer gelogen hatte. Ich war sicher, dass es um jemanden hier im Haus gegangen war, sonst wäre es ja wurscht gewesen, ob er es vor seinem Umzug noch erledigt bekam.

Vielleicht hatte ich ja wirklich recht mit meiner Theorie, was Lembeck und Harmony anging. Hatte Reitmüller ihn zu sich zitiert und Lembeck hatte sich mit ihm getroffen, um die Sache zu bereinigen? Oder um Reitmüller zu versichern, dass zwischen dem Mädchen und ihm nichts vorgefallen war? So paranoid, wie Reitmüller war, bestand durchaus die Möglichkeit, dass er harmlose Situationen zu etwas aufbauschte, das gar nicht existierte.

Vielleicht dieses ... vielleicht jenes ... mir schwirrte der Kopf. Plötzlich hatte ich das Bedürfnis, mir die Beine zu vertreten, und wenn es auch nur wenige Schritte waren.

Ich beschloss, den Müll rauszubringen.

Nachdem ich den Beutel entsorgt hatte – die Tonnen standen in einer gemauerten Nische hinter dem Haus –, ging ich über den Rasen und setzte mich auf die Bank. Der Duft des Flieders umhüllte mich, während ich die Balkone musterte, einen nach dem anderen.

Warum hatte man Lembeck ausgerechnet hier platziert, wo er sofort gesehen wurde, sobald jemand seinen Balkon betrat? *Wer* hatte ihn hier platziert?

Ob es tatsächlich jemand aus dem Haus gewesen war? Falls ja, wäre es eigentlich ein ziemlich guter Grund, Lembecks Leiche woanders zu deponieren, oder etwa nicht?

Gerade wollte ich aufstehen, als Reitmüller auf mich zukam. Er trug wieder diese Zirkusdirektor-Jacke mit den vielen Knöpfen, allerdings fehlte einer davon.

»Guten Abend, Frau Luchs. Sie haben nicht zufällig einen Knopf gefunden?«, fragte er. »So einen wie diese hier?«

Jetzt, als ich genauer hinsah, bemerkte ich, dass auf jeden Kopf ein Totenkopf geprägt war.

Ich schüttelte den Kopf. »Nein, leider nicht. Wann haben Sie ihn denn verloren?«

»Ich hatte die Jacke eine Zeit lang nicht an«, sagte er. »Und gerade ist mir aufgefallen, dass der Knopf fehlt. Zuletzt habe ich sie getragen, als wir hier zu Ihrer Begrüßung zusammengesessen haben, erinnern Sie sich?«

Selbstverständlich tat ich das – wie hätte ich diesen exzentrischen Fummel vergessen können?

»Ich habe schon überall geguckt«, fügte er hinzu. »In der Wohnung … Im Auto … Ich muss ihn hier verloren haben. Mir fällt keine andere Möglichkeit ein.«

»Haben Sie hier denn schon einmal nach ihm Ausschau gehalten? Vielleicht ist er weggerollt?«

»Nein – ich habe ja wie gesagt gerade erst bemerkt, dass er fehlt. Das ist überaus ärgerlich. Die Jacke ist aus London.

Ich bekomme hier bestimmt keinen Ersatz, deshalb würde ich den verdammten Knopf wirklich gern finden.«

Ich stand auf und nickte verständnisvoll. »Viel Glück beim Suchen. Wenn ich ihn irgendwo entdecke, bringe ich ihn vorbei.«

»Vielen Dank, das wäre wirklich sehr nett«, murmelte er geistesabwesend, während seine Augen bereits den Boden scannten.

Ich setzte mich auf den Balkon und dachte über das Gespräch mit Reitmüller nach. Er hatte mich belogen.

Die heimliche Suchaktion mit der Taschenlampe … Da hatte er bestimmt nach dem Knopf Ausschau gehalten. Ich glaubte ihm allerdings, dass er erst kürzlich entdeckt hatte, dass der Knopf fehlte. Sonst würde er nicht erst jetzt danach suchen.

Plötzlich fiel mir etwas ein, was ich an dem Morgen beobachtet hatte, als ich Lembeck gefunden hatte: die Tauben, die auf dem Boden herumpickten und um etwas Glänzendes stritten … ob das der Knopf gewesen war?

Ich hatte Fotos gemacht, die ich mir bisher nicht angesehen hatte. Nein, ich hatte sie mir nicht ansehen *wollen,* das traf es besser. Wozu auch? Ich wusste ja, was ich geknipst hatte: Lembeck, vermeintlich schlafend auf der Bank sitzend … das Auftauchen der Tauben … die Tauben vor der Bank … da … etwas am Boden glänzte … Lembeck kippte zur Seite … die Tauben flogen hoch …

Um genau zu sein: Ich hatte einen großen Bogen um die Kamera gemacht, denn die Bilder zu löschen, hätte gleichzeitig bedeutet, dass ich sie mir angeguckt hätte. Und das wollte ich keinesfalls. Aber jetzt war diese ominöse Geschichte mit dem Knopf aufgetaucht, deren Bedeutung mir allerdings noch nicht so ganz klar war. Ich brauchte die Fotos, um mich mit Erwin zu besprechen.

Die Bilder auf dem Kameradisplay waren zu klein, um etwas zu erkennen, also lud ich sie auf meinen Laptop.

In der Vergrößerung sah ich es: Eine der Tauben hatte etwas im Schnabel. War es die diebische Jolanthe? Vermutlich.

In mir keimte der Verdacht, ein gewisser Knopf könnte sich in einem gewissen Glas auf einem gewissen Dachboden befinden.

Kapitel 14

Taubenvattas gibt es nicht nur im Nachbarhaus, stellt Loretta erstaunt fest

»Wat soll dat sein? Ein Knopp? Bisse sicher?«

Frank blickte mich fragend an.

Es war Samstagmittag, und ich hatte Erwin zum konspirativen Treffen bei Frank gebeten. Jetzt hockten wir auf Barhockern am Stehtisch, und ich hatte ihnen soeben erzählt, was mir wieder eingefallen war.

Zwei Tage lang – seit ich Reitmüller im Hinterhof begegnet war – hatte ich mir den Kopf zerbrochen; hin und her gerissen zwischen dem Bedürfnis, in Lembecks Tod zu ermitteln, und dem Versprechen, das ich mir selbst und meinen Freunden gegeben hatte: keine Ermittlungen mehr!

Jetzt wollte ich mit meinen beiden Freunden besprechen, was zu tun war. Beziehungsweise, ob überhaupt etwas zu tun war. Und falls ja – wer etwas tun sollte.

Ich würde lügen, wenn ich behauptete, dass es mich nicht in den Fingern juckte. Nicht, dass ich es vermisste, mit Mördern und Psychopathen zu tun zu haben, keineswegs. Aber wenn die Polizei doch in die Irre ging …

»Nein, sicher bin ich nicht«, antwortete ich auf Franks Frage. »Aber es wäre sehr gut möglich.«

»Hm. Könnte aber auch sonstwat sein, meinze nich?«

Erwin grinste. »Was Loretta meint: Es würde ziemlich gut zu ihrer Theorie passen, dass der Mörder innerhalb der Hausgemeinschaft zu suchen ist.«

»Pff.« Ich zuckte mit den Schultern. »Nicht, dass hier Missverständnisse aufkommen: Ich lasse mich sehr gern eines Besseren belehren. Von Kommissarin Küpper zum Beispiel. Wenn sie den Mörder innerhalb des zweifelhaften Umfelds von Lembeck findet – bitte schön. Ich werde diejenige sein, die am lautesten Beifall klatscht. Aber bis dahin …«

»Bis dahin hasse deine eigene Theorie, schon klar. Und wat willze nu machen? Diesen komischen Lehrer aufn Zahn fühln?«

Am Verkaufsfenster war Kundschaft aufgetaucht, und Frank ging hinüber, um sie zu bedienen.

»Ich schließe mich seiner Frage an«, sagte Erwin. »Was willst du jetzt unternehmen?«

»Ich habe keine Ahnung. Vielleicht erst einmal herausfinden, ob der Knopf sich tatsächlich im Beuteglas der diebischen Jolanthe befindet.«

»Und wie willst du das anstellen?«

»Na ja, ich hab mit Taubenvatta Anton ja ohnehin schon abgemacht, dass ich oben in seinem Schlag fotografieren darf. Und dann wird mir schon was einfallen. Ein Foto von Jolanthe inmitten ihrer Schätze oder so.«

»Taubenvatta? Wat 'n fürn Taubenvatta?«, fragte Frank, der wieder an den Tisch zurückgekehrt war.

»Kennst du bestimmt nicht«, erwiderte ich. »Wohnt bei mir nebenan.«

»Wat? Kennich nich? Wer sacht dat denn? Mein Vatta war Taubenvatta, und als Köttel bin ich immer mit zu den Treffen. Wie heißt denn dein Taubenvatta?«

»Er heißt Anton. Anton Schulze.«

Franks Miene hellte sich auf. »Wat? Tauben-Toni? Klar kennich den. Lustigen Typ.«

Tauben-Toni, soso. Wie klein die Welt doch war. Von allen Züchtern dieser flatternden Brieftorpedos – und im Ruhrpott gab es davon eine ganze Menge – musste mein Frank ausgerechnet Anton kennen.

»Kennt der dich denn auch noch?«, fragte ich, während ein Plan in meinem Kopf Gestalt annahm. »Hättest du nicht Lust, ihn mal wieder zu besuchen?«

»Klar. Is bestimmt lustich.«

Ja, bestimmt. Und Frank könnte Anton zuquatschen und ablenken, während ich nach dem Knopf suchte …

Erwin musterte mich nachdenklich. »Du brütest doch was aus, das sehe ich dir an der Nasenspitze an.«

»Du kennst mich halt viel zu gut«, gab ich zurück. »Aber sag selbst: Verhält dieser Lehrer sich etwa nicht verdächtig? Ich habe euch doch erzählt, was ich beobachtet habe und was er mir gegenüber behauptet hat. Er ist mitten in der Nacht mit einer Taschenlampe um die Bank herumgeschlichen! *Natürlich* hat er bei der Gelegenheit diesen blöden Knopf gesucht. Von wegen, er hat es erst später bemerkt. Das war eine dreckige Lüge. Verdammt, er verhält sich *merkwürdig*. Ich traue ihm nicht über den Weg.«

»Ja, weil du ihn bescheuert findest.«

»Nein – nicht, weil ich ihn bescheuert finde, Erwin. Sondern, weil er sich verdächtig verhält. Warum lügt er wegen dieses beknackten Knopfes? Beziehungsweise wegen seiner Suche danach? Das *muss* etwas bedeuten!«

Erwin nickte. »Da gebe ich dir recht. Aber der Grund für sein merkwürdiges Verhalten muss nicht zwangsläufig sein, dass er Lembeck umgebracht hat. Warten wir doch einfach ab, was Astrid und ihre Leute herausfinden. Und dann kannst du immer noch …«

»Was kann ich?«, fiel ich ihm ins Wort. »Zu Kommissarin Küpper gehen und ihr sagen, dass ich Reitmüller verdächtige? Ohne Beweise? Du weißt doch, wie sie darauf reagiert.«

»Dat heißt also, wir ermitteln?«

Franks Begeisterung war unübersehbar. Fehlte nur noch, dass er wie ein kleines Kind auf und ab hüpfte. Erwin hingegen … nun, Erwins gerunzelte Stirn sprach Bände.

»Mir gefällt das nicht«, sagte er. »Ich möchte, dass ihr nichts unternehmt, bevor ich mich über den aktuellen Stand der Ermittlungen schlaugemacht habe. Und bevor wir mehr Informationen über diesen Reitmüller haben. Mal sehen, was ich rausfinden kann.«

Immerhin hatte Erwin ›wir‹ gesagt. Das war doch schon mal gut. Ich versprach ihm hoch und heilig, keine riskanten Alleingänge zu unternehmen, und Erwin sagte zu, sich so schnell wie möglich über die Ermittlungen zu erkundigen.

»Das kann aber ein paar Tage dauern«, sagte er, als wir uns verabschiedeten. »Ganz so einfach ist das nicht.«

Er versuchte doch nicht etwa, Zeit zu schinden? In der Hoffnung, ich könnte das Interesse verlieren? Ein heimlicher Blickwechsel mit Frank zeigte mir, dass er ähnliche Gedanken hatte.

Und Erwin? Tja, er kannte mich offenbar doch nicht so gut, wie er glaubte.

Am Nachmittag entdeckte ich vom Balkon aus Harmony, die auf der Bank im Hof saß. Einerseits war es wohl ein gutes Zeichen, dass sie ihre Abneigung diesem Ort gegenüber abgelegt hatte; andererseits wirkte sie so traurig, dass ich Handlungsbedarf sah.

Ich ging hinunter und setzte mich neben sie.

»Na, wie geht es dir mittlerweile?«

Mutlos zuckte sie mit den Schultern. »Alles ist schlimm. *Alles*, wissen Sie?«

»Was denn zum Beispiel?«

»Mein Leben.«

Und da sage einer, junge Menschen in dem Alter könnten keine Probleme haben.

»Magst du mir von deinem Kummer erzählen? Ist es wegen Marcel Lembeck?«

»Er ist nicht mehr da«, wisperte sie so leise, dass ich mich anstrengen musste, um sie zu verstehen. »Das ist schlimm. Und dadurch wird alles andere noch viel schlimmer.«

Das klang jetzt wirklich nicht so, als hätte er sie belästigt, fand ich. Aber sie mochte es ja auch nicht als Belästigung empfunden haben … Hörte man nicht immer wieder von Teenagern – meist handelte es sich um junge Frauen –, die sich mit viel älteren Partnern einließen? In diesem Fall lag es in der Verantwortung der erwachsenen Männer, mit den Mädchen kein sexuelles Verhältnis einzugehen.

War sie etwa doch in Lembeck verliebt gewesen?

»Wenn jemand stirbt«, sagte ich, »ist es immer ganz besonders schlimm für diejenigen, die zurückbleiben, denn sie vermissen ihn furchtbar. Weißt du, ich hatte letztens Besuch von der Frau, die Marcel Lembeck heiraten wollte. Sie ist auch sehr, sehr traurig.«

»Sie ist nett, und wir würden uns bestimmt gut verstehen, hat Marcel immer gesagt.«

»Hast du sie mal getroffen?«

Harmony schüttelte den Kopf. »Nee. Aber Marcel hatte mich zu ihrer Hochzeit eingeladen, da hätte ich sie kennenlernen können.«

Keine Spur von Eifersucht oder Abneigung gegenüber der vermeintlichen Konkurrentin um Marcels Gunst. Das war eindeutig die falsche Fährte.

Aber Tatsache war, dass sie eine kleine Aufmunterung bitter nötig hatte.

»Sag mal, hast du Lust, mit mir zusammen Anton und seine Tauben zu besuchen?«

Sofort hellte ihr Gesicht sich auf. »Wann? Jetzt?«

»Klar, warum nicht? Aber ich muss kurz in meine Wohnung, um den Fotoapparat zu holen. Ich möchte auf dem Dachboden ein paar Bilder knipsen. Willst du schnell deiner Mutter Bescheid sagen?«

»Die ist arbeiten.«

»Und dein Stief... ich meine, was ist mit dem Freund deiner Mutter?«

Sie verzog das Gesicht, sah mich aber nicht an. »Der ist auch nicht da.«

Während ich alles zusammensuchte, beschäftigte Harmony sich mit Baghira, der ihre Streicheleinheiten schnurrend genoss. In diesem Moment wirkte sie vollkommen entspannt und frei von Sorgen.

Plötzlich sah sie hoch und fragte: »Darf ich Ihre Handynummer haben?«

Ich zögerte kurz, aber dann sagte ich: »Klar, warum nicht? Dann können wir uns verabreden oder so.«

Sie zog ihr Handy aus der Jackentasche und tippte, während ich diktierte. Dann schickte sie mir eine Nachricht, damit ich ihre ebenfalls hatte.

Harmony steckte ihr Telefon wieder ein und nickte. »Jetzt ist es besser.«

Mit dieser rätselhaften Bemerkung wandte sie sich wieder dem Kater zu.

Vielleicht könnte ein eigenes Haustier ihr das Leben ein wenig erleichtern?, dachte ich, als wir im Nachbarhaus die Treppen zum Dachboden hinaufstiegen. Sie schien Tiere ja sehr zu mögen, den Kater, die Tauben … Aber sollte ich das Thema ansprechen? Wer konnte schon wissen, ob ich damit Ärger heraufbeschwor.

Aber dann entschied ich, es zu wagen. »Frag deine Mutter doch mal, ob du eine Katze haben darfst.«

»Pff. Darf ich nicht. Arnie ist dagegen.«

»Reitmüller? Weißt du, warum?«

Ich hatte mich gerade noch bremsen können. Fast wäre ich mit einer Bemerkung darüber herausgeplatzt, wieso dieser Typ denn bitte schön zu entscheiden hatte, ob in einer Wohnung, die nicht seine war, ein Haustier leben durfte oder nicht.

Harmony zuckte mit den Schultern. »Nee, weiß ich nicht. Ist mir auch egal.«

»Vielleicht hat er ja eine Allergie. Dann müsste er ständig niesen, wenn er Kontakt zu einer Katze hat.«

»Na und? Dann soll er eben in seiner Wohnung bleiben. Das wäre sowieso besser.« Sie blieb stehen und sah mich an. »Warum ist Marcel tot und nicht Arnie? Das ist ungerecht.«

Ich erschrak – das war heftig. »So was darfst du wirklich nicht sagen, Harmony. Vor allem ihm gegenüber nicht, hörst du? Ich verstehe, dass du ihn nicht magst, aber …«

»So was darf ich nicht sagen?« Sie schrie es beinahe. »Warum sagt *ihm* denn niemand, was er darf? Er macht einfach, was er will! Ihm ist egal, ob andere das auch wollen! Er bestimmt alles! Das ist ätzend!«

Nun, das konnte ich mir lebhaft vorstellen.

Sie war völlig außer sich. Aber ich hätte auch keine Lust, mein Leben von einem Hasselhoff-Klon, der sich für unheimlich toll hielt, bestimmen zu lassen. Ob Harmonys Mutter ihm wohl hörig war? Durchlebte sie *Fifty Shades of Heiopei* und schaffte es nicht, sich von ihm zu lösen? Oder war sie schlicht dankbar, dass sie eine Art Vater für Harmony gefunden hatte, und nahm deshalb kritiklos hin, dass er alles bestimmte? Jemand wie Reitmüller konnte das Leben ja auch ungemein vereinfachen: keine Entscheidungen mehr treffen müssen, die Last der Verantwortung abgeben …

Wobei – ich wusste ja gar nicht, wie genau sich das Verhältnis zwischen Jeanette Zwickel und ihrem Lover gestaltete.

Mein Eindruck entstand nur aus Harmonys Erzählungen und dem miserablen Eindruck, den ich selbst von Reitmüller gewonnen hatte. Ich konnte nur Vermutungen anstellen. Aber so ganz allmählich entwickelte ich eine echte Aversion gegen den Kerl.

Ich legte ihr den Arm um die Schultern und drückte sie kurz an mich. »Ich weiß, du hast es schwer. Aber es wird auch wieder leichter werden, versprochen.«

Sie schüttelte heftig den Kopf. »Nein. Es wird immer schlimmer. Ich *weiß* es.«

Die Ärmste. »Hör mal: Du hast ja jetzt meine Nummer. Wenn du es nicht mehr aushalten kannst, rufst du mich an oder schickst mir eine Nachricht, okay?«

»Versprochen?«

»Versprochen.«

Kapitel 15

Ein Name wie ein schlaues Tier,
ein Schlagabtausch im Hausflur
und ein Lehrer, der sich für einen Popstar hält

Taubenvatta Anton freute sich sichtlich, als Harmony und ich den Taubenschlag betraten. Er saß an einem ausgemusterten Küchentisch und war dabei, eine kleine hölzerne Box zu reparieren, die vermutlich dem Transport seiner Lieblinge diente.

»Kuck an, die Hammenie«, sagte er strahlend, »dat is abba schön. Und die Frau … verdorrich nochma, jetz hab ich doch glatt den Namen vergessen. Dat war ein Tier, dat weiß ich noch. Dat war 'n schlauet Tier.«

»Luchs«, erwiderte ich grinsend. »Aber nennen Sie mich doch Loretta. Das gilt übrigens auch für dich, wenn du willst, Harmony. Wir können uns ruhig duzen.«

Sie nickte und schenkte mir ein flüchtiges, aber erfreutes Lächeln, dann ging sie zu einer Gruppe Tauben, die auf ihren Stangen saß und leise vor sich hin gurrte.

Anton blickte ihr hinterher, dann wandte er sich mir zu. »Schön, datse mit dir jetz 'ne Freundin hat, dat arme Ding.«

»Sie ist so furchtbar unglücklich wegen Lembecks Tod. Ich freue mich, wenn ich sie ein wenig aufmuntern kann.«

Der alte Taubenvatta hob die Brauen. »Lembecks Tod? Wenn dat mal allet wär.«

Sofort stand ich innerlich stramm. »Was meinen Sie damit, Herr Schulze?«

»Hömma, Meedchen, ich bin der Anton«, korrigierte er

mich und fuhr leiser fort: »Na, diesen windigen Penner mein ich, diesen *Arnie.*« Er schnaubte verächtlich. »Lehrer isser, aber wat für einer? Wissense, der war ma anne Schule von meine Enkelin, und dann war er plötzlich wech und tauchte an so 'ne andere Schule wieder auf. Is doch verdächtich, sowat.«

Hmmm … so verdächtig wie Lembeck, der nachts Besuch bekam? Wobei sich in dem Fall ja herausgestellt hatte, dass er durchaus kriminellen Aktivitäten nachgegangen war. Aber wie verhielt es sich bei Reitmüller?

»Wieso ist Ihnen … dir das verdächtig? Kann doch sein, dass er freiwillig die Schule gewechselt hat.«

Anton schüttelte den Kopf. »Vonnem Gymnasium auffe Grundschule? Freiwillich? Wer soll dat denn glauben?«

Das war natürlich ein Argument. »Was wurde denn den Eltern gesagt, warum er gegangen ist?«

»Nix Konkretet. Nur, dat er nache Ferien nich mehr kommt. Dat is jetz zwei Jahre her oder so. Und dann taucht der plötzlich hier auf und macht sich anne Schanette ran. Die macht natürlich Luftsprünge, weilse endlich wieder 'n Kerl im Haus hat. Aber die arme Hammenie hat nur noch schlechte Laune. Dat war mal 'n richtich fröhlichet Kind. Früher. Bevor der Blödmannsgehilfe aufkreuzt is.«

Harmony kam zu uns herüber und fragte: »Worüber redet ihr?«

»Über die Fotos, die ich gerne machen würde«, erwiderte ich schnell, bevor Anton sich verplappern konnte.

Ich sah mich um. Das Licht war wunderbar, genau wie bei meinem ersten Besuch hier oben. Die nächsten beiden Stunden verbrachte ich damit, meine geduldigen menschlichen Modelle zu knipsen; allerdings waren die Tauben nicht ganz so geduldig, wie ich schnell feststellte. Wenn ich sie an einer bestimmten Stelle sitzend knipsen wollte, flogen sie auf – und wenn ich sie im Flug haben wollte, hockten sie auf ihren Stangen wie festgeklebt. Dennoch: Ich war mit meiner Ausbeute im Großen und Ganzen zufrieden, nur …

»Sag mal, Anton, wo ist denn Jolanthes Beuteglas? Im Schrank?«

Erstaunt sah er mich an. »Wat wollze denn damit?«

Ehe ich antworten konnte, sagte Harmony, die an einem der zur Straße gewandten Fenster stand: »Arnie kommt, ich höre sein Angeber-Auto. Ich muss runter, sonst kriege ich Ärger.« Sie klang nervös. »Bestimmt ist er sauer, weil ich nicht zu Hause bin und lerne.«

»Schularbeiten?«

Sie schüttelte den Kopf. »Die sind längst fertig. Aber das reicht ihm nicht. Ich muss trotzdem lernen. Sonst schaffe ich die Schule nicht, sagt er.«

»Ich komme mit. Ich erkläre ihm, dass wir zusammen unterwegs waren.« Rasch packte ich mein Equipment zusammen. »Vielen Dank, Anton. Darf ich noch mal wiederkommen und vielleicht einen Freund mitbringen? Frank Kropka; er sagt, er kennt dich von früher.«

»Wat? Der kleene Kropka? Klar!«

»Und dann möchte ich auch Jolanthe mit ihren erbeuteten Schätzen fotografieren …«

»Wat? Ideen has du … also echt …«

Als ich mich in der Tür noch einmal umdrehte, um ihm zum Abschied zuzuwinken, wippte Anton in seinem Schaukelstuhl vor und zurück und lachte sich kaputt.

Harmony und ich galoppierten in Höchstgeschwindigkeit die Treppe hinunter, obwohl es natürlich aussichtslos war, dass sie es vor Reitmüller in die Wohnung schaffen würde. Ich hatte kaum die Haustür unseres Hauses aufgeschlossen, als wir ihn auch schon nach ihr rufen hörten.

»Sie ist hier!«, rief ich zurück. »Wir waren zusammen unterwegs.«

»Wir? Wer ist *wir?*«

Meine Antwort auf seine Frage erübrigte sich, denn selbstverständlich kam er nachsehen, mit wem Harmony zusammen gewesen war. Vor meiner Wohnungstür trafen wir aufeinander. Er war wenig begeistert.

»Sie schon wieder. Harmony, ab nach oben.« Er wartete, bis oben die Wohnungstür ins Schloss fiel, dann fuhr er fort: »Ich hatte angeordnet, dass sie lernen soll. Wie kommen Sie dazu, meine Autorität zu untergraben?«

»Das war nicht meine Absicht. Ich habe Anton besucht und dachte, es macht ihr Freude, mich zu begleiten. Sie mag die Tauben doch so.«

»Drecksviecher«, fauchte Reitmüller prompt. »Ich will nicht, dass sie da oben auf dem siffigen Dachboden bei dem alten Zausel herumlungert.«

»Ich war drüben, um Fotos zu machen. Es ist nichts passiert, weswegen Sie sich Sorgen machen müssen.«

»Das entscheiden nicht Sie!«, herrschte er mich an. »Was wissen Sie schon? Haben Sie überhaupt Kinder?«

»Ich weiß nicht, was das damit …«

Er hob die Hand, um mich zu unterbrechen. Dann beugte er sich zu mir und sagte: »Genau das ist das Problem. Sie wissen *nichts*. Sie müssen sich in anderer Leute Familienleben einmischen, weil sie keine eigene haben, hm? Typisch für so eine alte, ausgetrocknete Jungfer wie Sie. Aber wenn Sie genug bezahlen, finden Sie ja vielleicht einen armen Trottel, der es Ihnen mal ordentlich beso…«

Klatsch.

Meine rechte Hand hatte sich ganz von selbst gehoben und ihm eine Backpfeife verpasst.

Mit geballten Fäusten stand er vor mir und funkelte mich an. Zuerst dachte ich, er würde zurückschlagen, aber dann drehte er sich um und stampfte die Treppe hoch.

Puh. Was war das denn gewesen? Ich stand noch immer verdattert vor meiner Tür herum, als die beiden Studentinnen aus dem Dachgeschoss herunterkamen und mich grinsend anzwinkerten.

»Na, mit dem schönen Arnie aneinandergeraten?«, fragte die blonde Kerstin flüsternd. »War ja bis oben zu hören. Als Lehrer war er übrigens auch nicht so dolle.« Kichernd stießen sie sich gegenseitig an und wechselten beredte Blicke.

Reitmüller war ihr Lehrer gewesen? Ihrem Alter nach musste das zu seiner Zeit auf dem Gymnasium gewesen sein.

»Habt ihr zwei Minuten Zeit?«, fragte ich leise, und beide nickten synchron. »Ich würde euch gerne kurz was fragen. Aber nicht hier auf dem Flur. Kommt rein.«

Sie folgten mir ins Wohnzimmer und sahen mich erwartungsvoll an.

»Also gut«, sagte ich, »dieser Reitmüller … war er Lehrer an eurer Schule?«

Filiz nickte so heftig, dass ihr schwarz glänzender Zopf in wilde Bewegung geriet. »Ätzender Typ. Hielt sich für unwiderstehlich.«

»Tut er immer noch«, fügte ihre Freundin hinzu. »Der

kann vielleicht kleine Mädchen beeindrucken, aber eine Frau, die ihre fünf Sinne beisammenhat, bestimmt nicht.«

»Hat er das versucht? Euch zu beeindrucken, meine ich? Obwohl er euer Lehrer war?«

Filiz rollte mit den Augen. »Ist immer rumstolziert, als wäre er ein verdammter *Popstar,* das muss man sich mal vorstellen! Und diese Klamotten! Voll peinlich. Er hat diese sogenannte *Jugendsprache* benutzt, um uns zu imponieren.« Beide brachen in Gelächter aus, dann fuhr Filiz fort: »Kein Jugendlicher auf der ganzen Welt spricht so! *Ever!* Der Typ ist so ein lächerlicher Lutscher! Außerdem hat er einen immer angetatscht. Mega ekelhaft.«

Kerstin nickte. »Harmony tut uns total leid. Wir hatten immerhin irgendwann Schulschluss, aber ihr hängt er jetzt permanent auf der Pelle.«

»Aber dann hat er ja die Schule gewechselt. Ihr wart bestimmt erleichtert, ihn los zu sein.« Sie nickten, und ich fuhr fort: »Habt ihr zufällig eine Ahnung, warum er an eine andere Schule gegangen ist?«

»Wohl eher gegangen *wurde*«, erwiderte Kerstin mit gesenkter Stimme. »Es gab da Gerüchte ...«

In diesem Moment hupte jemand vor dem Haus, und Filiz quiekte: »Das ist für uns! Wir müssen los! Bis demnächst mal!«

Ehe ich sie aufhalten konnte, waren sie weg.

Mist.

»Du hast ihm eine gescheuert? Bravo!«, sagte Diana abends am Telefon, nachdem ich ihr von meinem Zusammenstoß mit Reitmüller berichtet hatte.

»Nennt *mich* eine alte, ausgetrocknete Jungfer, das muss

man sich mal vorstellen! Ich wette, der Kerl ist sogar ein paar Jahre älter als ich.«

»Ach, das würde mich nicht stören. Soll er über dich doch denken, was er will, dieser Schwachmat. Aber das mit dem mal ordentlich … meine gute Erziehung verbietet mir, diese Ungeheuerlichkeit zu wiederholen. Also, das geht entschieden zu weit.«

Ich kicherte innerlich. Diana hatte damals als meine Kollegin an der Hotline ausschließlich als Domina gearbeitet. Wenn sich jemand auf verbale Ungeheuerlichkeiten verstand, ohne dabei rot zu werden, dann sie.

»Jetzt tu mal nicht so etepetete, Frollein. Aber dass er in aller Öffentlichkeit derart die Fassung verloren hat, erstaunt mich schon. Immerhin ist der Mann Pädagoge.«

»Pff. Was heißt das schon? Das sind die Schlimmsten. Ich hatte an der Hotline einige Exemplare …« Sie kicherte und fuhr fort: »Den ganzen Tag von hübschen Mädchen umgeben zu sein, das kann schon schwierig sein.«

Moment mal … in mir klingelte etwas.

Ich erzählte Diana vom Gespräch mit den beiden Studentinnen, und sie sagte: »Na also. Denk doch mal nach: Er hat Mädchen angetatscht, er hat Jugendsprache benutzt, um cool zu wirken, er kleidet sich deiner Beschreibung nach wie ein Mitglied einer Boygroup … Da musst du doch nur eins und eins zusammenzählen. Jetzt weißt du, warum der Heiopei die Schule wechseln musste.«

Auch wenn dieser Gedanke nahelag, machte er mich sekundenlang sprachlos. Dann fragte ich: »Du denkst, er hat in der Schule die Mädchen belästigt?«

»Ist doch möglich? Natürlich *darf* er das nicht, aber was bedeutet das schon? Wenn dieser Reitmüller auf sehr junge

Mädchen steht, hat er auf jeden Fall einen unpassenden Beruf gewählt. Oder im Gegenteil den genau passenden. Kommt ganz auf den Blickwinkel an.«

»Aber seine Lebensgefährtin ist auf jeden Fall Mitte dreißig, schätze ich. Das passt doch nicht zusammen.«

Ich konnte buchstäblich hören, wie sie die Augen verdrehte, als sie sagte: »Herrgott, Loretta. Seit wann bist du derart begriffsstutzig? Ihre Tochter Harmony ist doch im Teenager-Alter, nicht wahr? Er wäre nicht der erste Mann, der sich die Mutter schnappt, um an die Tochter ranzukommen. Und glaub mir – er wird ganz sicher nicht der letzte sein.«

»Bitte nicht. Wenn ich mir vorstelle, dass sie in der Wohnung über mir so gequält wird ...«

»Hinter Wohnungstüren in biederen Mietshäusern spielen sich noch ganz andere Dinge ab, Loretta.«

Gütiger Himmel – sie hatte recht.

An diesem Abend dachte ich noch lange über die Ereignisse und Erkenntnisse dieses Tages nach. Auch darüber, warum ich nicht längst auf diese Möglichkeit gekommen war.

Ich hatte mich derart in meine Theorie verbissen, dass Lembeck vielleicht Harmony belästigt hatte und deshalb hatte sterben müssen, dass ich für andere Möglichkeiten vollkommen vernagelt gewesen war – ganz klarer Fall von geistiger Umnachtung.

Was bedeutete das für Lembecks gewaltsamen Tod?

Reitmüller mochte auf sehr junge Mädchen stehen und Harmony in akuter Gefahr sein ... das musste ich unbedingt herausfinden. Ich konnte nur hoffen, dass es noch nicht zum Äußersten gekommen war. Darum würde ich mich auf jeden Fall schnellstmöglich kümmern. Vielleicht konnte Erwin rausfinden, ob gegen Reitmüller entsprechende Anzeigen vorlagen.

In welchem Verhältnis hatten Reitmüller und Lembeck zueinander gestanden? War Reitmüller ein Angriff auf Lembeck zuzutrauen? Aber wieso?

Oder hatte vielleicht die Polizei doch recht damit, dass Lembecks Mörder in den kriminellen Kreisen zu suchen war, in denen er sich bewegt hatte?

Abends im Bett, kurz vor dem Einschlafen, traf mich die Erkenntnis wie ein Blitz.

In Gedanken war ich noch einmal alles durchgegangen, was Harmony mir über Lembeck erzählt hatte – zumindest soweit ich mich daran erinnern konnte.

Aber eines wusste ich noch genau: Lembeck habe ihr zugehört und ihre Probleme ernst genommen, das hatte sie definitiv gesagt. Und dass er ihr *geglaubt* habe. Und irgendwas in der Art, dass nicht einmal ihre Mutter wisse, wie gemein Reitmüller in Wirklichkeit sei, weil er sich ihr gegenüber immer verstellen würde.

Wer hatte noch gesagt, man müsse bei dem, was Teenager erzählen, durchaus vorsichtig sein? Dazu war ihr Leid meiner Wahrnehmung nach viel zu … *still.*

Nein, Harmonys sichtlicher Kummer konnte nicht vorgetäuscht sein – oder etwa doch?

Würde sie nicht eher die Dramaqueen spielen, wenn es ihr nur darum ging, Reitmüller in Misskredit zu bringen?

Bei der einen oder anderen Gelegenheit war Harmony kurz davor gewesen, auszupacken, das hatte ich deutlich gespürt. Vielleicht hatte sie genau das bei Lembeck getan.

Ich entsann mich, dass ich irgendwann die Vermutung hatte, Lembeck hätte ihr so etwas wie Fluchthilfe versprochen. Allein die Möglichkeit hatte mich empört.

Jetzt – ganz plötzlich – sah die Sache anders aus. Aus einem anderen Blickwinkel betrachtet, könnte Harmony sich Lembeck gegenüber geöffnet und ihm davon erzählt haben, dass Reitmüller sie bedrängte.

Und was hatte Lembeck getan? Versprochen, ihr zu helfen, sie zu *retten.*

Und vielleicht war es bei dem Gespräch, das Lembeck am fraglichen Abend noch hatte führen wollen, bevor er endgültig umzog, darum gegangen, Reitmüller mit Harmonys Vorwürfen zu konfrontieren. Dieses Gespräch war aus dem Ruder gelaufen, und jetzt war Lembeck tot.

Oh Gott … Auf einmal glaubte ich auch zu wissen, warum der tote Lembeck auf der Bank gesessen hatte: Das war eine Botschaft für Harmony gewesen. Sieh her, was mit Leuten passiert, denen du etwas von unserem Geheimnis erzählst.

Wenn das alles stimmte: Wie ekelhaft, grausam und egozentrisch konnte ein Mensch sein, ein junges Mädchen derart zu quälen?

Tatsache war: Ich brauchte schnellstens einen Plan, um herauszufinden, ob meine Theorie der Wahrheit entsprach.

Und dann würde ich alles daransetzen, Reitmüller in den Knast zu bringen.

Kapitel 16

Loretta übersteht die Inquisition, wenn auch nur knapp, und lässt sich nicht von ihren Plänen abhalten

Natürlich war Reitmüllers großer Auftritt im Hausflur nicht unbemerkt geblieben, wie ich am nächsten Tag herausfand, als ich mich auf den Weg zu Franks Kiosk machen wollte.

Kaum hatte ich meine Wohnungstür geöffnet, standen auch schon die Kaboleks vor mir und winkten mich stumm, aber unerbittlich in ihre persönliche Nachbildung von Versailles, in der Ludwig der Soundsovielte sich vermutlich sehr wohlgefühlt hätte. Obwohl ich die Wohnung bereits kannte, war ich von all der royalen Pracht und den goldenen Schnörkeln erneut schier erschlagen.

Wie auch immer: Ihre Durchlauchten, Herzog und Herzogin Kabolek, standen vor Aufregung kurz vorm Schlaganfall. Mitzi schnappte sich das Telefon, drückte eine Kurzwahltaste und sagte schwer atmend in den Hörer: »Hermine, komm schnell, sie ist hier!«

Du liebe Güte – wer war denn nun schon wieder Hermine?

Die Antwort auf diese Frage klopfte Sekunden später an die Tür und wurde umgehend eingelassen: Frau Schiller. Bestimmt hatte man vereinbart, dass diejenige, die mich als Erste zu fassen kriegte, die andere umgehend informieren würde. Vermutlich hatten sie bereits seit gestern hinter ihren Wohnungstüren Wache geschoben, um mich keinesfalls zu verpassen.

Die beiden Damen hielten sich nicht mit vornehmer Zurückhaltung auf und drängten mich ins Wohnzimmer, wo sie mich auf eins der thronsesselartigen Rokoko-Imitate nötigten und dann mir gegenüber Platz nahmen.

»Likörchen?«, flötete der Hausherr, und ich kam mir plötzlich vor wie in einem Sketch von Loriot.

Die Damen nickten, ohne ihren Blick von mir zu wenden – ja, sie brauchten offenkundig dringend Alkohol; ich dagegen winkte dankend ab. Das fehlte noch, dass ich angeschickert in *Kropkas Klümpchenbude* aufschlagen würde, wo – heimlich linste ich auf die Uhr – Erwin und Frank vermutlich bereits auf mich warteten.

»Ich habe wirklich nicht viel Zeit; ich werde erwartet«, sagte ich und hoffte, überzeugend zu wirken und die Sache damit abzukürzen.

Drei vor Sensationslust glitzernde Augenpaare sahen mich an, und Frau Schiller wedelte meine Ansage mit lässigem Schlenkern ihrer Hand vom Tisch. »Ja, ja. Dauert nicht lange. Was war denn da gestern los?«

Kurz überlegte ich, ob ich mich doof stellen sollte, aber damit würde ich meinen Aufenthalt hier nur unnötig verlängern. Also sagte ich: »Herr Reitmüller und ich hatten im Flur eine kleine Auseinandersetzung. Das meinen Sie doch?«

Synchron wurde genickt, und ganz offenbar erwartete man, dass ich endlich zu Potte kam und auspackte.

»Also, Herr Reitmüller hatte sich Sorgen gemacht, weil Harmony bei seinem Eintreffen nicht zu Hause war. Deshalb war er so aufgebracht.«

»Aber diese schrecklichen Dinge, die er zu Ihnen gesagt hat«, flüsterte Mitzi. Ihre bis zum Anschlag aufgerissenen Augen waren von schwer getuschten Wimpern umgeben, die wie Spinnenbeine wirkten.

Erstaunlich, was man so alles bemerkt, wenn man genauer hinsieht.

»Schreckliche, *schreckliche* Dinge«, echote Frau Schiller. »Der nette Herr Reitmüller. Immer hilfsbereit, immer freundlich … ich bin ganz erschüttert.«

Ja, das kommt davon, wenn man mit dem Ohr an der Wohnungstür klebt und Dinge belauscht, die einen eigentlich gar nichts angehen, dachte ich. Andererseits hatten der flotte Arnie und ich unser Scharmützel in aller Öffentlichkeit ausgetragen.

»Alles halb so schlimm«, sagte ich.

»Aber der Mann ist *Akademiker!*«, posaunte Herr Kabolek empört, der in seinem Goldknopf-Blazer und dem weißen Rollkragenpullover wie ein Operetten-Kapitän wirkte. Er hatte sich einen Cognac eingeschenkt und leerte den Schwenker nun mit einem beherzten Zug.

Pfff … als könnten Akademiker keine beleidigenden Arschlöcher sein. Offenbar lebten die Kaboleks in einem Wertesystem, das mit der Realität nur ganz am Rande zu tun hatte. Vielleicht hatten sie sich deshalb diese heile Kunstwelt in einer schillernden Seifenblase geschaffen.

»Es klang nach …«, Frau Schiller wechselte einen Blick mit Mitzi Kabolek und fuhr fort: »Nun ja … Es klang nach Handgreiflichkeiten! Hat er Sie etwa …«

Die bloße Vorstellung schien auszureichen, dass ihr die Stimme versagte.

Ich schüttelte den Kopf. »Ich habe *ihm* eine gescheuert. Sie haben ja selbst gehört, welche schrecklichen Dinge Reitmüller zu mir gesagt hat.« Ich zuckte mit den Schultern und fügte hinzu: »Manchmal gehen selbst mir die Worte aus. Passiert selten, aber es passiert.«

Sie glotzten mich entgeistert an.

Während Frau Schillers Miene immerhin eine gewisse Erleichterung zeigte, dass der Mann nicht etwa die Frau geschlagen hatte, sondern umgekehrt, wirkten die Kaboleks irgendwie … *verloren.* Eindeutig brachte ich ihr schönes, geordnetes Leben durcheinander.

Kaum wohnte diese Loretta Luchs im Haus, machte es leise ›*Plopp*‹; ihre bisher so gemütliche Seifenblase platzte, ein Toter saß auf der Bank im Hof, und im Hausflur fanden Fast-Prügeleien statt. Eine Frau, die sich zu Handgreiflichkeiten hinreißen ließ.

Ungeheuerlich.

Um meine Zuhörer aus ihrer Schockstarre zu befreien, ergriff ich das Wort. »Herr Reitmüller ist sehr besorgt um Harmony, nicht wahr? Es schien ihm nicht zu gefallen, dass sie mit mir unterwegs war.«

»Er ist …«, Frau Schiller stockte kurz und fuhr dann fort: »Also, er ist für Frau Zwickel natürlich ein Glücksfall. Sie rackert sich ja beinahe rund um die Uhr ab, um sich und ihre Kleine durchzubringen. Als er vor zwei Jahren hier ins Haus zog und mit Frau Zwickel zusammenkam, haben wir uns sehr für die beiden gefreut. Endlich war bei ihr wieder ein Mann im Haus. Ein Kind braucht einen Vater.«

Die Kaboleks nickten, und Mitzi sagte: »Er kümmert sich rührend um Harmony. Als wäre sie seine eigene Tochter. Er lernt mit ihr für die Schule. So ein Glück, dass er Lehrer ist, nicht wahr?«

Ja, dachte ich gallig, ein Riesenglück – solange er ihr nur Mathe oder Englisch beibringt.

»Es wird Zeit für mich, ich muss los.« Ich stand auf und nickte in die Runde. »Machen Sie sich bitte keine Sorgen.

Herr Reitmüller und ich haben gestern alles geklärt, auch wenn die Sache ein wenig aus dem Ruder gelaufen ist. Das ist mir jetzt sehr peinlich. Seien Sie versichert: So ein Verhalten gehört nicht zu meinen normalen Gepflogenheiten. Ich glaube, diese Situation ist auch dadurch entstanden, dass Harmony uns beiden so wichtig ist. Nicht nur Herrn Reitmüller – mir ebenfalls. Ich mag die Kleine.«

Damit ging ich und überließ sie ihrer Nachbearbeitung dessen, was sie gerade von mir – und über mich – erfahren hatten. Sie würden bestimmt einiges zu bereden haben.

Erwin kam mir bereits entgegen, als ich auf den Kiosk zugaloppierte – ich war mehr als eine halbe Stunde zu spät.

»Ich dachte schon, du kommst nicht mehr«, brummte er, kehrte aber mit mir in Franks Büdchen zurück.

»Ich habe eine gute Entschuldigung: Ich stand gerade vor der Heiligen Inquisition«, sagte ich, kletterte auf einen Barhocker und blickte Beifall heischend in die Runde.

»Du has *wat?*«, fragte Frank. »Da bin ich aber echt vonne Socken, dat du jetz gerade nich aufm Scheiterhaufen stehs und dich über deine vielen Sünden ärgers.« Kichernd machte er sich daran, mir eine Tasse Kakao zuzubereiten.

»Vielen Dank für dieses reizende Kompliment, mein teurer Freund. Aber wie du siehst, habe ich die hochnotpeinliche Befragung unbeschadet überstanden.«

»Was ist denn nun los?«, fragte Erwin, dem die Ungeduld ins Gesicht geschrieben stand. »Du schickst mir mitten in der Nacht eine Textnachricht und zitierst mich hierher, weil es sensationelle Neuigkeiten gibt ... raus damit. Wenn ich nicht pünktlich zum Mittagessen zu Hause bin, krieg ich Stress mit meinem Täubchen.«

Im Schnelldurchlauf berichtete ich von meinen neuen Erkenntnissen. »Und deshalb bin ich mittlerweile der Meinung, dass Reitmüller derjenige ist, der Harmony belästigt«, beendete ich meinen Vortrag. »Und dass er Lembeck umgebracht hat, weil der davon wusste.«

Frank runzelte die Stirn. »Der Penner packt dat Mädchen an? Dem polier ich die Fresse, aber sowat von!«

»Das überhöre ich jetzt mal«, sagte Erwin streng.

»Aber Loretta hat dem doch auch eine gescheuert.« Frank schmollte wie ein kleiner, beleidigter Junge, der nicht mitspielen durfte.

»Reitmüller hat es gewagt, mich eine ausgetrocknete, alte Jungfer zu nennen!«, fauchte ich Frank an. »Und dass ich mir einen Trottel kaufen soll, der es mir mal ordentlich besorgt! Da ist meine Hand von ganz alleine in sein Gesicht geklatscht, darüber hatte ich keinerlei Kontrolle.«

Verdammt, ich musste mir eingestehen, dass Reitmüllers Worte mich tatsächlich getroffen hatten. Dieser Arsch.

»Kriegt euch mal wieder ein«, sagte Erwin. »Hast du für deine neue Theorie irgendwelche Beweise, Loretta?«

»Leider nein«, erwiderte ich. »Noch nicht. Ich hoffe, dass Harmony mir ihr Vertrauen schenken wird. Aber es passt alles zusammen. Ich hatte ja ohnehin den Verdacht, dass Reitmüller etwas mit Lembecks Tod zu tun hat. Aber ich war zunächst der Ansicht, dass Lembeck derjenige war, der Harmonys Schwärmerei ausgenutzt haben könnte. Und dass Reitmüller Lembeck deswegen zur Rede gestellt hat und die Situation dann so übel eskaliert ist.«

»Aber warum hast du deine Meinung geändert?«, fragte Erwin, der immer wieder verstohlene Blicke auf seine Armbanduhr warf.

Ich zuckte mit den Schultern. »Viele kleine Informationen, die sich nach und nach zu einem Bild zusammenfügten. Nicht zuletzt hat Diana mir gestern noch einen Denkanstoß gegeben, so von wegen Lehrer und hübsche minderjährige Mädchen und so.«

»Dat is doch wohl abartich«, zischte Frank.

»Da gebe ich dir recht, aber leider kommt es vor. Außerdem haben die beiden Studentinnen mir ja erzählt, dass Reitmüllers Schulwechsel erstens nicht freiwillig war und er zweitens angeblich Mädchen angetatscht hat. Es soll gewisse Gerüchte gegeben haben.«

Sofort horchte Erwin auf. »Was für Gerüchte?«

»Gerade, als sie zum Kern der Sache kommen wollten, hupte jemand vorm Haus, und die beiden zischten los. Ich muss da unbedingt noch mal nachhaken. Aber du könntest vielleicht herausfinden, Erwin, ob gegen Reitmüller irgendwelche Anzeigen vorliegen, die dazu passen würden. Er ist von einem Gymnasium zu einer Grundschule gewechselt. Oder versetzt worden, was weiß ich.« Ich seufzte und fuhr fort: »Ehrlich, ich hoffe, dass er noch nicht mit Harmony geschlafen hat. Er plant eine Kreuzfahrt mit ihr und ihrer Mutter, auf der ihr vierzehnter Geburtstag gefeiert werden soll. Sie sollte sich darauf freuen, aber sie ist davon alles andere als begeistert. Vielleicht weiß sie, dass sie dann fällig ist.«

»Dat is doch allet Mumpitz!«, rief Frank erbost. »Is doch egal, ob der seinen dreckigen Pimmel schon reingesteckt hat oder nich! Wat is, wenn der dat Mädchen schon längs befummelt? Oder sie ihn anpacken muss? Ker, ich krich die Motten, wenn ich da nur dran denk!«

»Es bringt uns kein Stück weiter, wenn wir uns in Rage fantasieren«, sagte Erwin. »Solange wir keine stichhaltigen

Beweise haben, kann sowieso nichts unternommen werden. Nicht von der Polizei und erst recht nicht von uns.« Er fixierte mich streng. »Hast du verstanden, Loretta?«

»Aber ich werde die Sache auch nicht endlos aussitzen«, gab ich zurück. »Ich werde weiterhin versuchen, mehr über Reitmüller herauszufinden. Außerdem muss ich unbedingt an Jolanthes Beuteglas kommen. Ich glaube, dort befindet sich der verlorene Knopf, den Reitmüller so verzweifelt sucht. Also werde ich so schnell wie möglich Anton noch einmal in seinem Taubenschlag besuchen.«

»Tauben-Toni? Da will ich mit, hömma!«, rief Frank. »Am besten heute noch. Um halb fünf hab ich hier Feierabend. Wat meinze, Loretta?«

Ich hob die Hand und klatschte mit ihm ab. »Wir sind verabredet. Um fünf bei mir.«

Erwin sah wenig begeistert aus. »Das gefällt mir nicht. Wenn ihr beide zusammen loszieht und kein Aufpasser dabei ist, kann eigentlich nur Unheil entstehen.«

»Jetzt mach aber mal 'nen Punkt, Erwin«, erwiderte ich, »wir sind doch keine dummen Kinder.«

Er winkte ab und verließ – irgendwas vor sich hin murmelnd – den Kiosk.

Frank und ich sahen uns grinsend an.

Was sollte Erwin schon machen? Uns einsperren, damit wir keinen Blödsinn anstellen konnten?

Na also.

Kapitel 17

Gezieltes Kacken als Wettbewerb für Tauben und ungezielte Schwinger auf dem Hinterhof

Zappelnd vor Ungeduld stand Frank um Punkt fünf Uhr auf der Matte. Ich hielt mich nicht lange damit auf, ihn noch hereinzubitten, sondern schnappte meine Kamera und zog die Wohnungstür hinter mir ins Schloss.

Wir gingen zum Nachbarhaus, und ich klingelte bei Schulze. Martha – in wild geblümtem Nylonkittel und Schlappen – öffnete.

»Entschuldigen Sie bitte die Störung …«, begann ich, aber Frank drängte sich an mir vorbei.

»Tach, Frau Schulze! Kennense mich noch?«

Sie kniff die Augen zusammen, musterte ihn von Kopf bis Fuß und kramte sichtlich in ihrem Gedächtnis, ohne allerdings zu einem Ergebnis zu kommen.

»Ich bin der Frank Kropka! Wissense noch? Den Klaus Kropka sein Sohn!«

Ihr Gesicht hellte sich auf. »Dat is ja nich die Mööchlichkeit! Den Klausi sein Köttel! Als ich dich zuletzt gesehn hab, da warsse noch so 'n Zwerch!« Ihre Hand schwebte irgendwo in Höhe ihrer Hüfte. »Aba nerven konnteste schon wie 'n Großer. Na, da wird der Anton aba Augen machen!« Mit dem Kopf deutete sie auf mich. »Der is oben. Die junge Frau weiß ja, wo et langgeht.«

Ja, das wusste die junge Frau. Ich bedankte mich fürs Öffnen, dann stiefelten wir die Treppe hoch.

Wieder einmal hatte ich das Gefühl, eine Zeitreise in die

Vergangenheit gemacht zu haben, als ich den Dachboden betrat. Der wirbelnde feine Staub in den Sonnenstrahlen legte eine Art Patina auf die Szenerie, sodass alles wie leicht vergilbt wirkte. Anton Schulze saß in seinem Schaukelstuhl und schnarchte leise.

Ich klopfte gegen den Türrahmen. »Anton? Dürfen wir dich stören?«

Er öffnete sofort die Augen und blinzelte leicht verpennt in unsere Richtung.

»Ich bin's, Loretta. Und ich habe den Frank Kropka mitgebracht.«

Zack – das brachte ihn auf Trab. Mit einem Ächzen hievte er sich aus dem Stuhl. »Den Klausi sein Sohn! Mensch, Junge, wat bis du groß geworden! Wat machste denn immer so?«

Während die beiden sich an den Tisch setzten und in rasender Geschwindigkeit aufeinander einplapperten, ging ich zu Antons Tauben, von denen einige auf ihren Stangen saßen. Da ich mich ruhig und langsam bewegte, flogen sie nicht hoch, sondern blickten mir entspannt entgegen.

Sie waren schneeweiß und zierlich; alle trugen einen Markierungsring. Für mich sahen alle gleich aus – wie hatte Harmony bloß Jolanthe und die andere Taube so sicher identifizieren können, als die beiden Tiere unter dem Gartentisch herumgepickt hatten?

Ich setzte mich zu den Männern an den Tisch, und Anton sagte: »Da haste mir aba 'ne große Freude gemacht, Mädchen. Dat war so schön früher innen Verein, dammals, wie der Klausi noch lebte. Die Wettbewerbe, die Treffen …« In Erinnerungen versunken, lächelte er selig.

»Sind das hier Brieftauben?«, fragte ich.

»Nee, die sehn anders aus«, erwiderte Anton. »Die Weißen können sich nich so gut orientiern, weißte? Dat kommt vonne Züchterei. Dafür, dat se so hübsch weiß sind, gehen andere Eigenschaften verlorn.«

»Nimmst du mit den Tieren an Wettbewerben teil?«

Anton und Frank wollten sich ausschütten vor Lachen, ohne dass ich auch nur ansatzweise kapierte, was ich denn so Lustiges gesagt haben könnte.

»Klar!«, prustete Frank. »Wettbewerb in orientierungslos durche Gegend flattern, vielleicht. Oder Zielkacken!«

»Dat sind reine Auflasstauben«, sagte Anton. »Aba dat mach ich schon längst nich mehr. Dat is nur Stress für mich und meine Schätzken.«

In meinem Gesicht standen wohl etliche Fragezeichen, denn Frank ergriff das Wort. »Dat musse die Loretta erklärn, wat dat is, hömma. Auflasstauben sind die Viecher, die se bei Hochzeiten fliegen lassen. Oder bei 'ne Taufe oder 'ne Beerdigung. Die wolln immer nur weiße Tauben, weil dat so schön unschuldich aussieht oder wat weiß ich. Käfich auf, Tauben auffe Flucht – und alle so *ooooh* und *aaaah* …« Er gackerte und fuhr fort: »Und dann is dat Geschrei groß, wennse auffen Kopp gekackt kriegen. Zielkacken eben.«

Auflasstauben also – wieder was dazugelernt. Aber wie fanden die dann wieder nach Hause, wenn sie vor irgendeiner Kirche freigelassen wurden und erst einmal kopflos das Weite suchten? Rätselhaft.

»Früher, da hatte ich auch Brieftauben«, sagte Anton. »Und dann hamwa die im Verein umme Wette fliegen lassen, nur aus Spässken. Aba et gibt richtich große Wettbewerbe, richtich international. Mit richtich große Preisgelder.«

Frank nickte. »Wennde 'n paar Kurze intus hattes, dann

hasse immer von den Milljen Dollah Reehs in Südafrika schwadroniert, dat weiß ich noch.«

»Ach wat.« Anton winkte ab. »Dat war nur ’n schönen Traum, dat is viel zu teuer. Überleech doch ma: Südafrika! Und da muss dein Schätzken gegen die schnellsten Geschosse vonne ganze Welt antreten. Richtige Rennpferde sind dat. Kosten ’n Vermögen, aba die bringen dann auch töfte Preisgelder rein. Da kannze natürlich nich mithalten als kleiner Krauter aussm Ruhrpott.«

Frank grinste mich an. »Du wirss nich glauben, wer auch am Taubenzüchten is: Meik Teisen!«

»Wie bitte? *Der* Mike Tyson? Der Boxer? Bist du sicher, dass der nicht vielleicht doch feuerspeiende Drachen züchtet? Ich meine, die fliegen ja auch.«

Die beiden Herren wollten sich ausschütten vor Lachen.

»Dann sind die richtigen Champions bestimmt ganz schön teuer, oder?«, fragte ich. »Wenn man mit denen so viel Geld machen kann?«

»Letzte Tage habbich inne Zeitung gelesen, dat so ’n ultrareichen Schinese 400.000 Euro für ’ne Taube gelatzt hat«, sagte Frank. »Nadine heißt die. Dat is bei die schinesischen Milljonäre wohl den letzten Schrei, dat Tauben-Wettfliegen. Jetz kaufen die bestimmt allet auf, wat et hier an Schempiens gibt. Und die armen Viecher müssen Schinesisch lernen!«

»Hoffentlich landet die arme Nadine nich aus Versehn in sonnem Wok!«, juchzte Anton.

Offenbar ist es Sitte, den Tauben hübsche Frauennamen zu geben, dachte ich, während die beiden Herren um die Wette kicherten. Tauben, die Chinesisch lernten und im Wok landeten – also wirklich.

Wie auch immer: Nadine erinnerte mich an den eigentlichen Grund meines Hierseins – Jolanthe oder besser: die Suche nach dem Knopf.

»Sag mal, Anton … Ich wollte deine Jolanthe doch mal gerne mit ihren erbeuteten Schätzen fotografieren. Denkst du, das kriegen wir hin?«

Anton zuckte mit den Schultern. »Wir versuchen dat ma. Aba die Jolanthe hat ihrn eigenen Kopp.«

Er und Frank berieten sich kurz. Dann beschlossen sie, dass Anton die Taube holen sollte, während Frank die anderen mit Futter ablenkte. Ich bekam die Aufgabe, mich um das Glas zu kümmern.

Tatsächlich hüpfte Jolanthe sofort auf Antons ausgestreckten Zeigefinger, den er neben ihre Stange hielt. Dann umfasste er sie sorgsam und kam mit ihr zum Tisch, wo ich bereits das Beuteglas ausgeleert hatte. Frank streute einige Körner dazwischen, und Jolanthe pickte fotogen zwischen ihren Schätzen herum.

Ich knipste sie dabei von allen Seiten. Ihre Beute bestand aus allerlei Krimskrams – zusammengeknüllten Bonbon- und Kaugummipapieren, Plastikperlen und Schmucksteinchen, die eine Gemeinsamkeit hatten: Sie schimmerten in leuchtenden Farben oder glitzerten. Im Idealfall beides.

Reitmüllers Knopf hatte ich übrigens sofort entdeckt. Erst wollte ich ihn heimlich klauen, aber dann überlegte ich es mir anders. »Anton, kann ich bitte den Knopf haben?«

Er zuckte mit den Schultern. »Von mir aus … aba wat wollze denn damit?«

»Ich weiß zufällig, wer ihn verloren hat«, erwiderte ich. »Und derjenige hat schon verzweifelt danach gesucht.«

»So ’n Zufall, dat du Fottos vonne Jolanthe ihre Beute

machs und dabei den Knopp entdecks …«, sagte Anton mit ungläubigem Kopfschütteln, »Sachen gibs …«

Ja, so ein Zufall.

Da Frank unbedingt die ›Todesbank‹, wie er sie nannte, sehen wollte, ging ich mit ihm in den Hinterhof, nachdem wir uns von Anton verabschiedet und versprochen hatten, uns bald wieder blicken zu lassen.

Beinahe ehrfürchtig nahm Frank Platz, als wollte er ausprobieren, wie es sich anfühlte, als Leiche dort zu sitzen. Ich hörte die Kaboleks auf ihrem Balkon rumoren, konnte sie aber nicht sehen.

»Echt schön hier«, sagte Frank und zeigte hoch zu meinem Balkon. »Dat is deiner, richtich? Von da oben haste den gesehn?«

»Ja. Weißt du doch«, erwiderte ich mit gesenkter Stimme. »Und schrei nicht so laut, die lauschen hier alle.«

Er blickte sich suchend zu seinen Füßen um. »Und hier hat der Penner nach sein Knopp gesucht?«

»Ja, aber du brauchst nicht danach Ausschau zu halten, denn besagter Knopf befindet sich in meiner Hosentasche.«

»Meinze, dat war ’ne gute Idee? Von wegen Spuren und so? Dat is doch ’n Beweis oder nich?«

Ich schüttelte den Kopf. »Erstens ist der Knopf mittlerweile durch Jolanthe und den anderen Klimperkram im Glas völlig kontaminiert. Mit Sicherheit sind daran keine gerichtsverwertbaren Spuren mehr zu finden.«

»Uuuh, wat du für schwere Worte kenns«, fiel er mit grinsend ins Wort. »*Gerichtsverwertbare* Spuren …«

»*Zweitens*«, fuhr ich unbeirrt fort, »wäre er allenfalls

dann ein echter Beweis, wenn man den Knopf in der zusammengeballten Faust des Toten gefunden hätte. Hat man aber nicht. Jetzt ist er höchstens ein Indiz, wenn überhaupt. Der windige Herr Reitmüller kann behaupten, den Knopf irgendwann dort verloren zu haben.«

»Aber du has doch gesacht, dat der Typ hier mitten inne Nacht rumgeschlichen is. Und dat der dich angelogen hat wegen den Knopp.«

»Ja – *uns* erscheint das verdächtig. Und wahrscheinlich sogar zu Recht. Aber wenn ich damit bei der Küpper aufschlage, lacht sie mich aus und jagt mich aus dem Büro, garantiert. Wäre ja nicht das erste Mal.«

»Aber du has dann immer recht gehabt!«

Ja, das stimmte wohl.

Dennoch wusste ich mittlerweile genug von polizeilichen Ermittlungen – nicht zuletzt durch Erwin –, dass ich einen Beweis von einem Vielleicht-Indiz oder einem subjektiven Verdacht unterscheiden konnte. Wir hatten nichts. Rein gar nichts.

Gerade wollte ich vorschlagen, hoch in die Wohnung zu gehen, als Reitmüller um die Hausecke herum in den Hof kam. Er trug einen vollen Müllbeutel. Bei meinem Anblick erstarrte er kurz, setzte dann aber seinen Weg fort.

Halt einfach die Klappe, Reitmüller, *bitte,* und verschwinde wieder, flehte ich innerlich, aber dieses Glück war mir natürlich nicht vergönnt.

Er entsorgte seinen Müll, dann drehte er sich zu uns um und kam betont lässig ein paar Schritte in unsere Richtung geschlendert. »Frau Luchs, so schnell sehen wir uns wieder.« Er musterte Frank. »Ist das Ihr Freund? Ein echter Fang, wie ich sehe.«

»Dat is der Penner, richtich?«, murmelte Frank neben mir. »Sach ma, macht der dich grade blöde an?«

»Frank, bitte lass ihn einfach labern …«, sagte ich noch, aber es war bereits zu spät.

Mein Kumpel stand auf und bewegte sich mit der gefährlichen Geschmeidigkeit einer Raubkatze auf Reitmüller zu. Dicht vor ihm blieb er stehen und sagte: »Lass Loretta in Frieden, verstanden? Sei froh, wenn ich dir für deine Frechheiten nich den Arsch versohle. Ich weiß ganz genau, wat du gestern zu ihr gesacht has. Vorschlach zur Güte: Warum verpisst du dich nich einfach?«

Reitmüller überragte ihn um Haupteslänge, aber derlei Kleinigkeiten störten Frank nicht die Bohne, wie ich wusste. Und ich wusste noch einiges mehr: dass Frank die eine oder andere Kampfsportart beherrschte, zum Beispiel. Reitmüller hatte keine Chance gegen ihn.

Höchst amüsiert blickte Reitmüller auf meinen Kumpel herunter. »Was wird das denn? Zwergenaufstand? Hat die arme Frau Luchs sich bei dir ausgeheult, dass ich gemein zu ihr war? Du solltest sie mal ordentlich rannehmen, dann wird sie vielleicht ein bisschen entspannter. Außerdem: Du sagst mir ganz bestimmt nicht, dass ich mich aus *meinem* Hinterhof verpissen soll, du lächerlicher Gnom.«

Großer Gott, was war denn los mit diesem Mann? Was an mir provozierte ihn bloß derart, dass er sich nicht zusammenreißen konnte?

»Bitte, Frank«, sagte ich, während ich mich den beiden näherte, »tu es nicht. Das ist es nicht wert.«

»Halt dich da raus, Loretta«, erwiderte Frank ruhig, ohne sich auch nur zu mir umzudrehen. »Dat is 'ne Sache unter Männer. Keiner beleidicht meine Freunde.«

»Ich sehe hier nur einen Mann, und der bist du ganz bestimmt nicht.« Reitmüller verzog geringschätzig den Mund. »Wie du schon redest. Ich frage mich, aus welcher Höhle du gekrochen bist. Da können sich ja meine Zweitklässler besser ausdrücken als du. Verschwinde, du ungebildeter Kretin.«

Zack – schon hatte Frank ihn geschubst.

Verdattert taumelte Reitmüller einige Schritte rückwärts, dann fasste er sich, stürmte auf Frank zu und holte zu einem Schwinger aus – der natürlich ins Leere ging, weil Frank sich blitzschnell weggeduckt hatte.

Ich holte tief Luft und warf mich ins Getümmel, um die beiden zu trennen. Ergebnis: Ich kriegte eins aufs Auge und setzte mich reichlich unelegant auf den Hintern, während meine Brille quer durch den Hof flog. Reitmüller drehte noch eine anmutige Pirouette, bevor er zu Boden ging. Unflätig fluchend hielt er die Hände vors Gesicht, und zwischen seinen Fingern quoll eine amtliche Menge Blut hervor.

»Loretta!«, schrie Frank entsetzt und griff mir unter die Achseln, um mich wieder auf die Füße zu stellen. »Dat war ich aber nich – dat war der Penner!«

Darauf war ich selbst auch schon gekommen, denn der Treffer war viel zu lasch gewesen, als dass Frank ihn gelandet haben könnte.

»Frank, du verdammter Idiot«, flüsterte ich ihm zu, »das gibt Ärger, das ist dir hoffentlich klar.«

Daran ließ auch Reitmüller keinen Zweifel. »Ich zeige dich an«, blubberte er und deutete mit bebendem Finger auf Frank, »ich sorge dafür, dass du deines Lebens nicht mehr froh wirst. Dich mach ich fertig. Jeanette, ruf die Polizei.«

Jeanette Zwickel war im Hof erschienen und rang jammernd die Hände. Offensichtlich wusste sie trotz Reitmüllers Befehl nicht, was sie tun sollte.

»Sind Sie ganz sicher, dass Sie die Polizei holen wollen?«, fragte ich Reitmüller leise. »Sie haben mich geschlagen; Sie haben eins abgekriegt – damit müssten wir zwei doch eigentlich quitt sein, oder?«

»Ich soll Sie geschlagen haben?«, blökte er aufgebracht. »Das ist eine Verleumdung!«

»Frank wird kaum uns beide umgehauen haben – gleichzeitig«, erwiderte ich. »Sie haben mir eins aufs Auge gegeben, das ist eine Tatsache.«

»Arnie, bitte! Lass uns endlich gehen!« Jeanette Zwickel nahm seinen Arm und führte den sichtlich widerstrebenden Reitmüller weg. Eine Spur von Blutstropfen markierte seinen Weg. An der Hausecke drehte er sich noch einmal zu uns um. »Sie beide sollten beten, dass meine Nase nicht gebrochen ist!«

Sie verschwanden aus unserem Blickfeld, und Frank sagte: »So doll hab ich garnich zugehaun. Den seine blöde Nase is garantiert nich gebrochen.«

Ich fuhr herum zu ihm und fauchte: »Hoffentlich. Denn sonst erfährt deine Bärbel von der Sache, und dann kannste einpacken, mein Lieber. Du hast ihr hoch und heilig versprochen, dich nie wieder zu prügeln.« Er wurde kreidebleich, und ich fügte hinzu: »Und such meine Brille. Du solltest hoffen, dass sie nicht zerbrochen ist, Freundchen.«

Sie war es nicht, aber das war auch wirklich das einzig Positive an diesem überflüssigen Hahnenkampf. Ich setzte meine Brille auf und scannte unauffällig die leeren Balkone. Dass niemand zu sehen oder zu hören war, hieß nicht, dass keiner etwas mitgekriegt hatte.

Na bravo, dachte ich, Frau Luchs war schon wieder in ein Handgemenge verwickelt.

Immerhin schien niemand die Polizei alarmiert zu haben.

Apropos: Ich spekulierte darauf, dass Reitmüller keine Anzeige erstatten würde – nein, ich war sicher. Nicht einmal er konnte so dämlich sein, die Aufmerksamkeit der ermittelnden Behörden auf sich zu ziehen.

Aber das war mein geringstes Problem.

Viel wichtiger war: Ich musste mir unbedingt noch überlegen, wie ich Erwin morgen erklären wollte, warum ich ein blaues Auge hatte.

Kapitel 18

Loretta muss zwei Dinge kapieren:
Erwin lässt sich nicht verhohnepiepeln,
und Frau Zwickel kann auch anders

Trotz intensiver Behandlung mit vielfältiger Tiefkühlkost, die ich mir stundenlang ins Gesicht drückte, bis es sich halbseitig gelähmt anfühlte, sah ich am nächsten Morgen aus wie ein alternder Kirmesboxer, der in der letzten Runde seinen Meister gefunden hatte.

Im Nachhinein war ich heilfroh, dass Frank in seiner Rage nicht rausgebrüllt hatte, dass wir Reitmüller für einen Kinderschänder hielten – ich hatte keine Lust, als Leiche auf der Bank im Hinterhof zu enden. Wenn er jetzt schon so ausrastete, wenn wir uns begegneten, würde er vermutlich tatsächlich keine Sekunde zögern, mir den Hals umzudrehen, um mir endgültig das Maul zu stopfen.

Immer vorausgesetzt, ich hatte mit allem recht, was ich mir als Mordmotiv zusammengebastelt hatte.

Im Callcenter galoppierte ich mit gesenktem Kopf an meinen Schreibtisch hinter den Stellwänden. Zwei Stunden lang störte mich niemand, während ich die Arbeitspläne meiner Kollegen für den nächsten Monat erstellte.

Dann klingelte mein Telefon, und Erwin bat mich rüber in sein Büro, sobald ich Zeit hätte.

»Das kann dauern«, sagte ich. »Weißt du, ich habe heute extrem viel zu tun.«

Kurze verblüffte Stille, dann: »Ich habe Neuigkeiten über

Reitmüller, denn ich habe heute Morgen ein paar Anrufe gemacht.«

Mist. »Äh … gut zu wissen. Ich komme so schnell wie möglich. Bis später.«

Hastig legte ich auf, damit er mir keine unbequemen Fragen stellen konnte, und wandte mich wieder meiner Arbeit zu. Ich wollte auf keinen Fall, dass er mich sah.

Aber was hatte ich eigentlich gedacht?

Erwins Detektei befand sich nur einige Schritte den Gang hinunter. An jedem anderen Tag hätte ich ihn nicht einmal ausreden lassen, sondern wäre wie ein Armbrustpfeil in sein Büro geschossen gekommen, hyperventilierend vor Neugier. Arbeit hin oder her.

Natürlich stand er nur Minuten später vor meinem Schreibtisch. »Was ist los mit dir?«, fragte er und stemmte die Hände in die Seiten.

Okay, meine nicht gerade kleine Hornbrille verbarg einiges, und ich beugte mich zusätzlich tief über die Tastatur. »Hm? Nichts ist los. Das hier ist echt wichtig. Ich sehe zu, dass ich so schnell wie möglich …«

»Guck mich an, Loretta!«, blaffte Erwin.

Vor Schreck – und weil mein stümperhaftes Versteckspiel ohnehin wenig Erfolg versprach – blickte ich hoch.

Seine Augen weiteten sich erschrocken. »Was … hast du etwa ein blaues Auge?«

»Ja, ich habe mich gestoßen«, blubberte ich los, »ich bin ganz blöd gestolpert und gegen den Schrank geknallt. Nicht weiter schlimm.«

»Ernsthaft? Weißt du, wie oft ich diese hanebüchene Geschichte von verprügelten Frauen gehört habe?«

»Ich bin keine verprügelte Frau. Und sei bitte nicht so

laut, okay? Jeder kann mithören. Stellwände sind nicht gerade schalldicht.«

»In mein Büro. Sofort.«

Jeglicher Widerstand war zwecklos. Trotzdem ging er nicht das Risiko ein, dass ich ihm ausbüxte, und führte mich am Arm. Als wäre ich eine Verdächtige, die in einen Verhörraum gebracht wird, also wirklich.

Erwin schubste mich in einen Sessel.

Ahnte er bereits, dass Frank und ich gestern Mist gebaut hatten, so wie er es befürchtet hatte? Oder war er misstrauisch geworden, weil ich mich so merkwürdig verhalten hatte? Was auch immer – es war wurscht. Mir blieb nichts anderes übrig, als auszupacken.

Um den unangenehmsten Teil schnellstmöglich hinter mich zu bringen, fing ich mit dem Schluss an und berichtete kurz von der Prügelei zwischen Frank und Reitmüller. »Und das hier …«, ich deutete auf mein Auge, »… ist nur ein kleiner Kollateralschaden. Ich wollte die beiden auseinanderbringen und bin in Reitmüllers Faust gelaufen.«

Fassungslos schüttelte Erwin den Kopf. »Hatte ich nicht gesagt, ihr sollt nichts unternehmen? Wie könnt ihr …«

Ich hob die Hand, um ihn zu unterbrechen. »Moment mal. Frank und ich waren ganz harmlos hinten auf dem Hof, als Reitmüller aufkreuzte. Ist ja nicht so, als hätten wir bei ihm geklingelt und ihn provoziert. Ganz im Gegenteil: Er fing wieder an, mich zu beleidigen. Als Frank mich verteidigte, ging Reitmüller verbal auch auf ihn los, und zwar sehr übel und sehr persönlich.«

»Ich will diese Frage nicht stellen, aber ich muss es tun.« Erwin atmete tief durch und fuhr fort: »Wie viel hat Reitmüller abgekriegt?«

»Geht so. Er hat eins auf die Nase kassiert und ein bisschen geblutet. Frank sagt, die Nase ist bestimmt nicht gebrochen, denn er hat nicht so doll zugeschlagen.«

»Ach, jetzt ist Frank nicht nur vollkommen gedankenlos, sondern auch noch Arzt? Dieser Reitmüller zeigt euch doch bestimmt an, wie ich den einschätze.«

»Glaub ich nicht. Er hat mich geschlagen, also könnte ich ihn auch anzeigen. Das habe ich ihm genau so gesagt. Dass wir ja eigentlich quitt sind, meine ich.«

Erwin, der während der ganzen Zeit mit verschränkten Armen vor mir gestanden hatte, ließ sich mit einem Stöhnen in den zweiten Sessel fallen. »Ihr seid unmöglich. Wenn Bärbel davon erfährt …«

»Muss sie nicht. Du könntest dichthalten. Ich erzähle deinem Täubchen die Story mit dem Schrank, wenn sie mein blaues Auge sieht, also kann sie es nicht mit Bärbel bekakeln. Alles ist gut. Und übrigens …«, ich kramte die Beute meines Besuchs bei Anton aus meiner Hosentasche und hielt sie triumphierend hoch, »ich habe Reitmüllers Knopf.«

Erwin seufzte. »Na und? Was willst du damit anfangen? Der ist höchstens ein Beweis dafür, dass er einen Knopf verloren hat, oder nicht? Oder willst du ihn dem Mann unter die Nase halten und darauf hoffen, dass er zusammenbricht und gesteht? Vergiss es.«

»Ist mir klar, dass er aus Polizeisicht nix beweist. Aber im Zusammenhang mit Reitmüllers verdächtigem Verhalten und seinen Lügen, was seine Suche nach dem Ding betrifft, drängt sich doch geradezu auf, dass er Lembeck umgebracht hat.«

»Zugegeben. Zumal meine Telefonate heute Morgen tatsächlich ergeben haben, dass mal ein Ermittlungsverfahren gegen ihn gelaufen ist, weil die Eltern einer Teenagerin ihn angezeigt haben. Er soll dem Mädchen Fotos von seinem Geschlechtsteil aufs Handy geschickt haben.«

Na also! Ich frohlockte innerlich. »Und was ist daraus geworden?«

»Eingestellt. Die Anzeige wurde zurückgezogen. Das Mädchen hat dann wohl gesagt, sie hätte sich alles ausgedacht, weil sie in ihn verliebt gewesen sei und er sie zurückgewiesen habe. Und die angeblichen Fotos will sie gelöscht haben.«

»Wie bitte? Glaubst du das etwa?«

»Darum geht es nicht. Ich kann nur wiedergeben, was die Kollegen mir berichtet haben.«

»Und die Schule, an der das passiert ist?«

Erwin schüttelte den Kopf. »Keine Schule. Ein Sportverein. In dem er eine Volleyballmannschaft trainiert hat.«

»Welcher Verein?«, fragte ich sofort.

Erneut schüttelte er den Kopf. »Vergiss es. Von mir erfährst du das bestimmt nicht. Hinterher schlägst du dort auf und stellst dumme Fragen, die sowieso zu nix führen. Dir muss eines klar sein, Loretta: Selbst wenn er Lembeck umgebracht hat, wird er vielleicht nie überführt werden können, solange keine Mordwaffe gefunden wird, die ihm zweifelsfrei zuzuordnen ist. Andere Möglichkeit: Er gesteht.«

»Das glaubst du doch wohl selbst nicht.«

»Korrekt. Das glaube ich nicht. Warum sollte er auch? Sieh es ein: Wir haben nichts gegen ihn in der Hand. Noch einmal: Komm ja nicht auf die Idee, ihm den Knopf unter die Nase zu halten.«

Pfff.

Okay – Reitmüller mit dem Knopf zu konfrontieren, war tatsächlich eine blöde Idee. Und gefährlich noch dazu. Wie gesagt: Ich hatte keine Lust, ebenfalls auf der Gartenbank zu enden.

Aber irgendwie musste dem Kerl doch beizukommen sein …

Darüber zerbrach ich mir den Kopf, als ich nach Feierabend vor der Glotze saß und irgendeine hirnlose Gameshow an mir vorbeirauschen ließ.

Die Klingel an der Wohnungstür riss mich aus meinen Gedanken. Keine Ahnung, mit wem ich rechnete, aber auf einen Besuch von Jeanette Zwickel war ich nun wirklich nicht gefasst. Entsprechend verdutzt musste ich aus der Wäsche geguckt haben.

»Darf ich kurz … ich will Sie keinesfalls stören, aber vielleicht fünf Minuten …?«, wisperte sie so leise, dass ich sie kaum verstand.

Und wenn sie mich noch so sehr gestört hätte – ich war viel zu neugierig, was sie mir zu sagen hatte. Oder von mir wollte.

Ich bat sie herein, und sie folgte mir schüchtern ins Wohnzimmer.

»Bitte, nehmen Sie Platz.« Mit der Fernbedienung beendete ich den Lärm, der aus dem Fernseher kreischte. Als ich mich zu ihr umwandte, stand sie zu meiner Verwunderung noch immer mitten im Raum. Lag es daran, dass ich ihr nicht gesagt hatte, wo genau sie sich hinsetzen sollte? Vielleicht war sie an klare Anweisungen gewöhnt? Von Meister Reitmüller?

»Wollen wir uns an den Tisch setzen?« Sie nickte und ließ sich vorsichtig auf einer Stuhlkante nieder. »Kann ich Ihnen etwas anbieten, Frau Zwickel?«

Abwehrend hob sie beide Hände. »Oh nein … keine Umstände meinetwegen, bitte.« Aus großen blauen Augen starrte sie mich nervös an.

Wie schon bei unserer ersten Begegnung fiel mir auch jetzt ihre frappierende Ähnlichkeit mit ihrer Tochter auf. Allerdings hatte ich das Gefühl, dass hinter Harmonys Fassade aus Trotz und Kummer ein ganz anderes Kaliber schlummerte, das allerdings von Reitmüller in Schach gehalten wurde.

Also setzte ich mich auch und fragte: »Was führt Sie denn zu mir?«

Sie atmete zittrig, und am liebsten hätte ich sie geschüttelt. Sie brauchte einige Sekunden, um sich zu sammeln; dann sagte sie: »Der Vorfall gestern Nachmittag … ich möchte mich dafür entschuldigen.«

Wie bitte? Wohl kaum.

»Ich verstehe nicht. Warum wollen *Sie* sich für das Verhalten von Herrn Reitmüller entschuldigen? Sie hatten nichts mit der Auseinandersetzung zu tun.«

»Doch. Ich hatte ihn provoziert. Wir hatten uns gestritten, und Arnie war wütend auf mich, als er nach unten ging. Nur deshalb hat er sich so aufgeführt. Es war meine Schuld.«

Ich hörte wohl schlecht.

»Bei allem Respekt, Frau Zwickel, aber das ist völliger Unsinn. Herr Reitmüller hat es mir gegenüber gestern bereits zum zweiten Mal an jeglicher Höflichkeit fehlen lassen. Er hat mich beide Male tief persönlich beleidigt, als Mensch und als Frau, wofür ich ihm keinerlei Anlass gegeben habe. Und Sie wollen sich jetzt für ihn entschuldigen? Tut mir leid, aber das nehme ich nicht an.«

Wenn es überhaupt möglich war, sank sie noch mehr in

sich zusammen. Zugegeben: Sie tat mir leid, aber ich hatte die Nase voll.

Ich nahm die Brille ab und deutete auf mein lädiertes Auge. »Sehen Sie das, Frau Zwickel? Das war Herr Reitmüller. *Er* hat mich geschlagen, nicht Sie. Und ganz unter uns: Im Übrigen hoffe ich inständig für Sie, dass dies nicht sein üblicher Umgang mit Frauen ist.«

Sie schüttelte heftig den Kopf. »Er hat noch niemals die Hand gegen mich erhoben.« Nach einer Pause fügte sie hinzu: »Oder gegen Hammenie.«

»Das würde ich ihm auch schwer geraten haben. Aber dann hat er ganz offenbar ein persönliches Problem mit mir. Mittlerweile fühle ich mich von Herrn Reitmüller bedroht. Kommt so etwas noch einmal vor, werde ich ihn anzeigen.«

Das war mir spontan in den Kopf geschossen, aber es verfehlte seine Wirkung nicht: Sie fuhr zurück, als hätte ich sie geschlagen.

»Nein … bitte … das dürfen Sie nicht.«

Sie war vor Angst vollkommen von der Rolle. Händeringend saß sie mir gegenüber, und ihre Augen füllten sich langsam mit Tränen.

Herrje. Da ich nicht wollte, dass sie hier zusammenklappte, sagte ich: »Frau Zwickel, es kann doch wirklich nicht Ihre Aufgabe sein, die Verantwortung für Ihren Partner zu übernehmen.«

»Ich … es ist doch nur wegen Hammenie. Er will sie beschützen.«

Ach tatsächlich, hätte ich am liebsten gesagt, gerade war es noch Ihretwegen, jetzt plötzlich wegen Harmony?

Aber ich riss mich zusammen. Mit Sarkasmus würde ich

hier nicht weiterkommen, also versuchte ich es mit Verständnis. »Er will nicht, dass sie Zeit mit mir verbringt, richtig?«, fragte ich leise.

Ohne mich anzusehen, nickte sie.

»Weil er denkt, ich hätte einen schlechten Einfluss auf das Mädchen?«

Erst keine Reaktion, dann ein winziges, kaum wahrnehmbares Schulterzucken.

»Frau Zwickel, glauben Sie mir: Ich setze Harmony keine Flausen in den Kopf oder hetze sie gegen Herrn Reitmüller auf. Sie mag meinen Kater sehr, und sie darf kommen, um mit ihm zu spielen. Außerdem waren wir zusammen drüben bei Anton und seinen Tauben. Ich habe übrigens sehr schöne Fotos von ihr gemacht.«

Ich holte meine Kamera, stellte mich neben sie und zeigte ihr auf dem Display die Bilder, die ich von Harmony mit den Tauben geknipst hatte. Auf den Fotos lächelte das Mädchen; sie sah gelöst und glücklich aus.

»Schauen Sie mal, wie entspannt sie ist. Wenn Sie wollen, mache ich Ihnen Abzüge von den Fotos. Freut es Sie als Mutter nicht, sie so zu sehen? Sie wirkt sonst so unglücklich. Ich möchte nur, dass sie ein paar sorgenfreie Stunden hat.«

Sofort erstarrte sie, ich konnte es körperlich spüren.

Sie hob den Kopf und fixierte mich kampflustig. »Sorgen? Hammenie hat keine Sorgen. Wir sind eine sehr glückliche Familie.«

»Das bezweifle ich nicht«, erwiderte ich, obwohl ich es natürlich tat. »Aber sie ist unglücklich wegen Marcel Lembecks Tod. Sie mochte ihn.«

Bei seinem Namen verzog sie unwillkürlich das Gesicht. »Der hat sich auch in unsere Familie eingemischt.«

Und dann saß er tot auf der Bank, dachte ich. Und überhaupt – *auch?* Was sollte das denn heißen?

Drohte sie mir etwa?

Abrupt stand sie auf. »Lassen Sie Hammenie in Ruhe. Wir wissen selbst, was gut für sie ist. Sie … sie ist ein schwieriges Kind.«

»Sie ist ein ganz normaler Teenager, denke ich. Die sind phasenweise nun mal nicht besonders pflegeleicht.«

»Und das wissen Sie, weil Sie eigene Erfahrung mit der Erziehung von Teenagern haben?«

»Nein, aber …«

»Sehen Sie. Ich will Ihnen nicht zu nahetreten, Frau Luchs, aber ich weiß, was gut für meine Tochter ist. Und dazu gehört ganz sicher nicht, dass sie sich bei einem alten Mann auf seinem verdreckten Dachboden herumtreibt. Mit Ihnen.«

Sie rauschte von dannen und schloss meine Wohnungstür etwas lauter als unbedingt nötig.

Ich blieb noch eine Zeit lang am Tisch sitzen und dachte über die Verwandlung Jeanette Zwickels vom verschüchterten Mäuschen in eine Frau nach, die ihr Territorium verteidigte.

Interessant.

Kapitel 19

Loretta will doch eigentlich nur helfen
und landet mit Karacho im größten vorstellbaren
Fettnäpfchen

Am nächsten Tag regnete es in Strömen, was hervorragend zu meiner Stimmung passte. Auf der Arbeit war ich derart unkonzentriert, dass Dennis mich am frühen Nachmittag nach Hause schickte.

»Aber pass auf, dass du nicht wieder gegen den Schrank rennst«, sagte er grinsend. »Komm arbeiten, wenn du wieder normal aussiehst.«

Das ließ ich mir nicht zweimal sagen.

Ich holte gerade meine Einkaufstasche aus dem Kofferraum, als hinter mir ein Wagen hielt, dem zu meiner Überraschung die Kripo in Gestalt von Kommissarin Küpper und einem ihrer Kollegen – so vermutete ich – entstieg.

»Frau Küpper, guten Tag. Was führt Sie denn hierher?«

Während sie einen großen schwarzen Regenschirm aufspannte, musterte sie mich griesgrämig. »Auch, wenn es Sie rein gar nichts angeht, Frau Luchs: Wir wollen die Mieter des Hauses noch einmal befragen.«

Nebeneinander gingen wir auf die Haustür zu, und nach ein paar Schritten trat sie etwas näher und hielt den Schirm so, dass ich ebenfalls vor dem Regen geschützt war.

»Soll ich schon mal Kaffee kochen?«, fragte ich.

Sie schüttelte den Kopf. »Nicht nötig. Schon allein deshalb nicht, weil Sie heute nicht auf der Liste stehen, Frau

Luchs. Sie wohnten ja mal gerade ein paar Tage hier, als Herr Lembeck Opfer einer Gewalttat wurde. Wir haben nur Fragen zu seiner Vergangenheit.«

Sie wollte nicht mit mir sprechen? Also, jetzt war ich aber ein bisschen beleidigt.

Ich öffnete uns und hielt ihr mit dem Hintern die Haustür auf, und sie ging an mir vorbei, nachdem sie den Schirm ausgeschüttelt hatte. Ihr Kollege folgte ihr.

»Frau Küpper«, sagte ich dann, »wenn Sie vielleicht doch ein paar Minuten für mich erübrigen könnten …?«

Die Kommissarin verdrehte die Augen. »Wieder einmal eine Ihrer Theorien, Frau Luchs?«

»Mit denen ich ja in der Vergangenheit durchaus manchmal recht hatte.«

»Unerklärlicherweise«, murmelte sie. Dann zuckte sie mit den Achseln. »Kaffee. Schwarz.«

Daraufhin wandte sie mir abrupt den Rücken zu, um mit ihrem Kollegen zu besprechen, wer von ihnen wen im Haus befragen würde, während ich zögernd die Treppe hinaufstieg. Sollte ich nicht vielleicht besser mit ihr sprechen, bevor sie mit Reitmüller redete?

Kurz entschlossen stellte ich meine Tasche ab und ging wieder hinunter zu den beiden. »Frau Küpper – wäre es möglich, dass Sie zuerst zu mir kommen?«

»Darf ich fragen, warum?«

»Dürfen Sie: Weil ich unter Umständen Informationen habe, die vielleicht nützlich sind. Sie wissen schon … bevor Sie mit meinen Nachbarn …«

Sie dachte nach, dann gab sie sich einen Ruck. »Also gut. Machen wir es so.« Sie nickte ihrem Kollegen zu. »Sie fangen bei Frau Schiller an.«

Zwei Tassen Espresso später sagte sie: »Ich fasse mal zusammen. Sie sind der Meinung, Ihr Nachbar Reitmüller hat Marcel Lembeck umgebracht. Und als Beweis dafür dient dieser Knopf.«

Das Corpus delicti lag zwischen uns auf dem Tisch.

Die Kommissarin hatte mir eine Viertelstunde lang zugehört. Meine Versuche, ihrem Gesicht abzulesen, was sie über meine Ausführungen dachte, waren ergebnislos geblieben; schließlich war sie ein Profi.

»Ich weiß, dass der Knopf kein Beweis ist. Aber er ist meiner Meinung nach ein Indiz dafür, dass Reitmüller etwas zu verbergen hat, das mit Lembecks Tod zu tun hat.«

»Weil Sie diese Taube gesehen haben, die angeblich den Knopf zu Füßen der Leiche aufgepickt hat.«

Angeblich … Frechheit. Als hätte ich es mit nur ausgedacht. Aber ich hatte ja einen Beweis, fiel mir ein.

»Ich habe es nicht nur gesehen, sondern fotografiert!«, rief ich triumphierend und sprang auf, um meinen Laptop vom Couchtisch zu holen.

Ich fuhr ihn hoch, wobei sie mir stirnrunzelnd und schweigend zusah. Dann rief ich den entsprechenden Ordner auf und drehte den Laptop zu ihr um.

»Hier, sehen Sie selbst. Das sind Fotos von dem Morgen, als ich Marcel Lembeck tot aufgefunden habe. Sie können sich einfach durchklicken.«

Das tat sie, dann blickte sie mich an. Sie war zornig, und plötzlich wusste ich, warum.

»Warum zeigen Sie mir diese Fotos erst jetzt, Frau Fuchs?«, fragte sie lauernd.

Mir sackte prompt das Herz in die Hose. Was war ich nur für eine Vollidiotin gewesen? Verdammt.

»Ich … äh … ich hatte die Bilder am betreffenden Morgen in meiner Aufregung vollkommen vergessen«, stammelte ich los. Mein Gesicht war heiß; mit Sicherheit standen mir Schweißperlen auf der Stirn.

»Das gestehe ich Ihnen sogar zu, Frau Luchs«, erwiderte sie mit eisiger Stimme, »aber nur für den betreffenden Morgen. Spätestens am nächsten Tag hätten Sie uns das Material zur Verfügung stellen *müssen,* das ist Ihnen doch wohl klar. Sie selbst haben mich vorhin im Flur auf Ihre Erfahrungen bei der Ermittlungsarbeit hingewiesen, was keineswegs nötig gewesen wäre, weil ich ja immer wieder über Sie stolpere. Umso verwerflicher, dass Sie uns diese Dokumente bisher vorenthalten haben; immerhin zeigen sie …«

»Lassen Sie mich erklären«, fiel ich ihr ins Wort.

Sie schüttelte den Kopf und fuhr fort: »Immerhin zeigen diese Fotos die Leiche, bevor diese von der Bank gefallen ist. Also die ursprüngliche Auffindesituation. Die Situation, die meine Kollegen und ich bisher nur aus Ihren Schilderungen kannten. Ich werde aus Ihnen einfach nicht schlau, Frau Luchs. Warum legen Sie sich immer wieder mit mir an?«

»Nichts könnte mir fernerliegen, Frau Küpper! Sie sind deswegen wütend auf mich; das kann ich verstehen. Wirklich. Aber jetzt kennen Sie die Fotos ja, und ich werde Sie Ihnen selbstverständlich zur Verfügung stellen.«

»Das ist ja wohl das Mindeste«, fauchte sie.

Herrje – sie war wirklich stinksauer.

»Alles, was ich möchte, ist, Ihnen einen alternativen Ermittlungsansatz anzubieten.«

Beinahe hätte sie gelacht, das sah ich genau. Aber sie schluckte es herunter.

»Das wird ja immer schöner. Sie wollen *mir* einen neuen

Ansatz anbieten? Wie gnädig von Ihnen. Was wäre die Kriminalpolizei bloß ohne Sie, Frau Luchs? Verloren!«

Ein albernes Kichern stieg mir in die Kehle, und ich hatte alle Mühe, mich zusammenzureißen. Wenn sie das Gefühl bekam, dass ich mich über sie lustig machen wollte, hatte vermutlich mein letztes Stündlein geschlagen. »Ich nehme an, Sie kommen mit den illegalen Machenschaften Lembecks und dem kriminellen Teil seines Umfelds nicht weiter, sonst wären Sie nicht hier, um die Nachbarn noch einmal zu befragen.«

Prompt fuhr sie hoch. »Woher zum Henker wissen Sie, in welche Richtung wir ermitteln?« Sie seufzte und winkte ergeben ab. »Sie müssen mir nicht antworten. Onkel Erwin hat mal wieder seine Verbindungen bemüht.«

Oh ja, das roch nach einer Menge Ärger. »Dazu möchte ich mich nicht weiter äußern.«

»Ach was, das haben Sie ja bereits. Und ich werde Ihnen ganz bestimmt nichts zu den laufenden Ermittlungen sagen. Nichtsdestotrotz bedanke ich mich für Ihre Hinweise, Frau Luchs. Mit dem Knopf kann ich leider nichts anfangen. Aber diese Fotos …«, sie klopfte die Taschen ihrer Lederjacke ab, murmelte: »Ich müsste doch … ah.« Sie legte einen Datenstick auf den Tisch. »Bitte, Frau Luchs.«

Ich zog den Ordner auf den Stick und übergab ihn der Kommissarin, die mittlerweile aufgestanden war und ungeduldig neben dem Tisch stand.

Ohne ein weiteres Wort steckte sie ihn ein und ging vor mir her zur Wohnungstür.

»Was werden Sie bezüglich Reitmüller unternehmen?«, fragte ich.

Sie fuhr zu mir herum. »Wirklich, Frau Luchs? Wollen Sie mir *wirklich* diese Frage stellen?«

Ehe ich antworten konnte, stand sie schon im Hausflur, und ich starrte auf meine Wohnungstür, die sich hinter ihr geschlossen hatte.

Mir blieb nichts anderes übrig: Ich musste Erwin informieren, bevor sie ihm die Hölle heißmachen konnte.

»Ich habe gerade mit deiner Patentochter gesprochen«, sagte ich, kaum dass er den Hörer abgenommen hatte.

»Wie bitte?« Erwin ächzte und brauchte ein paar Sekunden, um sich zu sammeln. »Sag mir bitte, dass du nicht zu Astrid ins Präsidium gegangen bist, um ihr von deiner Theorie zu erzählen.«

»Nein, sie ist mit einem Kollegen im Haus, um alle noch einmal zu befragen.«

Vorerst brauchte er nicht zu wissen, dass ich eigentlich nicht auf ihrer Liste gestanden und ich sie praktisch in meine Wohnung genötigt hatte.

»Warum erzählst du mir das?«, fragte Erwin misstrauisch. »Lass mich raten: Du hast irgendwas gemacht, das mich in Schwierigkeiten bringen wird, richtig?«

Oha, der Mann kannte seine Pappenheimer.

»Also, sie könnte den Eindruck bekommen haben, dass du deine ehemaligen Kollegen nach dem Stand der Ermittlungen befragt und diese Informationen an mich weitergegeben hast.«

»*Loretta!* Sag mal, bist du noch zu retten?«

»Verdammt, wir haben über dieses und jenes geredet, und dann hab ich ihr doch von dem Knopf erzählt.«

Erwin konnte nur noch stöhnen.

»Um der Sache mit dem Knopf ein wenig mehr Nachdruck zu verleihen, hab ich blöde Kuh ihr die Fotos von der Leiche gezeigt, und sie ist natürlich ausgeflippt.«

»Logisch ist sie das!«

»Okay, und jetzt?«

»Jetzt? Jetzt hältst du bitte die Füße still, verstanden? Und ich stelle mich seelisch auf ein Donnerwetter von meiner Patentochter ein. Vielen Dank auch, Loretta. Du schaffst es noch, dass sie irgendwann den Kollegen im Präsidium ein Disziplinarverfahren an den Hals hängt, weil du dein Plappermaul nicht halten kannst.«

»Aber sie weiß doch nicht, wer genau dir Informationen gegeben hat, oder?«

Erwins Quellen waren vielfältig: Leute aus der Rechtsmedizin oder von der Kripo, aber auch Streifenpolizisten, mit denen er mal zusammengearbeitet hatte. Fakt blieb: Keiner von ihnen durfte irgendwem von den Ermittlungen erzählen, natürlich nicht. Auch dem alten Kollegen Erwin nicht. Und wenn sie es doch taten, sollten sie sich immerhin darauf verlassen können, dass ich nicht damit hausieren ging. Erst recht nicht vor der Chefin.

»Was glaubst du, wie groß der Kreis der Verdächtigen ist, Loretta? Beziehungsweise wie *klein?* Ich kann einfach nicht fassen, dass ich dir das erklären muss! Du bist doch sonst nicht so dumm und nachlässig.«

»Aber ...«

»Ich will jetzt nicht mehr mit dir reden. Ich habe zu tun, Loretta. Ich lege jetzt auf. Bis dann.«

Peng. Das Gespräch war beendet.

Noch nie war Erwin derart sauer auf mich gewesen; jedenfalls konnte ich mich nicht an eine auch nur ähnliche Situation erinnern.

Ich war wirklich eine selten blöde Kuh.

Kapitel 20

Schlechte Laune muss man richtig genießen, findet Loretta – und um einen Mörder zu finden, muss man nur zwischen den Zeilen lesen, finden die Nachbarn

Diesmal hatte ich es echt versiebt.

Ich saß auf dem Balkon und schmollte über mich selbst. Es regnete zwar immer noch, aber da mein Balkon überdacht war, konnte ich auch bei diesem Wetter draußen sitzen. Baghira war da gänzlich anderer Meinung und hatte sich im Wohnzimmer auf seinen Kratzbaum zurückgezogen.

Ich fror, aber ich hatte es mir verdammt noch mal hart erarbeitet, mich unwohl zu fühlen, also saß ich es grimmig aus. Sicher hätte ich mir eine Decke holen oder einen Pulli überziehen können, aber ich genoss es geradezu, mich zu kasteien.

Ich hatte eine Strafe verdient, fand ich.

Die Kommissarin war wütend auf mich, Erwin war vielleicht sogar noch wütender als sie – beide leider zu Recht. Ich konnte mich nicht damit herausreden, dass sie vielleicht überreagierten oder einfach einen schlechten Tag hatten, oh nein. Das Dümmste war gewesen, dass ich Erwin kilometertief in die Scheiße geritten hatte.

Natürlich wusste die Küpper, dass er manchmal alte Kontakte anzapfte, und bisher hatte sie es zwar zähneknirschend, aber mit einem zugedrückten Auge hingenommen.

Doch dann hatte ich eine Schneise der Verwüstung in die Landschaft getrampelt. Warum bloß hatte ich ihr den meiner Meinung nach falschen Ermittlungsansatz der Kripo unter die Nase gerieben? Kapitaler Fehler, denn meine Kenntnis davon konnte nur zwei Gründe haben: Entweder wusste ich weit mehr über Lembeck und sein Leben, als ich zugegeben hatte, oder es gab ein Leck bei ihrer Truppe.

Und dann noch die Sache mit den Fotos: idiotisch.

Jetzt hätte ich mich gerne bei einer Freundin ausgeheult, aber meine Damenriege kam nicht infrage, denn sie würden mir ausnahmslos nach allen Regeln der Kunst den Kopf waschen: Diana, Bärbel, Doris ... zumal ich weder Doris noch Bärbel alles hätte erzählen können, ohne eine Menge Ärger zu riskieren.

Nur einer blieb übrig: Frank.

»Du gucks ausse Wäsche wie sieben Tage Regenwetter, hömma«, sagte Frank, »mir reicht grade, dat et heute plästert wie bekloppt. Is sofort weniger Kundschaft.«

Sein Kiosk lag direkt am Park und profitierte unter anderem von den vielen Spaziergängern und Gassigehern, die bei ihm vorbeikamen und spontan ein Eis am Stiel oder andere Kleinigkeiten kauften.

»Entschuldige, dass ich dich mit meiner Anwesenheit belästige. Und keine Sorge, ich bezahle«, fauchte ich, marschierte an ihm vorbei und nahm mir eine Dose Bier aus dem hohen Getränkekühlschrank. Dann kletterte ich auf den Barhocker am Stehtisch, riss den Verschluss auf und trank.

Mein Blick fiel auf das laminierte Schild neben dem Kühlschrank: *Der Verzehr alkoholischer Getränke im Kiosk ist verboten.* Zur Eröffnung des Kiosks hatte ich es selbst ausgedruckt und dann aufgehängt. Ich zuckte mit den Schultern. Scheiß drauf.

Vielleicht war es doch keine so gute Idee gewesen, herzukommen. Frank hatte es am allerwenigsten verdient, meine miese Laune abzukriegen.

»Was 'n los mit dir?« Er kam hinter der Theke hervor, nahm sich ebenfalls ein Bier aus dem Schrank und setzte sich zu mir an den Tisch. »Is dieser Reit... dingsbums wieder frech geworden?«

»*Dann* wäre ich jetzt nicht schlecht gelaunt, sondern auf der Flucht, mein Freund. Dann wäre dieser Affe jetzt nämlich unterm Flieder im Garten verscharrt. Mitsamt seinen bescheuerten Knöpfen. Ohne eine Chance für Jolanthe, einen davon zu klauen. Es sei denn, sie könnte graben, und das würde mich doch *sehr* wundern.«

»Hehehe«, machte Frank. »Aber jetz sach doch ma: Irgendwat ist doch passiert – bei diese Flunsch, die du ziehs. Passt aber supergut zu dein blauet Auge. Siehs ganz schön gefährlich aus, hömma.«

Ich stieß einen Laut aus, der irgendwo zwischen Stöhnen und Seufzen lag, und berichtete ihm von meinem katastrophalen Nachmittag. »Und jetzt sind beide stinkwütend auf mich. Und ich hab's verbockt.«

»Uijuijui. Dat is heftich.«

»Da sprichst du ein großes Wort gelassen aus. Ich bin der offizielle Buhmann des Tages. Nee – Buh*frau.*«

Frank prostete mir mit seiner Dose zu. »Ach wat. Willkommen im Club.«

»Wie – du bist auch 'ne Buhfrau? Ist ja mal was ganz Neues. Was sagt Bärbel denn dazu?«

Bei der Erwähnung seiner Liebsten verzog er das Gesicht, als hätte er einen Schlag in die Magengrube bekommen. »Wat meine Süße sacht? Dat is 'ne ganze Menge, kannze ma glauben. Und nix davon war schön.«

Er ballte die Faust und hielt sie mir unter die Nase. An den Fingerknöcheln waren Abschürfungen, die vermutlich vom Kontakt mit Reitmüllers Gesicht stammten. Auweia.

»Lass mich raten: Sie hat dir auf den Kopf zugesagt, dass du dich geprügelt hast, und dann gab's ein Donnerwetter vom Feinsten.«

Er nickte. »Vom *Allerf*einsten. Kennz ja meine Süße. Auch wennse eingesehn hat, dat der Typ 'n Klatsch verdient hatte. Aber nur, weil er *dich* beleidicht hat. Dat hat mir den Arsch gerettet. Wenn ich ihm bloß deshalb eine getunkt hätte, weil er *mich* beleidicht hat, dann würd ich wohl die nächsten drei Jahre auffm Sofa pennen.«

»Dann hat die Versöhnung bereits stattgefunden?«

Frank grinste verlegen und errötete. »Hömma ... sowat fracht man aber nich, dat is *privat.*«

Die Glocke an der Ladentür bimmelte, mehrere Kunden kamen herein, und Frank wieselte hurtig hinter seinen Tresen. Ich ließ unauffällig unsere leeren Bierdosen vom Tisch verschwinden und steckte sie in meine Umhängetasche; schließlich sollten die Freunde des Büdchenbesitzers mit gutem Beispiel vorangehen, was den Konsum von Alkohol im Kiosk betraf.

Mein Handy zirpte, ich hatte eine Nachricht erhalten. Sie war von Harmony und bestand nur aus einem dieser Smileys, und zwar einem, das Tränen in den Augen hatte.

Für einen Moment lang war ich ratlos. Nicht gerade Expertin in der Kommunikation mit diesen eigenartigen kleinen Bildchen, wusste ich nicht, wie ich darauf antworten sollte. Dann schrieb ich: »Willst du reden?«

Die Antwort kam umgehend: ein Daumen, der nach unten zeigte.

Wollte sie nicht, oder konnte sie nicht? Vielleicht war ihr ungeliebter Nachhilfelehrer kurz auf dem Klo, und sie hatte den unbewachten Moment genutzt, um sich bei mir zu melden? Also schrieb ich: »Später?«

Mit einem Zirpen erschien ihre Erwiderung: ein lächelndes gelbes Gesicht.

Das verstand ich sofort.

Die Türglocke von Franks Büdchen hatte nicht mehr stillgestanden, also hatte ich mich mit einem Winken verabschiedet.

Auf dem Weg nach Hause gönnte ich mir in meinem Lieblingsimbiss einen Döner, der betörend aus der dünnen Plastiktüte duftete, als Frau Schiller mich im Hausflur stellte. Ehe ich etwas sagen konnte, legte sie den Finger auf die Lippen und zog mich am Arm in ihre Wohnung.

Gott, wie mich das nervte. Ständig wurde ich in eine Wohnung gezerrt und ausgequetscht.

»Aber nur ganz kurz. Ich habe mir gerade etwas zu essen geholt«, sagte ich ungnädig, als sie mich unnachgiebig in ihr Wohnzimmer schob.

Auf dem Sofa hockte schon das royale Paar von oben und glubschte mich an wie diese armen Frösche, die in Körbe gepfercht auf asiatischen Märkten darauf warteten, dass Feinschmecker des Wegs kamen.

Herrje.

Frau Schiller dirigierte mich zu einem Sessel und gab mir einen sanften Schubs, damit ich mich niederließ.

Dann setzte sie sich zu den Kaboleks auf die Sofalehne. »Frau Luchs, die Kriminalpolizei war noch mal da und hat Fragen gestellt. Ich glaube, die finden den Mörder nicht.«

Die Kaboleks murmelten zustimmend.

»Ja, bei mir waren sie auch.«

Meine Nachbarn wechselten beredte Blicke, dann sagte Frau Schiller: »Wir fragen uns, ob Sie diese Kommissarin näher kennen. Ich habe nämlich gesehen, dass Sie vor dem Haus mit ihr gesprochen haben.«

»Wir sind zufällig gleichzeitig hier angekommen, das ist alles.«

Diese Befragung nervte mich gewaltig. Außerdem hatte ich einen Bärenhunger.

Wieder gingen Blicke hin und her, und Frau Schiller hob die Brauen. Nur eine Winzigkeit, aber ich bemerkte es trotzdem. »Nun, *zufällig* habe ich aber gehört, was Sie mit der Kommissarin im Hausflur geredet haben. Sie haben was von Informationen gesagt, die sie haben sollte, bevor sie die anderen im Haus befragt. Und dass Sie schon öfter recht hatten.«

Ach du heiliger Vater.

Ich sollte mir mal dringend merken, dass die Akustik in diesem Bau aus den Sechzigern eine ganz andere war als die in dem Altbau, in dem ich zuvor gewohnt hatte. Hier war alles gefliest, und vermutlich verstand man jedes Wort selbst dann noch, wenn man in der Dachgeschosswohnung auf dem Klo saß. Wenn man es *wollte.* Und wahrscheinlich konnte es auch nicht schaden, sein Ohr von innen an die Wohnungstür zu pressen, was ich Frau Schiller einfach mal unterstellte.

»Ach, das klingt dramatischer, als es war«, sagte ich so lässig wie möglich.

Die Enttäuschung ließ die Kaboleks ins Polster zurücksinken, aber Frau Schiller hatte ihr Pulver noch längst nicht verschossen.

»Erst war nur ein junger Mann bei mir und wollte wissen, ob mir in der Zwischenzeit noch etwas eingefallen sei. Wieso, hab ich gesagt, können Sie den Mörder nicht finden? *Er* würde hier die Fragen stellen, hat er gesagt. Das fand ich übrigens ganz schön pampig. Aber dann kam die Kommissarin dazu. Und die fing dann mit ganz seltsamen Fragen an. Über Herrn Reitmüller. *Nachdem* sie bei Ihnen war, Frau Luchs.«

Sie sah mich an.

Raus mit der Sprache, sagte dieser Blick, *du weißt doch was …*

Stopp, stopp, stopp. Nicht mit mir. In diese Falle würde ich auf keinen Fall tappen.

Aber ich könnte zum Gegenangriff übergehen und *sie* ausquetschen.

»Fragen über Herrn Reitmüller? Tatsächlich? Seltsam, mir gegenüber hat sie ihn gar nicht erwähnt. Was wollte die Kommissarin denn wissen?«

»Hermine, wie du es erzählst, stimmt es ja nun auch nicht so ganz«, sagte Herr Kabolek mit sanftem Tadel in der Stimme und wandte sich mir zu. »Eigentlich war es so, dass sie von uns wissen wollte, ob Herr Lembeck mit irgendjemandem im Haus Streit hatte.«

»Aber wen soll sie damit denn wohl gemeint haben, wenn nicht den Reitmüller?«, rief Frau Schiller empört.

»Hermine, sie hat nicht gesagt, *dass* er mit jemandem Streit hatte, sondern fragte uns, ob das eventuell der Fall war.« Herr Kabolek lächelte milde.

Frau Schiller winkte ab. »Ach, auf einmal, Horst? Bevor Frau Luchs kam, waren wir uns doch noch einig, dass man *zwischen* den Zeilen lesen muss. Außerdem: Mit wem im

Haus soll Herr Lembeck denn sonst Streit gehabt haben? Mit euch?« Als die Kaboleks eilig die Köpfe schüttelten, nickte sie zufrieden und fuhr fort: »Na also. Mit mir natürlich auch nicht. Mit den beiden jungen Mädchen im Dachgeschoss vielleicht? Ganz im Gegenteil – er hat ihnen oft mit dem Computer geholfen. Wer bleibt denn noch übrig? Frau Zwickel können wir wohl ausschließen, Harmony ebenfalls und Frau Luchs sowieso – die kannte ihn ja überhaupt nicht. Also bleibt nur der Reitmüller übrig.« Triumphierend sah sie mich an.

Chapeau, Frau Schiller. Ich musste zugeben: Das war eine einwandfreie Argumentationskette, die selbst ich nicht besser hätte knüpfen können.

»Und deshalb glauben wir, dass Reitmüller der Mörder von Herrn Lembeck ist«, fügte Frau Schiller hinzu.

Und damit lag der verdammte Ball wieder in meinem Spielfeld.

»Sie sind also nicht mehr der Meinung, dass der Mörder einer von den seltsamen Leuten ist, die Herrn Lembeck nachts besucht haben?«, fragte ich.

Blöde Frage, ich weiß, denn sie hatte mir ja gerade gesagt, wer ihrer Ansicht nach der Mörder war. Aber ich wollte Zeit gewinnen, während ich gedanklich an einem möglichst eleganten Abgang feilte.

»Wissen Sie«, zwitscherte Mitzi Kabolek, »wir haben letztens eine Dokumentation über Morde gesehen.« Ihr Gatte nickte, und sie fuhr fort: »Und da haben sie gesagt – das waren nämlich *echte Kommissare* –, dass die allermeisten Morde im direkten Umfeld passieren.«

»Neunzig Prozent oder so«, warf Herr Kabolek ein. »Mehr muss man nicht wissen.«

Mitzi nickte. »Genau. Und weil die Polizei ja den Mörder nicht findet, muss es zwangsläufig jemand aus dem Haus gewesen sein.«

Ja klar, logisch …

»Aber ist damit nicht eher das familiäre Umfeld gemeint?«, fragte ich, während ich meinen immer lauter knurrenden Magen zu überhören versuchte. »Außerdem: Welches Motiv sollte Herr Reitmüller denn gehabt haben?«

»Offensichtlich hat er sich ja nicht unter Kontrolle«, sagte Frau Schiller. »Wir haben mitgekriegt, wie er sich Ihnen gegenüber vergessen hat. So einem Menschen ist nun wirklich *alles* zuzutrauen. Und wir glauben …«, einmal mehr tauschten sie verschwörerische Blicke, »wir glauben, es könnte was mit Harmony zu tun haben.«

Holla.

»Mit dem Mädchen?« Ich gab mich verblüfft – das hoffte ich wenigstens. »Das erstaunt mich. Wie kommen Sie denn bloß darauf?«

»Also …« Frau Schiller beugte sich vor und fuhr mit gesenkter Stimme fort: »Der Herr Reitmüller passt ja sehr streng auf das Mädchen auf; die Kleine kann einem fast leidtun. Und sie hatte sich irgendwie mit dem Herrn Lembeck angefreundet; jedenfalls habe ich sie manchmal im Hof reden sehen. Er hat ihr auch mit dem Computer geholfen, nach allem, was man weiß. Was, wenn Herr Reitmüller irgendwas falsch verstanden hat? Was, wenn er deswegen Streit mit Herrn Lembeck hatte?«

»Wir *wissen* nämlich, warum Sie ein blaues Auge haben«, sagte Mitzi Kabolek. »Das haben Sie von Herrn Reitmüller! Wir waren auf unserem Balkon und haben den Streit mitbekommen, das war ja nicht zu überhören. Herr Reitmüller war wieder sehr hässlich zu Ihnen. Kein Wunder, dass der junge Mann, mit dem Sie zusammen im Hof waren, Sie verteidigt hat.«

Natürlich.

Genauso, wie ich ungesehen hinter meinen Pflanzen auf meinem Balkon saß und die Ohren spitzte, praktizierten es natürlich auch die Kaboleks.

Vor allem an einem warmen und sonnigen Spätnachmittag im Mai.

»Wenn er schon gegen Frauen die Hand erhebt ...« Frau Schiller ließ das unausgesprochene Ende des Satzes vielsagend zwischen uns im Raum schweben.

»Es war wirklich nicht so, dass er mich *absichtlich* geschlagen hat«, sagte ich.

Frau Schiller schnaubte. »Bei allem Respekt, Frau Luchs: Jetzt müssen Sie mir – uns – aber bitte erklären, wie man jemandem *unabsichtlich* ein blaues Auge schlagen kann! Das ist doch lächerlich.«

So ganz allmählich gingen sie mir echt auf den Keks.

»Ganz einfach: Ich wollte die beiden Kampfhähne trennen, und dabei hat er mich aus Versehen erwischt.« Ich zuckte mit den Schultern. »Wie bei Hunden, die sich beißen. Da sollte man auch besser abwarten, bis alles vorbei ist. Sonst kriegt man garantiert was ab.«

»Das ist ein interessanter Vergleich, Frau Luchs. Und es ehrt Sie, dass Sie diesen unmöglichen Mann verteidigen, auch wenn er es meiner Ansicht nach keineswegs verdient hat«, entgegnete Frau Schiller mit einem gönnerhaften Lächeln, dann wurde ihr Gesicht ernst. »Aber *uns* behagt die Vorstellung, dass hier im Haus und *mitten* unter uns ein gemeiner Schläger und Mörder lebt, ganz und gar nicht. Da kann jederzeit sonst was passieren! Man fühlt sich ja in seinen eigenen vier Wänden nicht mehr sicher!«

Haltsuchend tastete Mitzi nach der Hand ihres Göttergatten, der sie fürsorglich in den Arm nahm.

Himmel, jetzt wurden sie auch noch hysterisch.

»Ich denke nicht, dass Sie einen Grund haben, um Ihr Leben zu fürchten«, erwiderte ich möglichst ruhig. »Wenn – *falls* – ein Streit zwischen Lembeck und Reitmüller stattgefunden haben sollte, der eskaliert ist und mit Lembecks Tod endete, war es ganz sicher eine Tat im Affekt, die nicht geplant war. Aber ich glaube *wirklich* nicht, dass Reitmüller den armen Herrn Lembeck umgebracht hat, weil der vermeintlich Frau Zwickels Tochter zu nahe gekommen wäre. Wenn die Polizei dieser Meinung wäre, hätte sie den Reitmüller längst einkassiert, und er säße in Untersuchungshaft. Und *ganz sicher* schleicht er nicht nachts mit einer Axt durchs Haus und versucht, Nachbarn abzumurksen.« Mit einem Seufzen erhob ich mich. »Bitte – Sie müssen mir glauben: Die Kommissarin wird herausfinden, was wirklich geschehen ist. Bestimmt dauert es nicht mehr lange. Frau Küpper ist eine exzellente Ermittlerin.«

Alle drei starrten mich misstrauisch an. »Und woher wissen Sie das so genau?«, fragte Frau Schiller.

»Weil sie die Patentochter von einem meiner besten Freunde ist. Und der war mal Polizist. Ein verdammt guter sogar. Das liegt also in der Familie.«

»Ich weiß, was ich weiß«, murmelte Frau Schiller bockig. »Und davon kann mich keiner abbringen.«

»Ich kann Sie nur noch einmal bitten, Ihre Theorie zu vergessen. Sie stimmt einfach nicht, glauben Sie mir. Ich muss jetzt los. Einen schönen Abend noch.«

Ich hätte genausogut gegen eine Betonwand labern oder einer Herde Ziegen predigen können, das sah ich ihren Gesichtern an. Für sie stand fest: Reitmüller war der Mörder.

Was das Motiv anging, waren sie an der Stelle, an der ich vor einigen Tagen ebenfalls gewesen war.

Eigentlich gar nicht so schlecht für Anfänger.

Kapitel 21

Loretta erfährt ungeheuerliche Dinge –
und sieht doch ein Licht am Ende des Tunnels

Gott sei Dank hatte der Dönermann meines Vertrauens das gute Stück dreifach mit Alufolie umwickelt, sodass es noch warm war. Nicht gerade heiß, aber immerhin.

Während ich – von Baghira scharf beobachtet – mein Essen mampfte, dachte ich über das gerade geführte Gespräch mit meinen Nachbarn nach. Die Vehemenz, mit der sie ihre Theorie von Reitmüllers Täterschaft vorgetragen hatten, bereitete mir im Nachhinein Unbehagen. Als ich mit ihnen zusammengesessen hatte, war es noch irgendwie witzig gewesen. Auch einigermaßen nervig, aber in erster Linie komisch, wie sie sich ereifert und ›zwischen den Zeilen gelesen‹ hatten.

Und jetzt waren sie felsenfest davon überzeugt, dass Reitmüller der offizielle Killer im Haus war. Ein Schandfleck, der Mann, und potenziell gefährlich noch dazu.

War es eigentlich heutzutage noch üblich, dass man mit Fackeln und Mistgabeln bewaffnet zum vermeintlichen Übeltäter zog, um Lynchjustiz auszuüben? Teeren und federn, vielleicht? Oder in einen Schandkäfig sperren und vom Kirchturm baumeln lassen. Nein, steinigen war viel besser, da konnten alle mitmachen.

»Mal den Teufel nicht an die Wand, Loretta«, murmelte ich, was bei Baghira die Ohren zucken ließ, da er sich angesprochen fühlte. »Dauert noch, Dicker«, sagte ich zu ihm, »ich habe noch nicht aufgegessen. So viel Zeit muss sein.«

Natürlich wartete er darauf, dass ich die Alufolie zu einem Ball zusammenknüllte, mit dem er dann spielen konnte. Ein Spielzeug, das auch noch lecker duftete – für Baghira ein absoluter Hochgenuss. Wie ein Berserker tobte er dann immer durch die Wohnung. Sonst eher langsam und behäbig, verwandelte er sich blitzartig in einen pfeilschnellen Dribbelkünstler, der so manchen Fußballer vor Neid erblassen ließe.

Mein Handy zirpte. Harmony fragte per Textnachricht, ob ich jetzt Zeit hätte. »Komm runter«, tippte ich, und keine zwei Minuten später klingelte sie auch schon. Ich wusste, dass Reitmüller nicht zu Hause war, denn ich hatte den Motor seiner Angeberkarre aufheulen und sich röhrend entfernen hören.

»Hallo«, sagte sie leise, als sie an mir vorbei in die Wohnung kam.

Sie wirkte erschöpft, aber weder traurig noch zornig. Immerhin. Im Wohnzimmer suchte sie nach Baghira und grinste, als sie ihn mitten auf dem Tisch entdeckte, wo er gerade dabei war, die leere Alufolie zu untersuchen.

»Kss!«, machte ich. Baghira zuckte zusammen, glubschte mich erschrocken an und sprang dann hastig auf den Fußboden.

»Darauf hört er?«, fragte Harmony erstaunt.

Ich nickte. »Das ist das Signal, dass er etwas falsch macht und sofort damit aufhören soll. Das funktioniert immer.«

»Das müsste es für Menschen auch geben.«

Normalerweise sollte im zwischenmenschlichen Bereich ein deutliches »Nein« reichen. Mir wurde eiskalt bei dem Gedanken, dass sie in ihren jungen Jahren bereits die Erfahrung gemacht haben könnte, dass es eben nicht so war.

»Meinst du einen bestimmten Menschen?«

Ihr Gesicht verschloss sich, als sie mutlos mit den Schultern zuckte. Dann bückte sie sich und streichelte Baghira, der uns maunzend umtrippelte. Er wartete auf sein Spielzeug – warum zu Hölle dauerte das so lange?

Ich knüllte die Folie zu einem festen Ball zusammen, und der Kater erhöhte sowohl die Trippelfrequenz als auch die Lautstärke seiner Aufforderungen, bitte endlich zu Potte zu kommen.

»Was hat er denn?«, fragte Harmony.

»Wirst du gleich sehen«, erwiderte ich und gab ihr den Ball. »Lass ihn über den Boden rollen.«

Sie kniete sich hin und gab dem Aluball einen kleinen Schubs. Prompt stürzte Baghira sich darauf und kasperte wie auf Droge damit durch die Wohnung. Laut kichernd folgte Harmony ihm ins Balkonzimmer. Kurze Zeit später kehrten sie wieder zu mir zurück, und der Kater kickte das Spielzeug kreuz und quer durch den Raum.

»Das ist ja lustig!«, rief Harmony und klatschte in die Hände.

Ich saß auf dem Sofa und beobachtete sie: Harmony wirkte entspannt, kindlich und fröhlich.

Plötzlich drehte sie sich zu mir um. »Ich wünschte, du wärst meine Mutti. Dann könnte ich bei dir wohnen, und alles wäre gut.«

»Sag das bitte nicht, Harmony. Du hast doch eine nette Mutti, oder?«

Prompt war es vorbei mit der guten Laune. Sie setzte sich auf den Fußboden und gab dem Ball, den Baghira zu ihr gespielt hatte, einen lustlosen Schubs. Dann sagte sie: »Du verstehst auch wirklich gar nichts. Nur Marcel war anders. Du bist wie alle anderen Erwachsenen.«

Okay. Ein bisschen beleidigt war ich schon, zugegeben. Aber was und wie sollte ich verstehen, wenn sie nur in Rätseln redete? Ich rang mit mir. Sie war ein Kind, das unter schweren Problemen fast zusammenbrach, das stand für mich fest. Ich wollte – *musste* – unbedingt wissen, um welche Probleme es sich genau handelte, damit ich ihr helfen konnte.

»Komm mal her zu mir.« Auffordernd klopfte ich mit der flachen Hand auf die Sitzfläche neben mir – so wie ich es bei Baghira auch machte, wenn ich ihn zu mir locken wollte.

Sie musterte mich mit gerunzelter Stirn, aber dann rappelte sie sich hoch und setzte sich neben mich.

»Du kannst mir vertrauen«, sagte ich sanft. »Marcel hast du doch auch vertraut.«

»Und jetzt? Jetzt ist er *tot!*«, rief sie aufgebracht. »Und es ist meine Schuld!«

Mir stockte der Atem – das war schrecklich. Welch eine Bürde für so ein junges Mädchen, sich schuldig am Tod eines Menschen zu glauben. Hatte ihr das jemand eingeredet?

»Wieso denkst du das, Liebes?«

Ich gab mir alle Mühe, ruhig zu sprechen, um nicht noch zusätzliche Aufregung ins Gespräch zu bringen. Und vor allem vermied ich es tunlichst, ihre Bemerkung zu bagatellisieren.

»Ich denke es nicht. Ich *weiß* es. Er hat es mir gesagt.«

»Wer hat dir *was* gesagt?«

Ohne mich anzusehen, schüttelte sie heftig den Kopf. »Wenn ich es dir sage, bist du vielleicht auch bald tot. Das will ich nicht, weil du dann weg bist. Und dann? Dann bin ich ganz alleine. Das will ich nicht.«

Horror.

Das Schlimmste war, dass sie ganz pragmatisch blieb. Sie weinte nicht, sie wurde nicht hysterisch oder übertrieben dramatisch – sie berichtete mir einfach Tatsachen.

Ich legte den Arm um ihre Schultern und zog sie zu mir. Erst sperrte sie sich, aber dann lehnte sie sich an mich.

»Schau, Harmony, ich habe starke Freunde, die gut auf mich aufpassen. Mein Freund Erwin, das ist der mit den lustigen weißen Löckchen, der war mal bei der Polizei. Der kennt Leute, die auch dich beschützen könnten.«

»Keiner kann mich vor Arnie beschützen.«

»Sagt er das?«

Langes Schweigen folgte. Ich konnte spüren, wie sehr sie mit sich kämpfte. Da war auf der einen Seite der Drang, sich zu offenbaren, und auf der anderen Seite die Angst vor den Konsequenzen. Die reine Panik davor, auch mich damit *umzubringen.*

Ich war nicht geschult darin, gequälte Kinder zu therapieren, weiß Gott nicht, aber was sollte ich tun? Wenn ich das Jugendamt alarmierte und die nichts feststellen konnten, weil alle in der Familie – inklusive Reitmüller – mauerten beziehungsweise Harmony aus Angst schwieg, würde nichts passieren.

»Arnie sagt, es ist ein Geheimnis«, sagte sie plötzlich und fuhr – immer schneller werdend – fort: »Ich will aber kein Geheimnis mit ihm haben! Er ist ein Erwachsener, und mit Erwachsenen hat man keine Geheimnisse, wenn man so alt ist wie ich, oder? Er sagt so Sachen zu mir, wie hübsch ich bin und dass er mich liebt. Ich … Ich muss mich auf seinen Schoß setzen, wenn er in meinem Zimmer mit mir Schularbeiten macht. Er … er fasst mich an. Ich schäme mich, aber er sagt, ich muss mich nicht schämen, weil es schön ist, was er macht.«

Ich hätte kotzen können. Nein, am liebsten hätte ich mir Reitmüller sofort geschnappt und ihm mitten ins Gesicht gekotzt.

»Du weißt, was er da tut?«

Sie sah mich an. »Ja. Ich bin kein Kind mehr. Das ist so etwas wie Sex.«

So etwas wie? Hieß das etwa … »Habt ihr schon … ich meine, hat er schon …?«

Herrgott, ich konnte es nicht einmal aussprechen.

»Du meinst, ob er seinen Pimmel schon bei mir reingesteckt hat? Nein. Das wird sein besonderes Geburtstagsgeschenk für mich, hat er gesagt. Ekelhaft. Wie kann er denken, dass ich mir das von ihm wünsche? Er ist *alt!* Wenn ich mal Sex habe, dann doch nicht mit so einem alten Knacker.«

Ich sage es nicht gern, aber beinahe hätte ich gelacht.

Mir fiel die Kreuzfahrt ein, die er mit Jeanette Zwickel und Harmony plante, und dass er gesagt hatte, sie würden den vierzehnten Geburtstag des Mädchens auf hoher See feiern.

Dieser verdammte Dreckskerl.

Ich traute mich nicht, sie danach zu fragen, ob sie schon versucht hatte, sich ihrer Mutter anzuvertrauen.

Musste ich auch nicht, denn sie fuhr fort: »Ich wollte es meiner Mutti erzählen. Aber sie sagt, sie will meine Lügen nicht hören. Sie sagt, ich bin nur eifersüchtig. So ein Quatsch. Auf wen denn?«

»Aber du hast es Marcel erzählt, nicht wahr?«

Harmony nickte langsam. »Ja. Er hat mir geglaubt. Und er wollte mir helfen. Deshalb hat er was an meinem Computer gemacht, und jetzt gibt es einen Film davon, wie Arnie … du weißt schon.«

Wie bitte? Es gab einen *Beweis?*

»Harmony, wo ist dieser Film?«

»Marcel hatte einen auf einem Stick. Er wollte mit Arnie darüber sprechen.«

»Wann war das?«

»In der Nacht, als … also bevor Marcel dann tot war. Ich war schon im Bett, aber ich bin aufgewacht, weil jemand bei uns geklingelt hat. Das war Marcel. Ich habe gehört, dass sie gestritten haben. Dann sind sie rüber in Arnies Wohnung gegangen, und irgendwann ist meine Mutter hinterhergegangen. Dann waren so Geräusche im Hausflur. Und am Morgen hast du Marcel unten auf der Bank gefunden.«

Ich war wie vom Donner gerührt: Jeanette war dabei gewesen? Hatte sie geholfen, Lembeck auf die Bank zu setzen? Deshalb also ihre kaum verhüllte Drohung, weil ich mich vermeintlich in ihre Familienangelegenheiten einzumischen versuchte … sie wusste genau, was in jener Nacht passiert war. Sie war zu einigem bereit, um ihr kleines Familienglück zu beschützen. Aber gehörte dazu auch, dass sie sogar Reitmüllers verhängnisvolle Zuneigung zu Harmony stillschweigend duldete?

Eine Mutter tat so etwas nicht? Von wegen.

Ich kannte genug Geschichten aus Erwins langjähriger Arbeit als Polizist. Er war mit Situationen konfrontiert worden, die jedem das Blut in den Adern gefrieren lassen würden – nur den Müttern nicht, die ihr eigenes Glück über das ihrer Kinder stellten.

»Hast du das der Polizei erzählt, Harmony?«, stellte ich ihr die rhetorischste aller Fragen.

»Das hab ich mich nicht getraut. Mutti hat die ganze Zeit neben mir gesessen, als die Polizei mit uns gesprochen hat. Ich hab gesagt, ich hätte in der Nacht ganz tief geschlafen und gar nichts gehört.«

Das hätte ich an ihrer Stelle vermutlich auch getan.

»Außerdem hat Arnie zu mir gesagt, ich soll beim nächsten Mal genau überlegen, wem ich was erzähle.«

So hatte das Arschloch ihr also klargemacht, dass sie schuld an Lembecks Tod wäre. Ich hatte größte Lust, ihn mir zu schnappen und ihn grün und blau zu prügeln. Oder prügeln zu lassen, am besten von Frank ... der würde das mit dem größten Vergnügen erledigen.

»Harmony, dieser Film, auf dem Arnie und du zu sehen sind ... ist der auf deinem Computer?«

Sie schüttelte den Kopf. »Marcel hat alles wieder gelöscht, damit Arnie es nicht entdeckt und wütend auf mich wird.«

Mist. Aber eine nachvollziehbare Vorsichtsmaßnahme.

»Und davon gab es nur eine Kopie, die Marcel mitgenommen hat?«

Wieder Kopfschütteln. »Nee, ich hab auch eine. Er hat gesagt, ich soll sie gut verstecken.«

»Wo ist sie?«

Das vertraute Röhren von Reitmüllers Auto erklang vor dem Haus. Harmony sprang hektisch auf und rannte zur Tür.

Ich folgte ihr in den Hausflur. »Harmony – *wo ist dieser Film?*«

Panisch horchte sie nach unten – noch war von Reitmüller nichts zu hören. »Bei Jolanthe«, flüsterte sie.

Dann hetzte sie die Treppe hinauf. Gerade, als sich oben die Tür hinter ihr schloss, wurde die Haustür geöffnet.

Ich sah zu, dass ich in meine Wohnung kam, auch wenn ich am liebsten auf Reitmüller losgegangen wäre – wer wollte es mir verübeln? Das wäre allerdings nicht besonders klug gewesen; es hätte ihn nur gewarnt.

Ich brühte mir einen Espresso auf, nahm vom Sofa eine warme Decke mit und ging auf den Balkon. Der Regen hatte aufgehört, und die Luft war frisch und kühl.

Ich lächelte. Sie hatte den Stick also auf dem Dachboden versteckt – kluges Mädchen. Sobald wir den Stick hatten, war Reitmüller geliefert.

Kapitel 22

Jemand verschwindet plötzlich spurlos, und Loretta genießt ein paar Stunden Ablenkung

Vor dem Einschlafen war ich noch stundenlang alle Optionen durchgegangen, wo Harmony wohl diesen kleinen Stick versteckt haben könnte.

Im Glas war er nicht, das hatten wir ja gerade erst ausgekippt. Irgendwie hatte ich auch den Eindruck gewonnen, dass es schon etwas länger her war, dass sie den Film dort oben deponiert hatte.

Der Dachboden war riesig, aber ich ging davon aus, dass das Versteck irgendwo in Harmonys direkter Reichweite liegen müsste, also höchstens so weit ihre Arme hochreichten. Ich konnte mir nicht vorstellen, dass sie auf eine Leiter geklettert war oder dergleichen. Aber auch ohne dieses Hilfsmittel gab es genügend Möglichkeiten: kleine Hohlräume hinter Balken, versteckte Nischen, unauffällige Ecken voller Spinnweben. Vielleicht war ja sogar die eine oder andere Bodendiele lose.

Die Aufenthaltsplätze und Transportkäfige der Tauben zog ich nicht in Betracht; dort bestand die Gefahr, dass Anton den Stick zufällig entdecken konnte.

Im Haus war es ruhig, und irgendwann am späteren Abend hörte ich den Motor von Reitmüllers Wagen starten, dann röhrte das Auto los und wurde immer leiser.

Herrgott – wie konnte man als erwachsener Mann bloß auf diese Potenzprotzerei stehen? Aber das war noch das Harmloseste an diesem Mann.

Mit diesem Gedanken schlief ich ein.

Es war bereits zehn Uhr, als ich am nächsten Tag erwachte. Die Sonne grellte mir in die Augen und half dem zuerst leichten, dann spontan heftiger werdenden Kopfschmerz hilfsbereit auf die Sprünge. Baghira saß neben meinem Kopfkissen und brüllte mir die empörte Forderung nach seinem Fressi lautstark mitten ins Gesicht. Argh.

Mit halb geschlossenen Augen torkelte ich in die Küche, verfolgt vom quäkenden Kater, und überschlug mich beinahe, um seinen Napf so schnell wie möglich zu füllen – damit bloß sein Geschrei endlich aufhörte.

Als er zufrieden schmatzte, setzte ich einen Espresso auf und huschte ins Bad, um mich kurz abzubrausen. Im Bademantel ging ich zurück in die Küche, wo der fertige Espresso gerade durch die Kanne röchelte. Perfekt. Ich goss ihn in eine Tasse und trat gerade rechtzeitig ans Fenster, um Kommissarin Küpper und einen Kollegen vor dem Haus aus ihrem Auto steigen zu sehen.

Nanu – was wollte die denn hier?

War sie etwa auf dem Weg zu mir?

Keine Ahnung, warum ich das dachte, aber ich raste ins Schlafzimmer und zerrte mir irgendwelche Klamotten über den feuchten Körper. Dann wartete ich.

Eine Weile geschah nichts, außer dass ich sie durch den Flur gehen hörte, und zwar in die zweite Etage. Sie klingelten bei Jeanette Zwickel, ich hörte Stimmen, dann gingen sie offenbar in die Wohnung. Eine kurze Zeit später kamen sie heraus und überquerten den Flur, dann wurde Reitmüllers Tür aufgeschlossen; wieder murmelnde Stimmen, die abrupt abbrachen, als die Tür zugemacht wurde.

Ich starb fast vor Neugier. Was war da oben los?

Sollte die Küpper sich etwa doch überlegt haben, in

Richtung Reitmüller zu ermitteln? Durchsuchten sie gerade seine Wohnung – während er bei der Arbeit war?

Moment.

Durften die das überhaupt in seiner Abwesenheit? Die brauchten doch einen Durchsuchungsbeschluss, den man so ohne Weiteres nicht kriegte. Jedenfalls nicht ohne triftige Gründe. Vielleicht hatten sie ja mittlerweile irgendetwas gefunden, das Reitmüller definitiv mit Lembecks Tod in Verbindung brachte … allerdings waren die Küpper und ihr Begleiter wahrlich nicht die Spurensicherung, die seine Wohnung in dem Fall sorgfältig scannen müssten. Nein, sie waren einfach reingetrampelt, und die Herrschaften in den weißen Overalls waren bisher noch nicht aufgetaucht.

Rätselhaft …

Wieder Schritte und Gemurmel im Hausflur, dann klingelte es an meiner Tür. Da ich in meiner Diele gelauscht hatte, tippelte ich geräuschlos ins Wohnzimmer, um mich dann unter viel Getöse zurück an meine Tür zu begeben und zu öffnen.

»Guten Morgen, Frau Küpper. Was verschafft mir die Ehre Ihres Besuchs?«

Über ihre Schulter hinweg sah ich, dass gegenüber die Kaboleks auf dem Hausflur standen und dann widerstrebend den Kollegen der Kommissarin in die Wohnung ließen.

Alles klar, die Kripo drehte mal wieder eine Runde durch die Nachbarschaft.

»Darf ich hereinkommen?«, fragte die Kommissarin knapp. »Es dauert nur ein paar Minuten.«

»Aber immer«, sagte ich und öffnete meine Tür weit für sie.

Wieder einmal saßen wir am Tisch. Diesmal hatte sie meinen Kaffee abgelehnt. Ich gab mir alle Mühe, nicht allzu neugierig zu erscheinen, und blickte sie mit einem – wie ich hoffte – harmlos gespannten Lächeln an.

»Wissen Sie etwas über den Verbleib von Herrn Reitmüller?«, fragte sie ohne Umschweife.

Reitmüller war weg? Ich konnte es nicht fassen.

»Ich … äh … nein. Wird er vermisst?«

»Sonst würde ich nicht fragen, ob Sie etwas über seinen Verbleib wissen, nicht wahr?«

»Seit wann ist er denn verschwunden?«

»Seit gestern Abend. Seine Lebensgefährtin hat ihn als vermisst gemeldet.«

»Und dann werden Sie jetzt schon aktiv? Dauert es sonst nicht immer mindestens 48 Stunden? Von wegen Aufenthaltsbestimmungsrecht eines Erwachsenen oder wie das heißt?«

Die Kommissarin verdrehte die Augen. »Wollen Sie mich wirklich belehren, wann und wie wir zu handeln haben, Frau Luchs?«

Aufpassen, Loretta. »Nein, selbstverständlich nicht. Ich bin nur erstaunt.«

»Das ist Ihr gutes Recht. Aber ich wäre ausgesprochen dankbar, wenn Sie Ihr Erstaunen für sich behalten würden. Also: Wann haben Sie ihn zuletzt gesehen?«

»Gesehen nicht, aber gehört. Beziehungsweise sein Auto. Es ist weggefahren, also nehme ich an, *er* ist weggefahren. Das war gestern am späteren Abend. So gegen elf, vielleicht. Ich habe nicht auf die Uhr gesehen.«

Kommissarin Küpper nickte. »Das deckt sich mit dem, was Frau Zwickel angegeben hat.«

»Und erst seither ist er verschwunden? Kann es sein, dass sie ein wenig überreagiert?«

Sie rang mit sich, das konnte ich sehen.

Dann sagte sie: »Sie weiß offenbar sonst immer, wo er ist. Gestern Abend hat er sich in seiner Wohnung aufgehalten und wollte später noch zu ihr kommen. Das ist nicht geschehen, und dann hörte sie seinen Wagen wegfahren. Bei seinem Handy antwortete nur die Mailbox. Echte Sorgen hat sie sich allerdings erst gemacht, als sie heute Morgen bei seiner Schule angerufen hat, um ihn zu sprechen. Er ist dort nicht zur Arbeit erschienen und hat auch niemanden benachrichtigt. Das ist wohl sehr ungewöhnlich für ihn. Und in Anbetracht der Möglichkeit, dass er mit Lembecks Tod zu tun haben könnte ...«

Also doch. Sie zog es zumindest in Erwägung.

»Denken Sie, er ist abgehauen?«

Sie musterte mich mit zusammengekniffenen Augen, zuckte dann mit den Schultern, murmelte: »Ach, was soll's«, und fuhr fort: »Dagegen spricht, dass wir in seiner Wohnung darauf keinen Hinweis gefunden haben. Brieftasche, Personalausweis, Kontokarte, persönliche Papiere – alles ist da. Es wurde keine Reisetasche gepackt, nichts. Sogar seine Jacken sind vollzählig. Auf den ersten Blick fehlt nur sein Autoschlüssel.«

»Stimmt – wäre er auf der Flucht, hätte er zumindest eine Tasche mit dem Nötigsten gepackt, zumal er ja nicht in akuter Zeitnot ist. Und was haben Sie jetzt vor?«

Sie stand auf und sagte: »Ich habe Ihnen schon viel zu viel erzählt. Ich bedanke mich für Ihre Zeit. Sollten Sie irgendetwas erfahren, informieren Sie mich bitte sofort.«

Ich nickte. »Klar, das mache ich.«

»Hoffentlich. Enttäuschen Sie mich diesmal bitte nicht, Frau Luchs.«

Na klar, *den* Spruch musste meine Lieblingskommissarin mir natürlich noch mitgeben …

Die Tür hatte sich kaum hinter ihr geschlossen, als ich auch schon Erwins Nummer wählte.

»Stell dir vor – Reitmüller ist verschwunden!«, rief ich, sobald er abgehoben hatte.

»Wie … Was?«

»Seit gestern Nacht ist er weg.«

»Quatsch – weg. Der ist bestimmt einfach mal 'ne Nacht um die Häuser gezogen und taucht bald wieder auf.«

»Ach ja? Gerade war deine Patentochter hier, um mich deswegen zu befragen.«

»Was? Die sind aktiv deswegen?«

»Allerdings!«

»Denkst du, er ist auf der Flucht?«

»Nee, glaube ich nicht. Die waren nämlich mit Jeanette Zwickel zusammen in seiner Wohnung und haben festgestellt, dass nichts fehlt. Nichts außer ihm selbst und seinem Autoschlüssel. Sein Auto habe ich übrigens gestern am späten Abend wegfahren hören.«

»Na also.«

»Was – *na also.* Wer flüchtet denn ohne Geld, Papiere oder zumindest seine Kontokarte? Ohne Klamotten? Ohne *alles?* Es ist ja nicht gerade so, dass die Bullen mit Blaulicht hinter ihm her gewesen wären und er keine Zeit hatte, ein paar Sachen einzupacken.«

»Aber wo soll er denn sein, wenn er sich nicht irgendwo versteckt?«

»Ich habe keinen Schimmer, Erwin. Ich nehme an, sie werden nach ihm fahnden; die Kommissarin hat mir natürlich nicht verraten, was sie vorhat. Bestimmt werden sie auch sein Auto zur Fahndung ausschreiben, viel mehr haben sie ja nicht. Und sie werden sicherlich prüfen, ob er vielleicht vor seinem Verschwinden eine große Summe Geld abgehoben hat. Dann würde ich mich eventuell noch davon überzeugen lassen, dass er abgehauen ist.«

»Ich halte mal die Ohren offen«, sagte er.

»Tu das. Aber sei vorsichtig.«

Er gackerte und legte auf. Zumindest war er nicht mehr sauer auf mich, das war doch schon was.

Mit einem ausgiebigen späten Frühstück setzte ich mich auf den Balkon. Baghira lag auf seinem Platz und ließ sich die Sonne auf den schwarzen Pelz brennen. Ich sah Antons Tauben über dem Hinterhof kreisen und beschloss, später zu ihm zu gehen und nach dem Stick zu suchen. Reitmüller war zwar momentan nicht greifbar, aber es konnte nicht schaden, alles beisammenzuhaben, was ihm das Genick brechen sollte, wenn er wieder da war. Ich war sicher, die Polizei würde ihn über kurz oder lang finden.

Ich blätterte die Tageszeitung durch, als es wieder klingelte. Zu meiner Überraschung stand Harmony vor der Tür. Sie strahlte über beide Backen.

»Was machst du denn um diese Zeit zu Hause?«, fragte ich.

»Mathe ist ausgefallen. Ich hab auch nicht viel Zeit, ich muss nach oben zu Mutti.« Sie drängte mich in die Wohnung und schloss die Tür. Dann flüsterte sie: »Hast du schon gehört? Arnie ist weg!«

»Ja, ich weiß. Deine Mutti macht sich bestimmt schreckliche Sorgen.«

»Ja, sie heult, aber ich kann sie trösten. Außerdem hat sie doch mich! Jetzt wird es wieder wie früher, als der blöde Kerl noch nicht da war – endlich! Ich bin so froh!«

»Aber wieso denkst du, dass er nicht zurückkommt?«

Sie drehte sich einmal um sich selbst und klatschte in die Hände. »Weil ich es mir sooo doll wünsche! Und manchmal gehen Wünsche doch in Erfüllung, oder? Jetzt machen Mutti und ich die Kreuzfahrt bestimmt alleine, die Karten haben wir ja schon. Sein Pech, dass er schon alles bezahlt hat. Und dann wird sie ihn ganz schnell vergessen. Juhu!«

»Aber machst du dir keine Gedanken, wo er sein könnte?«

Sie zuckte mit den Schultern. »Pffff. Ist mir total egal. Hoffentlich ist er tot.«

»So was darfst du nicht sagen, Harmony! Das ist schrecklich! Wehe, du sagst das zu deiner Mutti!«

Sie schüttelte den Kopf. »Nee. Hauptsache, er ist weg. Für immer! So, ich gehe wieder hoch zu Mutti. Wenn ich da bin, vermisst sie ihn bestimmt nicht mehr. Ich wollte dir nur schnell Bescheid sagen, dass alles wieder gut ist.«

Schon war sie wieder weg, und ich blieb verdattert zurück.

Ich verstand ihre Freude, dass ihr Peiniger – für den Moment – nicht mehr da war, das musste sie unendlich erleichtern.

Aber die Verzweiflung ihrer Mutter ließ sie vollkommen kalt. War das ihre Rache dafür, dass Jeanette Zwickel ihr nicht geglaubt hatte?

Es war wirklich vertrackt.

Am späten Mittag wollte ich gerade zu Anton aufbrechen, als Frank anrief.

»Loretta, ich brauch deine Hilfe! Meine Aushilfe hat grade abgesacht, und jetz steh ich da. Ich muss unbedingt wat erledigen.«

»Ehrensache. Wann brauchst du mich?«

»Du bis die Beste, hömma! Wennde so um drei hier sein könntes, dat reicht allema. Danke!«

Den Dachboden zu durchsuchen, musste ich wohl auf morgen vertagen; dazu war mir die Zeit nun zu knapp, bis ich zum Kiosk musste. Ich ärgerte mich, dass ich vergessen hatte, Harmony nach dem Versteck zu fragen, und anrufen wollte ich sie jetzt auch nicht.

Tatsächlich verbrachte ich ein paar vergnügliche Stunden in *Kropkas Klümpchenbude.* Als Frank sie eröffnet hatte – circa ein Jahr war das jetzt her –, hatte ich ab und zu bei ihm ausgeholfen, deshalb fiel es mir leicht, ein paar Stunden Dienst zu schieben. Alles war wie gewohnt: kreischende Kinder am Verkaufsfenster, die bunte Tüten mit gemischten Süßigkeiten wollten, Spaziergänger und Spontankäufer, die im Vorbeigehen Kleinigkeiten besorgten – und natürlich die drei Oppas auf der Bank vor dem Kiosk, die alles und jeden mit ihrem ätzenden, tiefschwarzen Wortwitz kommentierten.

Ich hatte so viel Spaß, dass ich sogar zwischendurch vergaß, dass es noch einen ungeklärten Fall gab, den ich unbedingt lösen wollte.

Auch mal schön.

Kapitel 23

*Loretta traut ihren Augen nicht –
und ihren Ohren erst recht nicht*

»Wird Zeit, dat der Anton 'ne eigene Klingel kricht«, sagte Martha griesgrämig, als sie mir geöffnet hatte. »Dat geht hier ja neuerdinks zu ...«

Wie geplant, war ich am nächsten Morgen gleich nach dem Frühstück rübergegangen.

Ich entschuldigte mich für die Störung, aber sie winkte ab. »Lass ma stecken. Springt ja meist 'n kleinet Quätschken bei raus. Da wohnze schon nebenander ... Kuckma, die Hermine und die Mitzi, zum Beispiel, die kenn ich schon ewich. Da wohnen die nur ein Haus weiter, und man sieht sich fast gaanich. Und inne letzten zwei Tage? Ständich rein und raus. *Tach, Mattah, wie isset so, ich muss ma wacker hoch zu dein Göttergatte ...*« Sie verschränkte die Arme und schüttelte den Kopf. »Allmählich denk ich, die sind schaaf auf mein Anton!«

Das konnte ich mir eher nicht vorstellen. Aber was wusste ich schon?

»Vielleicht interessieren sie sich für seine Tauben?«

Martha lachte schallend. »Wat?«, schnaufte sie, nachdem sie sich wieder beruhigt hatte. »Die Hermine vielleicht, der ihrn Vatta hatte ja auch Tauben. Jetz grade isse auch oben, dat nur nebenbei. Aber die Mitzi? Die hör ich doch immer krakeeln, wenn den Anton seine Viecher ma widda auf ihrn Balkon gekackt haben!«

»Vielleicht ist das für sie ja eine Art Therapie, um sich mit den Tauben anzufreunden?«

Sie musterte mich amüsiert. »Ja. Therapie. Dat ich da nich selbs drauf gekommen bin!«

Sie ging zurück in ihre Wohnung, und ich hörte sie noch immer lachen, als ich die Treppe hinaufstieg.

Martha hatte recht: Konnte ich mir Frau Schiller noch so gerade eben da oben auf dem staubigen Dachboden vorstellen, setzte meine Fantasie bei Mitzi Kabolek komplett aus. Mit Kaschmirpullöverchen und bestickten Damenjeans in dieser Hölle aus Taubendreck und Spinnweben? So ganz ohne Kristalllüster? Ich fand den Dachboden ja ziemlich pittoresk und malerisch, aber Mitzi …?

Oben angelangt, klopfte ich zwar, trat aber ein, ohne die Aufforderung dazu abzuwarten.

Ernsthaft: Nur ganz selten in meinem Leben war ich auf zwei Personen gestoßen, die ertappter ausgesehen hatten.

Frau Schiller saß am Tisch, vor sich ein Tablett mit Geschirr, und glubschte mich mit einer Mischung aus Entsetzen und Schuldbewusstsein an. Anton war gerade dabei, den Schrank … Ja, was eigentlich? Zu verschieben? Jedenfalls war er mitten in der Bewegung erstarrt und sah aus wie das Denkmal eines schwer schuftenden Möbelpackers.

Das war seltsam.

»Oh … äh … Frau Luchs, was machen Sie denn hier?«, blubberte Frau Schiller los und versuchte ein Lächeln, das allerdings schwer verunglückte und zu einer merkwürdigen Grimasse geriet.

»Ich … äh … ich habe etwas verloren, als ich zuletzt hier oben war …«, blubberte ich zurück, denn ich hatte nicht vor, ihr zu stecken, was genau ich suchte. »Und selbst?«

Ihr Blick flog rüber zu Anton, der mittlerweile betont

lässig am Schrank lehnte. Mir fiel auf, dass das Möbelstück tatsächlich verschoben worden war. Das belegten erstens die Spuren im Staub, und zweitens entdeckte ich hinter Anton ein Stück einer Tür, die der Schrank sonst immer verborgen hatte.

Was zum Henker war hier los?

Ich ging zum Tisch und checkte das Tablett vor Frau Schiller: Darauf stand ein halb geleerter Henkelmann; die Essenreste darin sahen nach einem deftigen Eintopf aus. Ich konnte mir beim besten Willen nicht vorstellen, dass diese Mahlzeit für Anton gewesen war – oder vielleicht doch?

Hier war doch was faul … und zwar oberfaul.

Plötzlich fiel es mir wie Schuppen von den Augen: Reitmüller war plötzlich verschwunden … parallel gaben sich Hermine und Mitzi hier die Klinke in die Hand … das Essen … und überhaupt: Was war hinter dieser Tür?

Ich setzte mich Frau Schiller gegenüber und sah sie an, dann Anton, dann erneut meine Nachbarin. Ich beugte mich zu ihr und fragte leise: »Was habt ihr getan?«

»Wir? Nichts«, gab sie genauso leise zurück. »Aber jemand anderer, der hat ganz viel getan.«

Anton schnappte sich den Schaukelstuhl, stellte ihn an den Tisch und ließ sich hineinplumpsen. »Manchma muss man handeln, wenn et kein anderer tut.«

Das war eine Weisheit, die sehr gut von mir hätte stammen können, musste ich zugeben. Und ich hatte schon verdammt blöde, gefährliche und keinesfalls legale Aktionen gestartet, wenn ich der Meinung war, dass Kommissarin Küpper nicht aus dem Quark kam.

Jetzt – als Nicht-Beteiligte mit dieser absurden Situation konfrontiert – entwickelte ich plötzlich viel Verständnis für die Empörung der Kommissarin über so manche meiner Aktionen.

»Wir müssen nicht weiter um den heißen Brei herumreden«, sagte ich. »In dem Raum hinter dem Schrank haltet ihr Reitmüller gefangen. Das ist Freiheitsberaubung. Das ist ein *Verbrechen.*«

»Scht … leise«, zischte Frau Schiller. »Er soll nicht hören, was wir reden.«

Damit hatte sie bestätigt, was ich längst ahnte. Beziehungsweise wusste. Dennoch: Ich war baff. Auch weil ich feststellte, dass die Herrschaften mindestens genauso bekloppt waren wie ich – zerbrach ich mir doch selbst den Kopf darüber, wie ich Reitmüller in die Ecke drängen könnte. Klar, warum nicht einfach verschleppen und einsperren?

Ich hob die Hände und ließ sie wieder fallen, weil mir kurz die Worte fehlten. Dann sagte ich: »Aber wie …? Das müsst ihr mir erklären.«

Frau Schiller zuckte mit den Schultern. »Ich habe ihn in meine Wohnung gelockt, und dann haben wir ihn überwältigt«, sagte sie, als wäre es das Normalste auf der Welt.

»Gelockt? Wie?«

»Ganz leicht. Er war spätabends in seiner Wohnung – Mitzi und Horst können das ja hören, weil sie unter ihm wohnen. Ich hab ihn dann angerufen und gesagt, ich hätte ein Problem mit meinem Fernseher. Währenddessen haben Mitzi und Horst sich in meinem Schlafzimmer versteckt. Dann kam Reitmüller runter und hat erst mal das Bier getrunken, das schon für ihn bereitstand.«

»Dat Bier mit die Schlaftabletten drin«, warf Anton grinsend ein. Vergnügt schaukelte er in seinem Stuhl vor und zurück, von Gewissensbissen keine Spur.

»Und dann ist er bei Ihnen auf dem Sofa eingenickt?«, fragte ich Frau Schiller.

Sie nickte. »Ging sogar ziemlich schnell. Er war jedenfalls reichlich weggetreten. Und dann haben wir ihn hierhin gebracht. Anton war eingeweiht.«

Ach was, tatsächlich? Musste er ja wohl.

Oder nein: Man stand vielleicht einfach mit dem bewusstlosen Reitmüller vor der Tür und bat darum, ihn im Geheimzimmer unter dem Dach einkerkern zu dürfen. *Klar, kein Problem, den Weg kennt ihr ja ... Aber scheucht mir nicht die Tauben auf, okay? Für wie lange ungefähr? Ach so, das steht noch nicht fest. Na ja, macht ja nichts. Ihr wisst schon, was ihr tut.*

Erstaunlicherweise schienen sie sich kein Stück darüber zu wundern, dass ich nicht nach der Polizei schrie, sondern mich einigermaßen entspannt mit ihnen über die Tatsache unterhielt, dass sie einen Mann in einen Hinterhalt gelockt, betäubt, verschleppt und eingesperrt hatten. Obwohl: eigentlich logisch, denn sie hatten ja offenbar kein Bewusstsein dafür, dass sie sich höchst kriminell verhielten.

»Und jetzt?«, fragte ich. »Wie lange wollt ihr ihn in seinem eigenen Saft schmoren lassen?«

Frau Schiller blickte auf ihre zierliche Armbanduhr. »Ups, ich muss runter. Mitzi und Horst warten sicher schon.« Sie stand auf und verschloss den Henkelmann, den sie in einen Einkaufskorb stellte. »Am besten, Sie kommen mit, Frau Luchs. Dann können wir alles Weitere besprechen.«

Das ließ ich mir nicht zweimal sagen. Auch Anton erhob sich aus dem Schaukelstuhl und kam mit uns zur Tür.

»Moment«, sagte ich, »was ist mit ...?« Ich zeigte auf den Schrank.

Frau Schiller winkte lässig ab. »Ach, dem geht's prima. Machen Sie sich um den mal keine Sorgen.«

Mitzi stand schon in der Wohnungstür, als wir die Treppe hinaufstiegen. Ihr irritierter Blick flog zu mir, aber Frau Schiller schüttelte beruhigend den Kopf und schob mich in die Wohnung. Mal wieder.

»Alles in Ordnung, Mitzi«, sagte sie leise, als unsere Nachbarin die Tür hinter uns geschlossen hatte. »Frau Luchs weiß Bescheid.«

Horst Kabolek hingegen nahm schlicht zur Kenntnis, dass ich dem konspirativen Treffen beiwohnte, und gab keinen Kommentar dazu ab. Stattdessen stellte er sich an die gut gefüllte Bar und wartete auf Bestellungen.

Während die Damen um Eierlikör baten – der selbstverständlich stilecht in Becherchen aus Schokolade serviert wurde –, brauchte ich ausnahmsweise etwas wirklich Starkes, um meine Nerven zu beruhigen. Ich orderte einen doppelten Wodka auf Eis, der nur Sekunden später vor mir auf dem gläsernen Couchtisch stand.

Ich stürzte ihn in einem Zug weg – er war von hervorragender Qualität – und blickte in die Runde.

»Also, liebe Nachbarn«, sagte ich, »wir müssen hier gar nicht lange Zeit vertrödeln. Ich weiß, dass Sie Herrn Reitmüller auf Antons Dachboden gefangen halten. Frau Schiller und ich waren gerade an einem höchst interessanten Punkt unserer Unterhaltung, als sie mir sagte, dass Sie beide auf sie warten. Nun, hier sind wir also. Und ich möchte genau dort anknüpfen, wo wir vorhin aufgehört haben.« Ich blickte sie nacheinander an und fuhr fort: »Was habt ihr mit ihm vor?«

»Er soll den Mord an Lembeck gestehen«, erwiderte Horst Kabolek und ließ elegant seinen Cognac im Schwenker kreisen. »Und dann übergeben wir ihn der Polizei. Damit sind wir ihn ein für alle Mal los.«

Die beiden Damen nickten beifällig.

Einen Scheißdreck seid ihr, ihr Vollidioten, hätte ich am liebsten gebrüllt. Aber das tat ich natürlich nicht.

Hier musste ich sanft und diplomatisch vorgehen. »Ich muss Sie leider enttäuschen«, sagte ich. »Ihre Vorgehensweise ist äußerst kontraproduktiv. Was Sie gerade machen, ist ein Kapitalverbrechen. Dafür werden Sie verknackt, das kann ich Ihnen jetzt schon versprechen. Das Kind ist bereits in den Brunnen gefallen.«

Hm ... ja ... das stimmte. Und ich war jetzt Mitwisserin. Wie groß war wohl das vertretbare Zeitfenster, mit diesem Wissen jetzt noch nicht zur Polizei zu gehen? Ich brannte darauf, Erwin anzurufen.

Mitzi plinkerte entrüstet mit ihren blausilbern getünchten Lidern. »Wie *bittöh?* Wenn wir der Polizei einen Gefallen tun und einen geständigen Mörder übergeben, machen *wir* uns strafb...«

Ich hatte die Hand gehoben, um sie zu unterbrechen. »Noch mal zum Mitschreiben: Ihr habt ihn *entführt* und haltet ihn *gefangen.* Das ist ein Verbrechen. Immer. Egal, um wen es sich dabei handelt. Und wenn er hundertmal ein Mörder und Kinderschän...«

Ich verstummte abrupt. Verflucht.

Frau Schiller kippte ihren Eierlikör runter und wedelte hektisch mit dem leeren Schokobecher vor Horst Kaboleks Nase herum. »Ich brauch noch einen«, ächzte sie, sichtlich schockiert.

Den Kaboleks ging es nicht besser. Mein Versprecher hatte sie erbleichen lassen.

Horst Kabolek holte Eierlikör, Wodka und den Kübel mit den Eiswürfeln und stellte alles auf den Tisch. »Bedient euch bitte selbst«, murmelte er und ließ sich wieder in den Sessel plumpsen.

»Wir haben das richtig verstanden, oder, Frau Luchs?«, fragte Frau Schiller und goss sich Eierlikör ein. »Reitmüller ist nicht nur ein Mörder, sondern auch … ich kann es nicht aussprechen, es ist zu ekelhaft.«

Sie leerte ihr Getränk in einem Zug und schenkte gleich wieder nach. Dann schlug die nächste – naheliegende – Erkenntnis bei ihr ein wie ein Blitz. Ihre Augen weiteten sich, und sie wisperte, als könne sie es nicht laut aussprechen: »Er vergreift sich an dem Mädchen? An der Tochter seiner *Partnerin?*«

»Das hat Harmony mir zumindest erzählt«, erwiderte ich. »Ich war vorhin oben bei Anton, weil sie auf dem Dachboden einen Datenstick versteckt hat, auf dem ein Film von ihr und Reitmüller ist.«

»Dieses Schwein!«, blaffte Horst Kabolek. »Morgen ist er reif. Dann prügle ich das Geständnis aus ihm raus.«

»Sie werden nichts dergleichen tun«, sagte ich scharf. »Dieses Geständnis würde rein gar nichts nützen, verstehen Sie?«

»Aber wieso denn nicht? Wenn wir alle bestätigen, dass er es zugegeben hat? Dann *muss* die Polizei es doch glauben!«, zwitscherte Mitzi mit immer schriller werdender Stimme.

Ich schüttelte den Kopf. »Jeder halbwegs talentierte Anwalt würde es in der Luft zerreißen. Erschwerend kommt hinzu, dass dieses Geständnis unter Zwang erpresst wurde – vor Gericht gilt das weniger als nichts. Das ist so, als hätte er es nie abgelegt. Dank eurer glorreichen Idee mit der Entführung. Versteht ihr jetzt, wie dumm das war? Dann muss er nur noch die Aussage verweigern oder was auch immer, und schon fliegt der Fall der Staatsanwaltschaft um die Ohren. Dafür habt ihr gesorgt.«

Sie starrten mich betroffen an.

»Wieso kennen Sie sich so gut damit aus?«, fragte Frau Schiller schließlich.

Ich seufzte. »Weil mein Freund Erwin mal bei der Polizei war, das habe ich schon mal erzählt, erinnern Sie sich? Da schnappt man im Laufe der Jahre so einiges auf. Und eines weiß ich ganz sicher: Ein erpresstes Geständnis ist weniger wert als ein Klecks Taubenscheiße.«

Bei meinem etwas derben Vergleich zuckten sie kollektiv zusammen, aber es nutzte ja nichts, wohlfeile Worte zu drechseln.

»Aber … was sollen wir denn jetzt machen?«, fragte Horst Kabolek.

Ich zuckte mit den Schultern. »Keine Ahnung. Ich muss nachdenken. Und mich mit Erwin beraten. Kaum vorstellbar, dass Sie Reitmüller freilassen, ihm die Spinnweben von der Jacke bürsten, und dann ist alles wieder gut. Er muss stinksauer auf Sie sein und wird Sie mit Sicherheit wegen Freiheitsberaubung, Nötigung und was weiß ich sonst noch anzeigen. Nicht nur das: Die Polizei sucht nach ihm. Die setzt ihre Kräfte nicht besonders gern dafür ein, nach jemandem zu suchen, der von durchgeknallten Rentnern im Nachbarhaus gefangen gehalten wird. Und ganz nebenbei kommt die arme Jeanette Zwickel um vor Sorge.«

»Die wird uns noch auf Knien dankbar sein, wenn dieses Schwein endlich hinter Gittern sitzt«, schnappte Frau Schiller angriffslustig.

»Mag sein. Aber jetzt im Moment ist Reitmüller lediglich ein Vermisstenfall. Nicht mehr und nicht weniger. Wo ist übrigens sein Auto?«

»Das habe ich weggefahren. Das steht in einem Industriegebiet«, sagte Horst Kabolek.

»Na gut. Ich verabschiede mich jetzt. Ich werde mich mit meinem Freund besprechen und melde mich morgen früh bei Ihnen. Bleiben Sie sitzen, ich finde alleine hinaus.« Ich ging in Richtung Zimmertür und drehte mich noch einmal um, weil mir noch etwas eingefallen war. »Ach ja – Sie unternehmen bis dahin nichts, verstanden? Sie gehen nicht rüber und reden mit Reitmüller. Versprechen Sie mir das?«

Völlig absurd, aber ich hörte mich exakt so an wie Kommissarin Küpper, wenn sie mich davor warnte, ihr in die Quere zu kommen.

Frau Schiller und das royale Paar nickten synchron; sie waren sichtlich beeindruckt. Offenbar hatte ich soeben die Führung des Trupps übernommen.

Damit ging ich und überließ sie dem, was sie jetzt ganz sicher zu bequatschen hatten.

Kapitel 24

Die Ereignisse überschlagen sich, und Loretta hat einen Plan, den Erwin nicht gut findet (aber irgendwas ist ja immer)

Obwohl es schon reichlich spät war, bat ich Erwin telefonisch, zu mir zu kommen.

»Ich will dir das jetzt nicht am Telefon erklären«, sagte ich, »aber es ist wirklich, wirklich wichtig. Es ist etwas passiert. Etwas *Dramatisches.*«

Sofort brauste er auf. »Was hast du …«

»Ich habe *gar nichts* gemacht«, fiel ich ihm ins Wort. »Ehrlich nicht. Aber andere haben. Und wir müssen ganz schnell besprechen, was in dieser Sache zu tun ist.«

»Ich komme.« Er legte auf.

Eine Zeit lang starrte ich auf das Telefon in meiner Hand, dann stellte ich es zurück in die Station.

Erst jetzt sickerte langsam in mein Bewusstsein, wie desolat die Situation war. Vorhin, bei meinen Nachbarn, war das Adrenalin wie irre durch meinen Körper gerauscht, so, wie ein Gebirgsbach durch Spalten im Gestein talabwärts donnert. Jetzt fuhr mein System wieder runter, und ich fühlte mich plötzlich unglaublich schlapp.

Ich ging in meine kleine Küche und setzte einen Espresso auf. Eine Kontrolle des Kühlschranks ergab, dass ich Erwin ein Bierchen anbieten konnte – falls er eines wollte. Mein Magen knurrte, aber nichts in den Fächern sprach mich an.

Mit meinem Kaffee setzte ich mich aufs Sofa und wartete. Je mehr Zeit verging, desto nervöser wurde ich. Wie würde Erwin reagieren? Er war den Spagat zwischen mir und der Kommissarin wirklich leid, was ich gut verstehen konnte.

Könnten wir Reitmüllers Gefangenschaft nutzen, um an ein Geständnis zu kommen? Vielleicht sogar zusammen mit Kommissarin Küpper? Aber nein, das war ausgemachter Quatsch! Eben hatte ich meine Nachbarn noch zusammengefaltet wegen ihrer kriminellen Energie bei der Entführung. Die Küpper würde nie und nimmer mitspielen, und wenn ich nicht höllisch aufpasste, hatte ich diesmal richtigen Ärger am Hals, weil ich sie nicht sofort angerufen hatte.

Dennoch – ich hatte das ganz sichere Gefühl, dass die Polizei sich an ihm die Zähne ausbeißen würde. Abgesehen davon gab es noch ein Opfer in diesem vertrackten Fall: Harmony. Ich ahnte die Gefahr, dass Reitmüller nicht für den Missbrauch zur Rechenschaft gezogen werden konnte, und diese Vorstellung machte mich wahnsinnig.

Und so langsam keimte eine wirklich höchst verwegene Idee in mir …

Während ich grübelte und meinen Espresso schlürfte, verging eine gute halbe Stunde – reichlich viel Zeit für den relativ kurzen Weg von Erwin zu mir. Mir stockte der Atem, als vor meinem geistigen Auge plötzlich das Bild erschien, wie er zusammen mit der Küpper hier auftauchte. Hatte er sie etwa hinter meinem Rücken informiert, um keinen Ärger zu riskieren? Er wusste es noch nicht, aber ich würde wirklich viel von ihm verlangen – setzte ich vielleicht gerade unsere Freundschaft endgültig aufs Spiel?

Verflucht, ich konnte kaum einen klaren Gedanken fassen.

In diesem Moment klingelte es, und ich wackelte mit zitternden Knien zur Tür.

Als ich sah, dass Erwin alleine die Treppe hochkam, wäre ich vor Erleichterung beinahe ohnmächtig geworden. Meine Freude wuchs ins schier Unermessliche, als er eine Tüte von einem Imbiss schwenkte, der wundervoller, fettiger Pommesduft entströmte. Er brachte mir genau das kalorienhaltige Essen, das ich jetzt brauchte und in meinem Kühlschrank nicht gefunden hatte.

»Am Telefon hast du dich angehört, als könntest du ein bisschen Nervennahrung vertragen«, sagte er. »Ich kenn doch meine Pappenheimer.«

»Ich liebe dich, Erwin«, erwiderte ich und ging vor ihm her ins Wohnzimmer.

Er setzte sich an den Tisch und grinste. »Versuch nicht, mir Honig ums Maul zu schmieren. Für mich hab ich auch 'ne Portion mitgebracht, um mich für das zu stärken, was mich erwartet. Ich bin auf alles gefasst.«

»Nein, bist du nicht, da halte ich jede Wette«, sagte ich. »Aber lass uns bitte erst essen, ja? Bierchen?«

Er schüttelte den Kopf, während er schon dabei war, vier in Papier eingeschlagenen Schälchen auszupacken. »Mineralwasser, wenn du hast. Ich habe das dumpfe Gefühl, ich muss einen glasklaren Kopf behalten.«

Wie recht er hatte.

Das freundschaftliche Schweigen, in dem wir Currywurst und Pommes frites genossen, empfand ich als überaus wohltuend. Ich aß besonders langsam, um möglichst viel Zeit zu schinden. Ich wollte die immer noch chaotisch in meinem Kopf herumschwirrenden Gedanken ordnen. Besser gesagt: Ich musste es zumindest *versuchen.*

Und ich wollte noch ein wenig an meinem Plan feilen.

Erwin wartete geduldig, bis ich endlich das letzte Kartoffelstäbchen gekaut und heruntergeschluckt hatte. Dann sagte er: »Was hast du mir zu berichten?«

Direkt mittenrein, dachte ich und erwiderte: »Ich weiß, wo Reitmüller ist.«

Erwins Brauen verschwanden unter seinen kleinen Stirnlöckchen. »Seit wann?«

Interessant. Er wollte nicht etwa wissen, woher ich die Information hatte oder wo Reitmüller war – nein. Er wollte herausfinden, wie schnell ich ihn informiert hatte.

Ich war noch nicht vom Haken.

»Seit ...«, ich warf einen Blick auf die Uhr, »seit ungefähr zwei Stunden. Danach musste ich erst noch mit gewissen Leuten darüber sprechen.« Er kniff drohend die Augen zusammen, und ich fügte hastig hinzu: »Das war unbedingt nötig, ehrlich. Aber dann habe ich dich sofort angerufen, ich wollte nicht einmal bis morgen früh damit warten. Und du hast ja auch über eine halbe Stunde hierher gebraucht. Wenn du das abziehst ...« Meine Stimme war immer leiser geworden.

Er schien Mitleid mit mir zu haben, denn er sagte: »Na komm. Dann erzähl mal.«

Also holte ich ganz tief Luft und berichtete. Als ich fertig war, herrschte Stille. Erwin war wie vom Donner gerührt. Er brauchte ein paar Minuten, um sich einigermaßen zu sammeln, dann blaffte er: »Also von allen idiotischen Aktionen, die ich jemals mit dir erlebt habe, ist diese mit Abstand die idiotischste!«

Sofort ging ich hoch wie das berühmte HB-Männchen. »Ich? Was habe *ich* denn damit zu tun? Diese durchgeknallte Rentnergang hat ihn hopsgenommen – nicht ich!«

»Vielleicht habe ich mich nicht klar genug ausgedrückt«, gab er gallig zurück. »Ich möchte mich korrigieren: Im Vergleich zu allen idiotischen Aktionen, die du je gebracht hast, ist diese – man glaubt es kaum – noch idiotischer. Zufrieden?«

Also, *zufrieden* hätte ich es jetzt nicht gerade genannt, aber immerhin war ich ein wenig besänftigt.

»Was sollen wir jetzt machen? Hast du einen Vorschlag?«, fragte ich ihn. »Glaub mir: Mein allererster Impuls war, die Küpper zu alarmieren und diese Clowns auffliegen zu lassen. Wirklich! In dem Moment habe ich sogar verstanden, wieso sie meinetwegen immer so ausflippt. Andererseits war ich auf dem Dachboden, um nach dem Film zu suchen, der beweisen wird, dass Reitmüller das Mädchen belästigt. Was ich denen übrigens nicht verraten habe. Wobei ich allerdings zugeben muss, dass mir im Eifer des Gefechts im Gespräch über Reitmüller der Begriff ›Kinderschänder‹ rausgerutscht ist.«

Erwin rollte mit den Augen. »Herrje, Loretta. Bei dieser Sache ist dir schon so einiges rausge…«

»Ja, ist ja *gut*«, fiel ich ihm ins Wort. »Ich bin mir meines Anteils an dem ganzen Schlamassel sehr wohl bewusst. Trotzdem gibt es vielleicht eine Möglichkeit, die Situation auszunutzen. Du hast doch bestimmt noch die kleinen Mikrofone, um mich zu verkabeln, oder?«

Jetzt war er das HB-Männchen. »Wie bitte?«, blökte er mir aus nächster Nähe ins Gesicht. »Hast du etwa vergessen, wie unglaublich das damals schiefgegangen ist? Ich bin heute noch heilfroh, dass Frank und du überlebt habt!«

»Damals hatten wir es mit halbirren und noch dazu strunzdummen Schwerkriminellen zu tun«, sagte ich, »was es allerdings besonders gefährlich machte, das gebe ich zu.

Mit bewaffneten Dummköpfen ist echt nicht zu spaßen. *Jetzt* ist mein potenzieller Sparringspartner ein aufgeblasener Lehrer, der seit gestern Nacht in einer staubigen Dachkammer festgehalten wird.«

»Oh Gott«, stöhnte Erwin, »ich darf gar nicht daran denken. Ich habe keine Ahnung, warum ich nicht längst mit Astrid telefoniert habe.«

»Kann ich dir sagen: Weil du neugierig bist, welchen Plan ich ausgetüftelt habe.«

Erwin fuhr sich mit den Händen in die Locken; er raufte sich buchstäblich die Haare. Schließlich sagte er: »Ich weiß, ich werde es bitter bereuen, aber schieß los.«

»Du kannst immer noch Nein sagen.«

»Ja, das kann ich. Mit dem Risiko, dass du auf eigene Faust losziehst. Dann weiß ich doch lieber Bescheid und kann zur Not eingreifen.«

Also erklärte ich ihm, was ich mir ausgedacht hatte.

Tatsächlich versuchte er alles, mich davon abzubringen. Wir diskutierten bestimmt über eine Stunde lang das Für und Wider meiner Idee, die er abwechselnd als idiotisch, superdämlich und hirnverbrannt bezeichnete.

»Du bist vollkommen verblendet, Loretta! Ist dir denn gar nicht klar, was du damit riskierst? Astrid … Du liebe Güte, ihre Reaktion will ich mir nicht einmal *vorstellen.*«

Ich war derart überzeugt von meinem Plan, dass ich sagte: »Ob mit dir oder ohne dich – ich ziehe das durch.«

Schließlich gab er nach und willigte ein, seinen Teil dazu beizutragen.

Noch in meiner Wohnungstür unternahm Erwin aber einen letzten Versuch, mich umzustimmen. Ich schüttelte nur stumm den Kopf. Er seufzte schwer und versprach, am nächsten Morgen um spätestens acht Uhr mitsamt Equipment wiederzukommen, nachdem er sein Täubchen ins Callcenter gebracht hatte.

Den Rest des Abends verbrachte ich damit, gedanklich verschiedene Szenarien durchzuspielen und mir ein paar Notizen zu machen.

Äußerst aufgeräumt legte ich mich schlafen. Ich würde Kommissarin Küpper morgen die lückenlose Aufklärung des Falls präsentieren können.

Diese Gewissheit war ein sanftes Ruhekissen.

Erwin war überpünktlich und bei seinem Erscheinen nicht wesentlich besser gelaunt als bei seinem Abschied am Abend zuvor. Mürrisch stapfte er an mir vorbei und stand dann mitten im Wohnzimmer, die Hände in die Seiten gestemmt.

»Wir sollten das lassen, Loretta. Wirklich. Ich appelliere an deine Vernunft.«

»Ich will das aber machen. *Wirklich.*«

»Wenn er es war, wird Astrid ihn schnappen.«

»Im Moment ist die Kommissarin lediglich auf der Suche nach einem vermissten Mann, der vielleicht auf der Flucht und eventuell ein Mörder sein könnte. Und sie wird ihn niemals finden, nicht wahr? Es sei denn, sie kommt auf die Idee, auf Antons Dachboden nachzugucken. Warum sollte sie? Bis dahin ist er in der Gewalt meiner durchgeknallten Nachbarn. Wer weiß, wozu die noch imstande sind? Ich habe denen gestern eine Höllenangst damit eingejagt, welche Konsequenzen die ganze Sache für sie haben wird. Was, wenn sie ihn jetzt einfach da oben abkratzen lassen und dann unter den Fliederbüschen oder sonst wo verscharren? Meine Aktion wird diese Geiselnahme beenden, das ist das

Gute daran. Ich werde ihn knacken, davon bin ich fest überzeugt.«

»Wir können Astrid anrufen und ihr alles Weitere überlassen. Wir sagen ihr, wo dieser Reitmüller steckt, und sie holt ihn da raus«, erwiderte Erwin. »Das Gute *daran* ist, dass du keine Schwierigkeiten mit ihr kriegen wirst. Sie wird zwar meckern, dass du ihr nicht sofort Bescheid gesagt hast, aber nun gut. Das wirst du überleben.«

»Erwin – es geht um Harmony. Ich will diesen Mistkerl überführen. Wenn da oben alles gelaufen ist, rufen wir sofort die Kommissarin an und übergeben ihr die Aufzeichnung.«

»Mit dem, was du jetzt vorhast, reitest du dich kilometertief rein.«

»Das nehme ich in Kauf.«

»Was du nicht alles in Kauf nimmst …«, murmelte er und begann, meine Verkabelung vorzubereiten.

Frau Schiller war auf unser Erscheinen vorbereitet, denn ich hatte sie am Abend zuvor noch angerufen. Die Kaboleks warteten im Wohnzimmer und konnten vor Aufregung kaum stillsitzen.

Erwins Gesicht verdüsterte sich. »Was ist denn hier los? Vollversammlung?«

»Ist das Ihr Freund, der Polizist?«, schrillte Mitzi Kabolek. Ihre Stimme befand sich beinahe schon im Ultraschallbereich.

Jesses.

»Ja, das ist Erwin, er ist *ehemaliger* Polizist«, erwiderte ich schnell, bevor Erwin reagieren konnte. Lieber kein Risiko eingehen.

»Das ist ja so spannend!«, quiekte Mitzi. »Was machen

wir denn jetzt? Wie ist der Plan, um den Mörder zu überführen? Wir sind zu absolut jedem Abenteuer bereit, nicht wahr, Horsti? Von uns aus kann es losgehen!«

Sie blickte zu ihrem Gatten, und der nickte eifrig. Seine hochroten Bäckchen harmonierten vortrefflich mit dem roten Einstecktuch in der Brusttasche seines Blazers.

Ich hörte Erwin neben mir schnaufen und beschloss, ein wenig aufzuräumen.

»Je weniger daran beteiligt sind, desto besser«, sagte ich, an die Kaboleks gewandt. »Zu viele Leute könnten unseren Plan gefährden. Ich möchte Sie bitten, uns jetzt allein zu lassen; Frau Schiller kann Ihnen nachher alles erzählen.«

Sie waren sichtlich angefressen. Umso stolzer war Frau Schiller, dass sie die Auserkorene war. Sie war bestens vorbereitet, denn Reitmüllers Frühstück war bereits hergerichtet und im Korb verstaut.

Wir erklärten ihr den Plan in groben Zügen, und sie lauschte mit wachsender Begeisterung.

»Wir müssen ein wenig schauspielern«, sagte ich, »aber bitte nicht übertreiben, sonst merkt er, dass zwischen uns alles abgesprochen ist. Das darf er auf gar keinen Fall, sonst war alles umsonst. Wir wollen doch, dass die Sache ein gutes Ende findet, nicht wahr?«

Frau Schiller presste die Hand an die Brust. »Oh, unbedingt. Was Sie uns gestern alles erzählt haben, Frau Luchs, dass wir uns strafbar machen und so … ich hab ja heute Nacht kein Auge zugetan! Wer kann denn ahnen … wir wollten der Polizei doch nur *helfen!*«

»Eine Entführung ist eine Entführung, und Freiheitsberaubung ist Freiheitsberaubung«, blaffte Erwin. »Egal, wie gut Ihre Absichten waren, die Polizei sieht das anders.«

Frau Schiller warf mir einen Blick zu und murmelte: »Ihr Bekannter hat aber ganz schön schlechte Laune. Ist der immer so?«

Erwin schnappte deutlich hörbar nach Luft, und ich blies hastig zum Aufbruch, ehe die Situation eskalieren konnte.

»Lasst uns keine Zeit mehr verlieren«, sagte ich.

Also brachen wir auf nach nebenan.

Antons Gattin lehnte mit vor der Brust verschränkten Armen im Rahmen der Wohnungstür. »Anton is schon oben. Schöne Grüße.« Sie musterte uns kritisch – eine kleine Karawane, die mit einem Gruß an ihr vorbeimarschierte und sich anschickte, die Treppe hinaufzusteigen. »Ach, kuckma an, heute is 'n neuet Gesicht dabei«, sagte sie, als sie Erwin sah. »Immerhin kommt ihr alle zusamm, und ich muss nicht dreimal zur Tür rennen. Wie wäre et, Hermine, soll ich für dich nich 'n Haustürschlüssel nachmachen lassen?«

»Tut mir leid, Mattah, aber das wird jetzt bald aufhören, versprochen.« Sie warf mir einen beredten Blick zu und fuhr fort: »Nicht wahr, Frau Luchs?«

»Ich … äh … ja, genau«, stammelte ich überrumpelt.

Mattah nickte grimmig. »Na, da bin ich aba gespannt wie 'n Flitzebogen.«

Sie drehte sich um und knallte die Tür hinter sich zu.

Hatten wir das also auch geklärt.

Kapitel 25

Ganz großes Theater und ein Gespräch unter vier Augen, aber dann kommt alles anders als geplant

Anton war sichtlich überrascht, dass wir mit drei Mann hoch bei ihm aufkreuzten.

Ich stellte die beiden Männer einander vor, dann sagte Frau Schiller mit gesenkter Stimme: »Frau Luchs hat einen Plan, Anton. Und wenn alles klappt, bist du ihn bald los.«

»Haben Sie hier oben Strom?«, fragte Erwin. Anton nickte und zeigte ihm die Steckdose.

Ich erklärte Anton, was wir vorhatten und dass er einfach nur mitspielen solle. Er lauschte aufmerksam, ohne Fragen zu stellen. Wie ich es nicht anders erwartet hatte, reagierte er völlig gleichmütig.

»Dat kriegen wa schon hin, kleinet Frollein. Hauptsache, der Penner hängt mir hier oben nich mehr auffe Pelle. Dann wird et hier wieder schön ruhich, und ich kann mich um meine Täubskes kümmern, ohne dat ständich einer kommt und geht. Nix für ungut, Hermine.«

»Du hast uns einen großen Gefallen getan, Anton. Das hättest du nicht tun müssen«, erwiderte sie. »Ich werde mir noch eine tolle Belohnung für deine Mithilfe ausdenken, versprochen. Ich lade dich und Mattah zu einem schönen Essen ein oder so. Wir gehen ganz groß aus – auf *meine* Kosten!«

Ich musste nur in Erwins Gesicht sehen, um zu wissen, dass er meine Gedanken teilte: *Gefallen getan? Ihr habt ihn zum Komplizen gemacht, den armen, gutmütigen Trottel.*

Aber weiter im Text. Das Ganze musste ein Ende finden.

»Also gut«, sagte ich. »Erwin und ich gehen jetzt wieder vor die Tür. Ihr macht alles so wie immer, und dann komme ich reingeplatzt.«

Erwin und ich gingen hinaus, aber ich ließ die Tür einen Spalt offen.

»Noch können wir alles abblasen«, flüsterte er drängend, als wir draußen waren.

Ich aber war bereits im Jagdfieber. Zu spät, Erwin.

Ich antwortete nicht, und er sagte nichts mehr.

Die Show konnte beginnen.

Wir hörten, wie der Schrank verschoben wurde, dann wurde eine Tür aufgeschlossen, und Frau Schiller sagte munter: »Guten Morgen, Herr Reitmüller. Haben Sie mir vielleicht heute etwas zu sagen?«

»Ihnen hab ich gar nichts zu sagen, Sie irre alte Schachtel! Lassen Sie mich sofort frei! Ich werde Sie verklagen, das ist Ihnen hoffentlich klar«, fauchte Reitmüller.

»Wer im Glashaus sitzt, sollte nicht mit Steinen werfen, Herr Reitmüller«, flötete Frau Schiller. »Ich bringe Ihr Frühstück. Sie wissen, wann wir Sie freilassen. Beziehungsweise der Polizei übergeben.«

»Glauben Sie mir – ich sorge dafür, dass Sie Ihres Lebens nicht mehr froh werden«, knurrte Reitmüller.

»Was denn, was denn?«, zwitscherte Frau Schiller. »Wollen Sie mich dann genauso umbringen wie Herrn Lembeck?«

Jesses, die traute sich was.

»Ich gehe jetzt rein«, flüsterte ich Erwin zu.

Er hob die Hand, als wollte er mich festhalten, ließ sie aber wieder sinken und nickte resigniert.

Ich holte noch einmal tief Luft, stürmte auf den Dachboden und steuerte sofort die offen stehende Tür des geheimen Raums an.

Im Rahmen blieb ich stehen und rief: »Was ist denn hier los? Herr Reitmüller, Sie sind hier? Man sucht Sie überall! Frau Schiller, was soll das alles?«

Alle drei Anwesenden starrten mich an. Reitmüller war an ein Metallbett gefesselt. Am Fußende stand Anton mit einem erhobenen Spaten in der Hand. Frau Schiller war gerade dabei, das Frühstück aus dem Korb zu packen.

Ich ging ein paar Schritte in den Raum hinein, sodass ich Anton im Rücken hatte. »Wieso ist Reitmüller gefesselt? Halten Sie ihn etwa hier fest, Frau Schiller?« Ich nestelte mein Handy aus der Jackentasche. »Das ist ein Fall für die Polizei!«

»Anton!«, rief Frau Schiller mit einem Nicken in seine Richtung.

In der nächsten Sekunde umklammerten mich zwei erstaunlich starke Arme von hinten, mein Handy polterte auf den Fußboden. Frau Schiller hob es auf und ließ es in ihren Korb fallen, aus dem sie dann ein Dock Wäscheleine und eine große Schere holte.

»He, was soll das? Lassen Sie mich los!«, ächzte ich, weil mir einfiel, dass ich mal allmählich reagieren sollte. Währenddessen dachte ich darüber nach, ob Reitmüller wohl jetzt schon Lunte riechen würde. Immerhin war Frau Schiller seltsamerweise darauf *vorbereitet,* mich zu fesseln. Aber vielleicht wurden seine Fesseln ja regelmäßig erneuert …

Anton schleppte mich rückwärts zu einem Stuhl, dessen Sitzfläche mir in die Kniekehlen stieß, sodass ich mich automatisch hinsetzte. Ich wehrte mich halbherzig, konnte mich aber natürlich nicht befreien.

Frau Schiller band mich geschickt am Stuhl fest, und ich fragte mit der angemessenen – wie ich hoffte – Mischung aus Angst und Empörung in der Stimme: »Sind Sie verrückt? Was haben Sie vor?«

»Sie werden es schon früh genug erfahren. Sie sind einfach viel zu neugierig, Frau Luchs«, versetzte Frau Schiller.

Dann verließen sie und Anton den Raum. Der Schlüssel im Türschloss wurde energisch umgedreht. Von draußen drang sehr leises Gemurmel herein. Als ich mich umsah, wusste ich auch, warum man nichts verstehen konnte: Der Raum war ziemlich gut isoliert. Genau so, wie ich es von früher aus provisorischen Proberäumen kannte: dicke Styroporplatten und diese quadratischen Pappdinger für Eier. Ob hier mal eine Band geprobt hatte? Ein Fenster konnte ich nicht entdecken, vielleicht war eines hinter der Isolierung verborgen. Eine völlig verstaubte Glühbirne baumelte an einem Kabel herunter und verbreitete trübes Licht.

Ich blickte zu Reitmüller, der mich grimmig anstarrte. »Tut mir leid, dass ich Sie um Ihr Frühstück gebracht habe.«

Für einen Moment lang dachte ich, er müsste über meine absurde Bemerkung lachen, aber dann verfinsterte sich sein Gesicht wieder.

»Das dürfte mein allergeringstes Problem sein, werte Frau Luchs«, fauchte er. »Die Irre da draußen kann sich ihr dämliches Frühstück von mir aus in den Schritt schmieren.«

Das war der feine Herr Reitmüller, wie ich ihn kannte.

»Was geht denn hier vor sich?«, fragte ich. »Ich verstehe nicht, was das alles soll.«

»Immerhin sind heute diese beiden pompösen Tröten aus dem ersten Stock nicht dabei.«

Fast hätte ich gekichert – *pompöse Tröten,* also wirklich.

Ich hoffte, dass Erwin mittlerweile nebenan saß und alles aufzeichnete. Es war an der Zeit, mit der Befragung zu beginnen.

»Warum halten die Sie denn hier fest? Was meinte sie damit, ob Sie sie genauso umbringen wollen wie Herrn Lembeck?«

Prompt wich er meinem Blick aus. »Keine Ahnung. Die Alte spinnt. Die und die beiden anderen Clowns haben sich irgendwas zusammengesponnen. Die gehören in die Klapse, alle drei.«

Ich ließ einige Zeit verstreichen, dann sagte ich: »Wirklich? Haben sie das?«

Reitmüller musterte mich argwöhnisch. »Was wollen Sie damit andeuten?«

»Ich habe Ihren Knopf gefunden, Herr Reitmüller.«

Er glotzte mich mit offenem Mund an. Dann fasste er sich und sagte: »Toll. Na und?«

»Der Knopf lag zu Füßen der Leiche von Herrn Lembeck, als ich sie entdeckt habe. Und dann haben Sie den Knopf so verzweifelt gesucht … Einmal sogar mitten in der Nacht; ich habe Sie dabei gesehen. Ein bisschen viel Heimlichkeit für so ein läppisches, kleines Ding, finde ich. Das Sie ja angeblich bei unserem Kennenlerntreffen im Garten verloren haben wollen. Was nicht stimmt; ich erinnere mich genau, dass Ihre Knöpfe bei der Gelegenheit noch vollständig waren.«

»Sie sind ja genauso durchgeknallt wie die da draußen. Das ist doch alles Mumpitz. Ich frage mich, warum die Sie eingesperrt haben. Sie sollten lieber einen Club gründen. Den Club der Durchgeknallten.«

Ich fand, dass er so klang, als sei er selbst nicht so ganz überzeugt von seinen Worten.

»Durchgeknallt hin und her, die haben wohl nichts zu verlieren. Ich bin hier, weil ich die Polizei holen wollte, ist doch klar. Die wollen ein Geständnis von Ihnen, richtig? Weil sie sich als Helden feiern lassen wollen; immerhin haben sie dann einen Mörder überführt.«

»Und Sie? Was wollen Sie? Mich mit dem beknackten Knopf erpressen?«

Ich erlaubte mir ein wohldosiertes Schnauben. »Zu was sollte ich Sie denn wohl erpressen wollen?«

»Keine Ahnung. Vielleicht finden Sie mich ja scharf. Sie wären nicht die Erste, die sich Zuneigung zu erpressen versucht. So eine alleinstehende Frau mittleren Alters wie Sie, die schon länger keinen richtig guten Sex mehr hatte ... Da habe ich schon die dollsten Dinger erlebt. Schließlich bin ich nicht ganz unattraktiv.«

Für einen Moment war ich sprachlos und wusste nicht, ob ich lachen oder ihn wüst beschimpfen sollte. Meinte er das etwa ernst, dieser eitle Fatzke? Doch, genau das tat er – in seinem Gesicht war keine Spur von Ironie oder dergleichen zu entdecken.

Nicht einmal Häme. Er meinte es todernst.

»Dass ich allein lebe, hat ganz andere Gründe«, sagte ich leise und machte eine Kunstpause, so als müsse ich mich zum Weiterreden zwingen. Dann fuhr ich fort: »In meiner sehr frühen Jugend hatte ich engen – *sehr* engen – Kontakt zu einem wesentlich älteren Mann. Sie verstehen?«

Nein, er kapierte gar nichts, das sah ich ihm an. Also musste ich wohl etwas deutlicher werden.

»Dieser Mann hat mich ... nun ... in die körperliche

Liebe eingeführt. Davon träume ich noch immer. Kein Mann danach hat jemals diese intensiven Gefühle in mir auslösen können. Natürlich durfte damals niemand davon erfahren, denn die allermeisten Menschen verstehen diese ganz besondere, überaus kostbare Art von Liebe nicht. Ich war erst zwölf, als es begann, aber er schaffte es, dass ich mich wie eine erwachsene Frau fühlte. Es war unser Geheimnis.«

»Großer Gott, das ist ja ekelhaft. Warum denken Sie, dass mich das interessiert? Der Mann hat sich im Übrigen strafbar gemacht, das ist Ihnen hoffentlich klar.«

Ich lächelte ihn an. »Ich dachte, Sie zuallererst würden das verstehen, Herr Reitmüller. Mir ist nicht entgangen, wie Sie Harmony ansehen. Sie lieben sie.«

»Ja, wie eine *Tochter*«, blaffte er. »Sie sind ja vollkommen krank, mir so etwas zu unterstellen. Es ist nicht zu übersehen, dass Harmony mich nicht ausstehen kann.«

»So ging es mir anfangs auch. Es dauerte ein wenig, bis ich verstand, was ich da erleben durfte. Bald wird Harmony es auch verstehen. Und zu schätzen wissen.«

Er sah mich ungläubig an. »Moment mal – hat Harmony das etwa behauptet? Sie rennt in der Gegend herum und behauptet solche Dinge?«

»Sie hat sich mir *anvertraut,* Herr Reitmüller. Und sie hatte sich auch Marcel Lembeck anvertraut, oder?«

»Aber das ist eine Lüge! Dieses Mädchen ist zu allem imstande, um mich und Jeanette auseinanderzubringen. Sie wird alles tun, um ihre Mutter ganz für sich haben, das hat sie mir frech ins Gesicht gesagt.«

»Nein, Herr Reitmüller, sie ist verzweifelt und sucht Menschen, die ihr glauben. Was ihre Mutter ja offensichtlich nicht tut. Geschlafen haben Sie ja noch nicht mit ihr, das ist für die Kreuzfahrt geplant, nicht wahr? Als besonderes Geschenk für ihren Geburtstag.« Das Blut rauschte mir in den Ohren.

»*Das* hat sie Ihnen erzählt?« Seine Stimme klang schrill.

»Ich weiß sogar noch mehr. Ich weiß, dass es einen Film gibt, auf dem Sie zu sehen sind, wie Sie die arme Harmony bedrängen. Und ich weiß, dass Lembeck Sie mit dem Film konfrontiert hat und Sie beide in Streit geraten sind, was Lembeck leider nicht überlebt hat.«

Reitmüller geriet derart außer sich, dass er wie besessen an seinen Fesseln zerrte. In seinen Augen funkelte das dringende Bedürfnis, mir an die Gurgel zu gehen.

»Film? Was denn für ein Film?«, ächzte er. »Lembeck hatte keinen Film dabei, als er …« Er brach ab und fiel in sich zusammen, als ihm klar wurde, dass er sich verraten hatte. »Ist ja auch egal«, sagte er leise und holte tief Luft. »Dieser Kerl stand plötzlich vor meiner Tür und verlangte ein Gespräch. Es war schon mitten in der Nacht, also ließ ich ihn in die Wohnung, damit nicht das ganze Haus wach wird. Und dann behauptete er die gleichen Dinge wie Sie. Harmony müsse vor mir geschützt werden, und ich solle sie ab sofort in Ruhe lassen, sonst würde er mich bei der Polizei und beim Jugendamt wegen Missbrauchs anzeigen. Ich war wie vom Donner gerührt und bestritt es natürlich. Aber dieser Typ glaubte mir nicht und wurde immer aggressiver. Er fing an, mich herumzuschubsen. Natürlich wehrte ich mich irgendwann. Er stürzte unglücklich. Ich war … ich war überrascht, dass es kaum blutete.«

Den letzten Teil glaubte ich ihm aufs Wort. Dass er seine verbotene Zuneigung zu Harmony so hartnäckig abstritt, erstaunte mich allerdings. Immerhin hatte ich ihm doch den roten Teppich ausgerollt, damit er in mir jemanden sah, der ihn verstand.

»Warum haben Sie ihn auf die Bank gesetzt?«

»Ich … ich wusste schlicht nicht, was ich tun sollte. In meiner Wohnung lag ein toter Mann. Dann fiel mir ein, dass ich ihn schon öfter dort sitzen sehen hatte, wenn er zu viel getrunken hatte. Ich weiß nicht – irgendwie hatte ich gehofft, man würde denken, dass es ein Streit unter Betrunkenen gewesen sei oder so. Jetzt weiß ich, wie dumm das war. Und dann auch noch die Sache mit dem Knopf … Ich hätte sofort die Polizei rufen sollen.«

»Hat Jeanette Ihnen geholfen, die Leiche in den Hinterhof zu bringen?«

Reitmüller schüttelte den Kopf. »Natürlich nicht. Lembeck war klein und ziemlich leicht; das war kein Problem für mich. Sie ahnt gar nichts.«

Ja, dachte ich gallig, was wird wohl der größere Schock für sie sein: die Tatsache, dass du – wenn auch unabsichtlich – jemanden umgebracht hast, oder die Neuigkeit, dass du ihre Tochter mehr liebst als sie?

Noch immer zerbrach ich mir den Kopf, warum er es mir gegenüber so vehement bestritt. Aber dann wurde es mir klar: Das mit Lembeck würde auf gefährliche oder nur fahrlässige Körperverletzung mit Todesfolge hinauslaufen. Wenn er einen guten Anwalt hatte, würde er vielleicht sogar mit Notwehr davonkommen und als freier Mann aus der Verhandlung spazieren.

Kindesmissbrauch war da schon ein anderes Kaliber. Wenn er alles zugab, müsste er mit einer empfindlichen Strafe rechnen, und er würde zudem seinen Beruf verlieren.

Ich musste unbedingt diesen Film finden …

Draußen war es während der ganzen Zeit still gewesen, aber plötzlich hörte ich gedämpfte Stimmen. Die Tür wurde aufgeschlossen. Ich rechnete mit Frau Schiller oder Anton, aber ich hatte mich dramatisch getäuscht.

»So«, sagte Kommissarin Küpper schneidend, »jetzt ist hier mal Schluss mit dem Theater.«

Spontan war ich froh, am Stuhl festgebunden zu sein, denn sonst wäre ich wohl stante pede in Ohnmacht gefallen.

Dann wurde es schlagartig sehr voll in dem kleinen Raum: Uniformierte Beamte kamen herein, die unsere Fesseln lösten; dann gesellten sich zwei Sanitäter dazu, die sich um Reitmüller kümmerten.

Reitmüller wollte etwas sagen, aber die Kommissarin hob die Hand. »Stopp. Das können Sie mir auf dem Präsidium erzählen.« Sie wandte sich an die Beamten. »Mitnehmen. *Alle.* Auch Frau Schiller und den alten Herrn.«

Sie verließ den Raum, ohne mich eines Blickes zu würdigen.

Als sie mich an Erwin, der am Tisch gerade sein Equipment zusammenpackte, vorbeiführten, sagte er: »Ich musste Astrid informieren, Loretta. Es ging nicht anders.«

Er guckte schwer bedröppelt aus der Wäsche, und ich wusste, dass er sich diese Entscheidung wahrlich nicht leicht gemacht hatte. Also beschloss ich, großmütig zu sein.

»Schon gut«, erwiderte ich. »Hauptsache, du hast alles mitgeschnitten.«

Die nun etwas größere Karawane marschierte geräuschvoll die Treppe hinunter. Im Erdgeschoss stand Antons Frau in der Tür und musterte den Menschenauflauf mit unbewegtem Gesicht.

»Dat wird ja immer schöner«, sagte sie schließlich, »wann darf ich mein Gatte denn zurückerwarten?«

»Wenn wir mit ihm fertig sind«, erwiderte die Kommissarin.

Und damit war für den Moment eigentlich alles gesagt, fand ich.

Kapitel 26

Mitgegangen, mitgefangen, mitgehangen – wer mit der falschen Seite konspiriert, steht dumm da

Vor dem Haus blitzte es blau in der Morgensonne. Drei Polizeiwagen und ein Krankentransporter standen Schlange und blockierten den Verkehr. Die halbe Straße war zusammengelaufen und gaffte, wie wir aus dem Haus quollen: Frau Schiller, Anton und ich hatten jeweils einen Beamten an unserer Seite, der uns am Oberarm hielt und zu den diversen Einsatzwagen führte. Es folgten die Kommissarin, Erwin und zwei weitere Uniformierte, dann verließen die Sanitäter mit Reitmüller das Haus.

Ich als unbeteiligter Zuschauer hätte das sicherlich auch überaus faszinierend gefunden, aber auf der anderen Seite zu stehen und von Gaffern angeglotzt zu werden, gefiel mir ganz und gar nicht.

Jeanette Zwickel, die zusammen mit den Kaboleks vor unserem Haus stand, schrie auf, als sie Reitmüller sah, der von zwei Sanitätern gestützt wurde. Sie rannte los und stürzte sich mit solcher Vehemenz auf ihren vermissten Geliebten, dass die gesamte Gruppe ins Straucheln geriet, taumelnd um Gleichgewicht rang und sich schließlich der Schwerkraft geschlagen geben musste. Sie kollerten über die Wiese vor dem Haus, während im Publikum vereinzelt Applaus und Gelächter erklang. Als sie sich mühsam hochgerappelt hatten, waren längst zig Handys gezückt, um die Szenerie für die einschlägigen Internetmedien festzuhalten.

Ein Irrenhaus.

Ich fand mich zusammen mit Frau Schiller auf der Rückbank eines Streifenwagens wieder, während Anton in einen zweiten Wagen verfrachtet wurde. Erwin sprach mit der Küpper und zeigte auf die Kaboleks, woraufhin die Kommissarin zwei Beamte zu sich beorderte. Gemeinsam marschierten sie zu dem Ehepaar, das sichtlich erbleichte und synchron um jeden Schritt zurückzuweichen versuchte, den die Staatsmacht sich näherte. Irgendwann gaben sie auf und ließen sich mit hängenden Köpfen zum dritten Streifenwagen führen.

»Toll haben Sie das hingekriegt, Frau Luchs«, sagte Frau Schiller schmallippig. »Diese Blamage, vor den Augen der gesamten Nachbarschaft verhaftet zu werden, verdanke ich ganz allein Ihnen.«

Nein, die verdankst du eurer bescheuerten Idee, Reitmüller zu verschleppen, um ihn zu einem Geständnis zu zwingen, dachte ich, aber ich erwiderte: »Mein Freund Erwin hat das Richtige getan, als er die Polizei alarmiert hat. Außerdem sitze ich ebenfalls in diesem Auto, oder etwa nicht? Mir geht es also nicht besser als Ihnen.«

Damit sprach ich einen harten Fakt gelassen aus: Ich saß ebenfalls in diesem Streifenwagen und war *verhaftet.* Hatte ich ernsthaft gedacht, ungeschoren aus dieser Sache rauszukommen? Nein, nicht wirklich. Aber irgendwann waren die Ereignisse nicht mehr zu stoppen gewesen. Falsch – ich hatte mich selbst nicht mehr stoppen können.

Frau Schiller atmete heftig, und ich hoffte, sie würde nicht ohnmächtig werden. »Was passiert denn jetzt mit uns? Kommen wir ins Gefängnis? Man hat uns ja nicht einmal Zeit gelassen, ein paar Sachen einzupacken. Zahnbürste und so. Ein Nachthemd.«

Ich hatte keinen Schimmer, was passieren würde. Sie hatten zwar jemanden gegen seinen Willen festgehalten, aber Reitmüller war frei und unverletzt, außerdem hatte es keine Lösegeldforderung oder dergleichen gegeben. Diese Aktion hatte also nicht einer eventuellen persönlichen Bereicherung gedient. Ich nahm an, dass weder die Kaboleks noch Frau Schiller irgendwelche Vorstrafen hatten, außerdem hatten sie einen festen Wohnsitz, und man würde wohl nicht von Fluchtgefahr ausgehen. Vermutlich waren sie heute Abend schon wieder zu Hause und durften sich auf ein Verfahren freuen. Und ich ebenfalls.

»Wir werden jetzt befragt werden«, sagte ich. »Und ich rate Ihnen, die Wahrheit zu sagen, Frau Schiller. Es ist nämlich nicht lustig, wenn die Kommissarin sauer wird.«

»Ach, so gut kennt man sich? Dann sind Sie ja fein raus, nehme ich an.«

Ich hatte keine Lust, darauf zu antworten. Sollte sie doch denken, was sie wollte. Und ich würde sofort damit beginnen, nach einer neuen Wohnung zu suchen, das stand für mich in diesem Moment fest.

»Ich dachte, Ihr *sogenannter Freund* ist auf unserer Seite«, murmelte Frau Schiller, die sich offenbar unbedingt streiten wollte, »aber da haben Mitzi, Horst und ich uns von Ihnen wohl täuschen lassen.«

»Im Zweifel ist Erwin immer auf der Seite des Gesetzes, und das haben Sie durch Reitmüllers Entführung eindeutig gebrochen. Er hatte sich von mir breitschlagen lassen, bei der Sache mitzumachen.«

»Dann sollten Sie beim nächsten Mal genauer überprüfen, wen Sie ins Vertrauen …«

Sie brach ab, weil sich jetzt zwei Beamte vorne ins Auto setzten. Es ging los zum Präsidium.

Während der Fahrt dorthin schwiegen wir, während ich mir in den glühendsten Farben ausmalte, wie die nicht gerade für ihre Geduld bekannte Kommissarin Küpper wohl auf die krausen Argumente und Rechtfertigungsversuche der Amateur-Entführer reagieren würde. *Einer musste doch handeln, wenn die Polizei nicht dazu in der Lage ist, den Mörder zu schnappen. Sie sollten uns dankbar sein!*

Hatte ich in gnadenloser Selbstüberschätzung nicht auch schon ganz Ähnliches zur Kommissarin gesagt? Aber sicher hatte ich das. Und wie war ihre Reaktion gewesen? Verheerend.

Frau Schiller sah mich erstaunt an, als ich unvermittelt vor mich hin kicherte.

Sie würde heute noch ihr persönliches Armageddon erleben. Und danach vermutlich nie wieder ein Wort mit mir wechseln. Ein Grund mehr, die Wohnungsanzeigen zu studieren.

Im Präsidium wurden wir sofort auf verschiedene Räume verteilt, wie die Störenfriede in Schulklassen, die man auseinander setzt. Diese Maßnahme sollte natürlich verhindern, dass wir uns nicht untereinander absprechen konnten. Reitmüller konnte ich nirgends sehen – ob man ihn zur Beobachtung ins Krankenhaus gebracht hatte?

Dass man mich in Kommissarin Küppers Büro führte, überraschte mich nicht. Dass allerdings ein uniformierter Beamter an der Tür Aufstellung nahm, um mich gegebenenfalls an der Flucht zu hindern, war neu. Er hatte mich relativ barsch aufgefordert, auf dem Besucherstuhl vor dem Schreibtisch Platz zu nehmen, und war dann zum schweigsamen Zinnsoldaten erstarrt.

Während ich wartete, schien die Wanduhr von Minute zu Minute lauter zu ticken. Was dauerte denn da so lange? Der Beamte an der Tür starrte stur aus dem Fenster; er hatte ganz offensichtlich nicht die Order, mich mit einer munteren Plauderei zu bespaßen.

Ich begann mich zu langweilen.

Gerne wäre ich aufgestanden und ein wenig umhergegangen, aber ich traute mich nicht. Bestimmt hatte sie ihm erlaubt, mich zu erschießen, falls ich auch nur mit der Wimper zucken sollte. Verdammt, sie wollte mich weichkochen. Klassische Verhörtaktik: Mach den Verdächtigen mürbe, dann ist er Wachs in deinen Händen …

Ich war gerade dabei, sanft einzunicken, als sie endlich kam und den Türwächter wegschickte. Rasch setzte ich mich gerade auf den Stuhl, auf dem ich ein wenig zusammengesunken war.

Zunächst sagte sie nichts, sondern verbrachte mir endlos erscheinende Minuten damit, Akten und Papiere herumzuschieben und einzelne Schriftstücke zu überfliegen. Gut, sie wollte mir demonstrieren, wer die Fäden in der Hand hatte – pfff, als ob ich das nicht wüsste. Ganz blöd war ich ja nun auch nicht.

Schließlich schichtete sie alles zu einem Stapel, den sie auf die Seite legte. Dann zog sie ihr Handy heraus, aktivierte die Aufnahmefunktion und legte es zwischen uns auf den Schreibtisch.

»Befragung Loretta Luchs«, sagte sie, dann – endlich – sah sie mich an. »Frau Luchs, erzählen Sie mir bitte, was Sie mit diesem Schlamassel zu tun haben.«

Ich war irritiert. Ihre Stimme war verstörend sanft und gelassen. Normalerweise machte sie mich doch erst wortreich zur Schnecke, bevor wir überhaupt zum Thema kamen. Und jetzt behandelte sie mich wie eine x-beliebige Person, als würden wir uns nicht kennen.

»Frau Küpper, es ist nicht so, wie es aussieht …«

Sie grabschte das Handy vom Tisch, schaltete die Aufnahme ab und warf es wieder zurück auf ihre Schreibtischunterlage. Dann starrte sie mich bestimmt eine Minute lang so zornig an, dass mir angst und bange wurde.

Schließlich fauchte sie: »Zu Spielchen bin ich nicht aufgelegt, haben Sie verstanden? Können Sie nicht einfach mal auf meine Frage antworten, ohne auf Ihre nervtötende Art herumzueiern? Großer Gott, Frau Luchs, ich habe die Schnauze dermaßen voll von Ihnen.«

»Aber ich wollte doch nur …«

»Was? Was wollten Sie *doch nur?* Mir helfen? Ha!« Sie schnaubte und fuhr fort: »Ich will mir gar nicht ausmalen, was noch alles hätte passieren können, wenn Erwin mich nicht angerufen hätte! Und was finde ich vor? Absurd kriminelles Laientheater – und Sie natürlich mittendrin. Mittendrin! Mal wieder in geheimer Mission! Einen Mann entführen und ein Geständnis erpressen wollen – was haben Sie sich nur dabei gedacht?«

»Aber ich habe von der Entführung gar nichts gewusst! Bis gestern Abend jedenfalls nicht. Das waren meine verrückten Nachbarn.«

Sie musterte mich abschätzend und blaffte: »Die sind kein Stück verrückter als Sie, das ist Ihnen hoffentlich klar.«

»Ja, das ist mir allerdings klar, Frau Küpper, aber dieser Fakt tut nichts zur Sache. Und stellen Sie sich vor: Als ich von dieser Aktion erfuhr, habe ich sogar reagiert wie Sie, wenn Sie von meinen …«

»Damit wollen Sie mich doch nicht etwa besänftigen?«, fiel sie mir ins Wort. »So nach dem Motto: *Du und ich, wir sind doch auf einer Wellenlänge …?* Klappt nicht, das sage ich Ihnen gleich. Und ist zudem ziemlich armselig, Frau Luchs.«

»Aber zufällig die Wahrheit.«

»Interessiert mich nicht. Ich bin stinkwütend. Die gesamte Polizei sucht diesen Reitmüller, und der schmort auf dem Dachboden von diesem Taubenvatta vor sich hin – *ein Haus weiter.* Und Sie halten es nicht für nötig, mich umgehend darüber zu informieren. Das nehme ich Ihnen persönlich übel. *Sehr* übel.«

»Ich bin zu dem Schluss gekommen, dass es auf zwölf Stunden früher oder später auch nicht mehr ankommt.«

Ihre Brauen hoben sich. »Und das entscheiden Sie? Das wäre ja noch schöner. *Sobald* Sie Kenntnis von einer Straftat haben, informieren Sie gefälligst *sofort* die Polizei – und nicht erst dann, wenn Sie es für richtig halten.« Sie warf die Hände in die Luft und ließ sie wieder fallen. »Herrgott, warum muss ich Ihnen das erklären? Und habe ich das nicht erst letzte Tage getan? Als hätte ich es mit einer geistig Minderbemittelten zu tun. Immer wieder die gleiche Litanei, wenn wir uns hier gegenübersitzen. Das ist etwas, das mich über alle Maßen aufregt und gleichzeitig unendlich langweilt. Und ich mag diese Mischung nicht, verstehen Sie?«

»Ich … Sie haben ja recht, Frau Küpper. Ich war mit der Situation überfordert und habe falsch gehandelt. Das meine ich ernst. Aber ich konnte nicht mehr klar denken, glaube ich. Ich war ja auch der Meinung, dass Reitmüller Lembeck umgebracht hat. Und ich habe nach einer Möglichkeit gesucht, ihm die Tat nachzuweisen. Es gab ja nur Vermutungen und wertlose Beinahe-Indizien wie den Knopf – den er übrigens verloren hat, als er Lembecks Leiche in den Hof brachte. Das hat er mir erzählt, als ich …«

»Ja, ja, ich weiß. Ich habe zugehört, falls Sie das noch immer nicht kapiert haben.«

Dann hatte Erwin sie schon im Schlepptau gehabt, als er zu mir kam? Wo hatte sie sich versteckt? Hinter der Mülltonne? Also wirklich.

»Gut«, sagte ich, »dann haben Sie ja gehört, wie Lembeck zu Tode gekommen ist. Gern geschehen.«

Sofort ging sie an die Decke. »Werden Sie nicht unverschämt, Frau Luchs! Ich habe Ihre Frechheiten wirklich satt!«

»Entschuldigung. Aber was Reitmüller mir erzählt hat: Für mich klang das so, als wäre es nicht geplant gewesen, Lembeck umzubringen, sondern aus einem Streit heraus entstanden.«

»Jetzt verteidigen Sie ihn plötzlich?«

Ich schüttelte den Kopf. »Nein. Denn der Grund für diesen Streit ist ja, dass Lembeck ein Druckmittel gegen ihn in der Hand hatte: den Film, der ihn als Kinderschänder entlarvt hätte.«

Kommissarin Küpper lehnte sich im Stuhl weit zurück und kniff die Augen zusammen. »Damit kommen wir zu einem interessanten Punkt: Was hat es mit diesem ominösen Film auf sich?«

»Er ist auf einem Datenstick. Und zeigt, wie er Harmony, die Tochter seiner Lebensgefährtin, belästigt. Lembeck hatte irgendetwas mit dem Computer des Mädchens angestellt, um das zu filmen.«

»Woher wissen Sie das?«

»Harmony hat es mir erzählt. Sie wohnt ebenfalls bei uns im Haus, in der Wohnung neben der von Reitmüller. Er lernt immer mit ihr, während ihre Mutter nicht zu Hause ist. Harmony hat sich mir anvertraut; sie ist vollkommen verzweifelt. Die Sache ist die: Vorher hatte sie Lembeck alles erzählt; er wollte ihr helfen und hat Reitmüller damit konfrontiert.«

»Ach, deshalb also Ihr Gefasel von dem älteren Mann, der Sie angeblich in die Wonnen der Liebe eingeführt hat?« Sie grinste spöttisch. »Plumpe Küchentischpsychologie – damit wollten Sie wohl eine Vertrauensbasis zwischen sich und Reitmüller schaffen, wie? Hat ja offensichtlich nicht geklappt.«

»Ist doch klar wie Kloßbrühe, warum er alles abgestritten hat: Lembecks Tod, das ist doch allenfalls fahrlässige Tötung, wenn überhaupt. Aber *nachgewiesener* Kindesmissbrauch? Der Mann ist Lehrer! Der kann nach Taka-Tuka-Land auswandern, wenn das publik wird. Aber …«, ich machte eine Kunstpause und fuhr dann fort, »wo der Stick ist, den Lembeck hatte, weiß ich nicht. Vielleicht in Reitmüllers Wohnung, vielleicht hat er ihn entsorgt, was ich für wahrscheinlicher halte. Es gibt aber noch eine Kopie davon. Harmony sagt, sie habe sie auf Antons Dachboden versteckt. Diesen Stick wollte ich übrigens suchen, als ich gestern Reitmüller dort entdeckt habe.«

»Wieder einmal, Frau Luchs: *Sie* wollten den Stick suchen, anstatt uns zu informieren. Bravo.«

Herrgott – wie oft denn noch? Aber sie hatte ja recht, und das fuchste mich ungemein. Durch ihre vollkommen berechtigte Reaktion hielt sie mir den Spiegel vor; das war nicht gerade angenehm.

»Ich weiß, das war ein Fehler, Frau Küpper. Aber: Finden Sie den Stick. Schicken Sie ein paar Leute auf den Dachboden und ein paar in Reitmüllers Wohnung, nur zur Sicherheit. Wenn Sie den Film haben, kann er zur Verantwortung gezogen werden.«

Ich konnte nur hoffen, dass ich genauso beschämt aussah, wie ich mich gerade fühlte.

Aber ihrem Gesicht war nichts anzusehen, als sie sagte: »Wie gut, dass Sie mir meinen Beruf erklären, Frau Luchs. Ich wüsste ja sonst nicht, welche Maßnahmen ich einzuleiten habe, um Verbrecher zu schnappen. Bitte gehen Sie einen Moment raus und warten Sie dort.«

Ich ging vor die Tür und wusste genau, was sie während meiner kurzen Abwesenheit tun würde: Exakt die Dinge anordnen, die ich ihr gerade genannt hatte.

Und es wäre ihr unerträglich gewesen, wenn ich ihr dabei zugehört hätte.

Kapitel 27

Wenn Loretta gedacht hat, nun sei alles geklärt, so muss sie feststellen, dass sie sich getäuscht hat

Am frühen Nachmittag durfte ich gehen, nachdem meine Aussage zu Protokoll genommen worden war.

Ich nahm mir ein Taxi nach Hause, zog mich um und stieg dann ins Auto, um zu Frank zu fahren. Ich wollte mich vor dem Kiosk in die Sonne setzen und in Ruhe über alles nachdenken. Erst jetzt merkte ich, wie erschöpft ich war.

Zu meiner Überraschung – und Erleichterung – waren die drei Oppas nicht da; ihr Gequatsche hätte ich nur schwer ertragen können.

»Ach, kuck ma, wer da kommt«, rief Frank fröhlich aus seinem Verkaufsfenster, »kommse rein, könnse rauskucken!«

Ich winkte ab. »Ich brauche frische Luft, und zwar viel davon. Ich setz mich auf die Bank, ja?«

»Hab schon gehört, wat heute los war.« Frank feixte. »War ganz schön Halligalli, wat? Wat wollze trinken? Kakao? Krossong dazu? Hab noch eins mit Schokolade.«

»Nee. Zu warm für Kakao. Croissant nehme ich. Und irgendwie ist mir nach Apfelsaft.«

»Sehr wohl, Madame.« Franks grinsender Kopf verschwand aus dem Fenster.

»Hast du was gegen Gesellschaft?«, fragte eine mir wohlbekannte Männerstimme aus dem Inneren des Kiosks.

Damit war auch sonnenklar, woher Frank Bescheid wusste.

»Komm raus, wenn du dich traust!«, rief ich zurück, und Sekunden später trat Erwin aus der Tür. Er reichte mir eine kleine Flasche Apfelsaft und das Croissant, das lose in eine Serviette eingeschlagen war.

Dann setzte er sich neben mich. Er schwieg, während ich langsam und genüsslich das Croissant aß und kleine Schlucke von dem Saft trank. Erst, als ich mir die Hände mit der Serviette abwischte, fragte er: »Noch sauer auf mich?«

»Bin ich nicht und war ich auch nie. Du hast getan, was du tun musstest.« Ich kicherte und fügte hinzu: »Frau Schiller ist allerdings ganz anderer Meinung.«

»Frau Schiller hat einen Sockenschuss. Und diese beiden anderen Gestalten in den Kitschklamotten ebenfalls. Mich hat beinahe der Schlag getroffen, als ich die beiden heute Morgen dort hocken sah.«

»Ich bin sie ja dann erst mal losgeworden.«

Er schnaubte. »Trotzdem bin ich mir auf dem Dachboden vorgekommen wie in der Amateurvolkstheater-Version eines Verbrechens. Diese Hausfrau! Und dieser Taubenvatta!«

»Nichts gegen Anton. Der wollte nur helfen. Anton ist derart stoisch …«

»Wie auch immer. War es schlimm bei Astrid?«

»Zuerst war sie ruhig, aber nur kurz. Dann ist sie zu ganz großer Form aufgelaufen. Mann, die hat mir Dinge vor den Latz geknallt … Ich bin schon lange nicht mehr so beleidigt worden. Obwohl, doch: Reitmüllers Beleidigungen waren heftiger, weil er mich als Frau angegriffen hat.«

Frank kam aus dem Kiosk und hockte sich auf einen Klappstuhl. Er hatte die letzte Bemerkung mitbekommen, denn er warf ein: »Dat Arschloch verrottet hoffentlich im

Knast. Frauenhasser und Kinderschänder – dat sind mir die liebsten. Und der Heiopei is gleich beidet.«

»Apropos«, sagte Erwin, »bei dieser Sache mit dem Film hat er ja hartnäckig gemauert, das hat mich überrascht.«

»Mich auch zuerst. Aber ich denke, er hofft, mit fahrlässiger Tötung davonzukommen.« Ich zuckte mit den Schultern. »Solange man ihm die Sache mit Harmony nicht nachweisen kann …«

»Wir müssen diesen Film finden.«

»Die Polizei ist schon dabei, den Dachboden auf links zu krempeln. Und Reitmüllers Wohnung.« Plötzlich fiel mir etwas ein, und ich klatschte mir mit der Hand vor die Stirn. »Ich bin ja so eine Idiotin!«

»Erzähl mir ma wat Neuet!«, krähte Frank und gackerte.

Grinsend holte ich mein Handy raus und wählte Harmonys Nummer.

Sie hob sofort ab. »Hallo, Loretta!«

Sie klang sehr glücklich. Im Hintergrund hörte ich Stimmen anderer Leute und rauschenden Straßenverkehr. Sie war unterwegs.

Unwillkürlich hob ich die Stimme. »Harmony, du musst mir mal schnell helfen: Wo genau auf dem Dachboden hast du den Datenstick versteckt?«

Kurze Stille, dann: »Wieso willst du das wissen? Der blöde Arnie ist doch im Gefängnis, oder? Wir brauchen den Film nicht mehr.« Sie lachte fröhlich.

Kinder, tss … wenn es so einfach wäre … »Doch, Harmony, die Polizei braucht den Stick unbedingt.«

Eine kleine Weile hörte ich nur die Hintergrundgeräusche, dann blaffte sie: »Ich erinnere mich aber nicht mehr, okay? Und es ist mir auch egal.«

Nanu – wohin war ihre gute Laune verschwunden? Nicht nur das: Plötzlich war die Leitung tot.

Ich starrte verdutzt auf mein Handy. »Sie hat einfach aufgelegt!«

»Was hat sie denn gesagt?«, fragte Erwin.

Er und Frank sahen mich neugierig an.

»Dass sie sich nicht mehr erinnert, wo sie den Stick versteckt hat«, sagte ich, »und dass es ihr egal ist, weil Reitmüller ja jetzt weg ist. Sie klang richtig sauer. Und dann hat sie einfach aufgelegt.«

»Wat? Dat is aber merkwürdich, oder? Weil, der Film würde doch beweisen, dat der Reitmüller se angetatscht hat. Dat fand se doch so scheiße, dat ihr dat keiner geglaubt hat. Vor allem ihre Mutter nich.«

Erwin nickte langsam. »Frank hat recht. Ihr Verhalten ist allerdings ungewöhnlich. Der Film wäre doch ihr finaler Triumph über Reitmüller, die perfekte Rache. Sie muss das Versteck sehr sorgfältig ausgewählt haben. Kaum zu glauben, dass sie sich nicht mehr daran erinnert …«

Erwin hatte recht: Harmony müsste begierig sein, dass der Film gefunden wird. War sie aber nicht. Sie hatte doch so darunter gelitten, dass ihre Mutter sie für eine Lügnerin hielt. Gerade vor Jeanette könnte sie sich damit rehabilitieren … Moment: Es sei denn, sie *war* eine Lügnerin.

Mir wurde plötzlich eiskalt. »Erwin … als ich dir vor ein paar Tagen zum ersten Mal davon erzählt habe, dass Harmony von Reitmüller belästigt wird, hast du mich gewarnt, dass Teenager auch sehr manipulativ sein können. Ich mag es gar nicht laut aussprechen, aber … hat sie mich etwa benutzt, um Reitmüller loszuwerden? Und Lembeck ebenfalls? Oh Gott, mir ist ganz schlecht.«

»Wat?«, rief Frank entgeistert. »So 'n kleinet Mädchen soll sowat machen?«

»Sie ist fast vierzehn«, erwiderte Erwin nachdenklich. »Ich will ja nicht schon wieder von meiner beruflichen Praxis anfangen, aber ja, derartige Dinge habe ich erlebt.«

Ich sprang auf. »Ich muss mit Harmonys Mutter sprechen. Sofort. Frank, ich zahle, wenn ich das nächste Mal hier bin, okay?«

»Lass ma stecken, hömma!«, rief er mir hinterher. »Geht aufs Haus, nee, aufs Büdchen!«

Ich winkte aus dem Seitenfenster, startete den Wagen und fuhr los. Es war höchste Eile geboten.

Ich hoffte inständig, dass ich Jeanette Zwickel zu Hause antreffen würde. Dass Harmony nicht da war, wusste ich vom Telefonat.

Als ich in unsere Straße einbog, sah ich ihr Auto am Bordstein stehen. Ich parkte dahinter und zog mein Handy heraus, dann wählte ich Kommissarin Küppers Nummer. Tatsächlich nahm sie das Gespräch an.

»Küpper.«

»Hier ist Loretta Luchs. Haben Ihre Leute auf dem Dachboden den Film gefunden?«

Seufzen, dann: »Fragen Sie mich nach dem Stand der Ermittlungen?«

»Nein … ja … Ich habe einen Grund für diese Frage: Ich habe vorhin mit Harmony telefoniert, um herauszufinden, wo sie den Stick versteckt hat. Hätte ich auch gleich drauf kommen können, aber besser spät als nie …«

»Bitte kommen Sie zur Sache, ich habe nicht ewig Zeit.«

»Okay. Sie sagt, sie erinnert sich nicht. Und es sei ihr

auch egal, weil Reitmüller ja jetzt endlich weg sei. Und ich frage mich, ob es den Film überhaupt jemals gegeben hat. Und in nächster Konsequenz, ob es den Missbrauch gibt.«

»Sie meinen, sie hat sich alles ausgedacht?«

»Könnte sein, ich weiß es nicht.«

Sie lachte leise. »Das würde natürlich erklären, warum meine Männer stundenlang ergebnislos hinter jeder Spinnwebe, in jeder vermaledeiten Ritze und unter jeder Schindel dieses Dachbodens gesucht haben. Danke für die Info.«

Zack – aufgelegt.

Auch dir danke für die Info, dachte ich. In Reitmüllers Wohnung nichts zu finden, hätte nichts ausgesagt. Aber der Dachboden hatte eine andere Bedeutung. Ich war sicher, dass die Beamten überall sehr sorgfältig nachgesehen hatten. Es lag nahe, dass es dort nie einen Stick gegeben hatte.

Ich stieg aus dem Auto und ging ins Haus.

Jeanette Zwickel erstarrte, als sie mich vor ihrer Tür stehen sah. Schweigend blickte sie mich an.

»Guten Tag, Frau Zwickel. Bitte, darf ich hereinkommen? Es ist sehr wichtig.«

Sie zögerte, dann gab sie sich einen Ruck. »Also gut. Ich bin sehr gespannt, was Sie mir zu sagen haben.«

Ja, das wäre ich an ihrer Stelle auch. Ob Reitmüller ihr von unserem Gespräch im geheimen Zimmer des Dachbodens erzählt hatte? Immerhin dürfte ich dann für sie nicht zu den Entführern ihres Geliebten gehören.

Sie trat einen Schritt zurück, und ich ging an ihr vorbei ins Wohnzimmer. Die Einrichtung aus hellem Holz war schlicht, aber gemütlich, und sie hatte eindeutig ein Händchen für dekorative Details. Etliche große Zimmerpflanzen trugen zusätzlich dazu bei, dass ich mich spontan wohlfühlte.

»Schön haben Sie's«, sagte ich.

»Da bin ich aber froh, dass es Ihnen gefällt«, erwiderte sie spöttisch. »Setzen Sie sich doch. Kaffee?«

»Nein, vielen Dank.«

»Aber ich hole mir einen.« Sie verschwand kurz in der Küche, dann nahm sie mir gegenüber am Tisch Platz. Sie musterte mich über den Tassenrand, während sie am Kaffee nippte.

»Frau Zwickel«, sagte ich schließlich, »ich weiß nicht, wo ich beginnen soll ...«

»Worum geht es denn überhaupt?«

»Zunächst einmal bin ich froh, dass Ihr Partner wohlbehalten aufgefunden wurde.«

Sie stieß ein schnaubendes, freudloses Lachen aus. »Tja, wer hätte gedacht, dass meine lieben Nachbarn ihn verschleppt haben? Darauf wäre ich in tausend kalten Wintern nicht gekommen. Ich dachte ...«, sie zuckte mit den Schultern, »ach, ich weiß auch nicht, was ich dachte. Es war furchtbar, nicht zu wissen, wo ...«

Sie brach ab. Vermutlich war ich nicht ihre erste Wahl, wenn es darum ging, ihre Gefühle zu teilen.

»Ich möchte mit Ihnen über Harmony sprechen, wenn Sie gestatten.«

Jeanette Zwickel sah mich überrascht an. »Hammenie? Was ist mit ihr?«

»Wie hat sie sich verhalten, als Herr Reitmüller verschwunden war?«

»Sie hat sich rührend um mich gekümmert.« Ein leichtes Lächeln flog über ihr Gesicht und machte ihre angespannten

Züge für einen Moment lang ganz weich. »Plötzlich hatte ich mein liebes kleines Mädchen zurück. In letzter Zeit war es mit ihr sehr kompliziert.«

»Sie mag Ihren Partner nicht, richtig?«

»Nicht mögen? Das ist noch gestrunzt. Sie … ich muss leider sagen, dass sie alles versucht, um uns auseinanderzubringen. Er hat wirklich eine Engelsgeduld mit ihr. Ich an seiner Stelle hätte schon längst das Weite gesucht.«

Okay, jetzt wurde es heikel: Ich musste ihr sagen, was Harmony mir anvertraut hatte – oder aber nur behauptet hatte, ohne dass es stimmte.

»Frau Zwickel, Harmony hat mir erzählt, dass sie von Ihrem Partner belästigt wird.«

Ich hatte gedacht, sie würde sich aufregen, aber ich täuschte mich gewaltig. Sie legte die Hände vors Gesicht und stöhnte.

Dann sah sie mich offen an. »Ihnen hat sie das auch erzählt? Sie können sich nicht vorstellen, wie peinlich mir das ist. Ich kann Ihnen *schwören,* dass es nicht stimmt.«

»Bei allem Respekt: Wie können Sie so sicher sein?«

»Vorweg: Ich glaube Ihnen, Frau Luchs, dass Sie sich ernsthaft Sorgen um Hammenie machen. Nur deshalb werde ich Ihnen erzählen, warum ich sicher bin.« Sie seufzte und fuhr fort: »Auch mir gegenüber hat sie es behauptet. Natürlich neige ich als Mutter dazu, meinem kleinen Mädchen zu glauben. Ich meine, man kann Menschen ja nur vor den Kopf gucken. Was, wenn es stimmt und Arnie meine Abwesenheit ausnutzt? Also beschloss ich, mir Gewissheit zu verschaffen. Ich weiß, dass sie immer hier am Tisch sitzen, wenn Arnie mit ihr lernt, denn er vermeidet es peinlich, ihr Zimmer zu betreten, weil er ihr zeigen will, dass er ihre Privatsphäre respektiert. Also habe ich sie beobachtet. Natürlich, ohne dass einer der beiden davon wusste, sonst wäre es ja sinnlos gewesen.«

Natürlich. »Darf ich fragen, wie Sie das gemacht haben?«

Sie nickte, stand auf und ging zu einem Regal, das schräg hinter mir an der Wand stand. Ungefähr in Kopfhöhe zeigte sie auf eine kleinblättrige Topfpflanze, deren Ranken üppig sprossen. »Hier habe ich eine winzige Kamera versteckt, die auf den Tisch gerichtet ist. Wenn ich sie aktiviere, schickt sie mir alle paar Minuten ein Foto aufs Handy. Und unter Tausenden Fotos war nicht ein einziges, das auch nur im Ansatz zweideutig gewesen wäre, Frau Luchs.«

»Haben Sie die Bilder noch? Die Polizei wird sich ganz bestimmt dafür interessieren. Immerhin geht es für Herrn Reitmüller um einiges.«

»Ja. Alle Fotos sind auf einer externen Festplatte gespeichert.« Sie seufzte schwer. »Ich habe mich furchtbar damit gefühlt, Beweise gegen meine Tochter zu sammeln. Ich weiß nicht mehr, was ich mit dem Mädchen noch machen soll. Ich habe wirklich viel Verständnis für sie, aber dieses ganze Unheil, dass sie dadurch angestiftet hat …« Sie schlug die Hände vors Gesicht und begann zu weinen. »Ihretwegen ist der arme Herr Lembeck tot«, wimmerte sie, »ich bin so verzweifelt …«

»Sie wissen darüber Bescheid?«

Sie ließ die Hände sinken und nickte. »Arnie hat mir alles gebeichtet. Vorhin, auf dem Weg zum Krankenhaus. So viel Unglück … Ich schäme mich so …«

»Frau Zwickel, Harmony braucht fachliche Hilfe.«

Sie sah mich erschrocken an, aber sie wusste vermutlich, dass ich recht hatte.

So, wie ich Harmony erlebt hatte, hatte sie mich geschickt und gezielt manipuliert, um Reitmüller anzuschwärzen, wobei ihr die Konsequenzen ihres Handelns offenbar völlig egal waren. In kleinen Dosierungen hatte sie Informationen fallen lassen, die dadurch umso glaubwürdiger erschienen waren. Sie handelte tatsächlich wie eine klassische Psychopathin, ohne Empathie für ihre Opfer. Selbst Lembecks Tod hatte sie für ihre Pläne benutzt.

Mit ihren dreizehn Jahren war sie strafunmündig – aber wofür wäre sie auch zu bestrafen gewesen? Für ihre Lügen?

Wir zuckten beide zusammen, als plötzlich Jeanette Zwickels Festnetzanschluss klingelte. Schweren Schrittes ging sie zum Telefon und hob ab.

Sie nannte ihren Namen, dann lauschte sie und sagte schließlich: »Ja, kommen Sie vorbei. Harmony muss auch jeden Moment da sein. Bis gleich.«

Sie legte auf und sah mich an, Panik im Blick. »Diese Kommissarin Küpper ist auf dem Weg zu mir. Sie will mit mir sprechen.«

Im Stillen dankte ich der Küpper dafür, dass sie Jeanette Zwickel nicht aufs Präsidium zitiert hatte, sondern in ihrer gewohnten Umgebung mit ihr reden wollte.

»Erzählen Sie ihr alles, was Sie mir auch gerade erzählt haben. Geben Sie ihr die Festplatte. Sie wird wissen, was wegen Harmony zu tun ist und wo Ihrer Tochter geholfen werden kann. Vertrauen Sie ihr.« Ich stand auf und fuhr fort: »Ich gehe jetzt, damit Sie sich auf das Gespräch vorbereiten können. Wenn Sie Redebedarf haben, wissen Sie, wo Sie mich finden.«

»Danke«, flüsterte sie, als ich an ihr vorbei zur Wohnungstür ging.

Langsam stieg ich die Treppe hinunter. Das Gespräch hatte mich mitgenommen. Jeanette Zwickel tat mir leid. Gerade wollte ich meine Tür aufschließen, als ich Harmony unten hereinkommen hörte. Sie summte fröhlich vor sich hin und hüpfte die Stufen hoch.

Als sie mich sah, stutze sie kurz, strahlte aber dann über das ganze Gesicht und warf mir die Arme um den Hals. Sie schmiegte sich an mich, dann trat sie einen Schritt zurück. Mit rosigen Wangen und blitzenden Augen sagte sie: »Loretta, ich bin so froh! Endlich bin ich wieder alleine mit Mutti, und der blöde Arnie kann mich nicht mehr quälen!«

»Nein, das kann er nicht mehr«, erwiderte ich lahm.

»Ich muss hoch, Mutti wartet. Aber vielleicht komme ich später vorbei und spiele ein bisschen mit Baghira. Darf ich?«

»Nun …«, begann ich, aber sie wartete meine Antwort gar nicht ab und rannte nach oben.

Am Treppenabsatz verschwand sie aus meinem Blickfeld. Ich hatte das dumpfe Gefühl, dass ich sie gerade zum letzten Mal gesehen hatte.

Ich ging in meine Wohnung und überlegte kurz, dann wählte ich die Nummer der Kommissarin.

»Loretta Luchs hier«, sagte ich, als sie abhob. »Hören Sie mir bitte kurz zu: Ich war oben bei Frau Zwickel, als Sie bei ihr anriefen. Ich weiß also, dass Sie auf dem Weg zu ihr sind. Mittlerweile steht fest, dass Harmony gelogen hat. Es gibt keinen Missbrauch; sie hat alles nur erfunden, um Arnold Reitmüller loszuwerden, und damit die unglückseligen Ereignisse in Gang gesetzt, die Lembeck das Leben gekostet haben. Frau Zwickel hat Beweise dafür, dass die Behauptungen des Mädchens falsch sind, denn sie hat die beiden heimlich mithilfe einer versteckten Kamera beobachtet.«

»Wen? Lembeck und Harmony?«

»Nein – *Reitmüller* und Harmony, natürlich. Ich … äh, ich wollte, dass Sie alle Informationen haben, bevor Sie in dieses Gespräch gehen.«

»Ist Harmony zu Hause?«

»Ja, sie ist gerade eben hochgegangen. Wer ist denn für sie zuständig? Ich meine, sie braucht doch Hilfe, oder?«

»Vielen Dank, Frau Luchs. Ich kümmere mich um alles Weitere.«

Damit legte sie auf.

Immerhin – sie hatte mich nicht zusammengestaucht.

Kapitel 28

Ende gut, alles gut? Nicht so ganz …

Ich war wie erschlagen. Selten hatte ich mich derart niedergeschlagen gefühlt, nachdem ein Fall endlich aufgeklärt war.

Erwin musste Bescheid wissen. Ich griff zum Telefon und wählte seine Nummer. Als ich seine vertraute Stimme hörte, begann ich zu weinen.

»Loretta?«, fragte er erschrocken. »Was ist passiert?«

»Eeee-heeer-herwiiin«, stammelte ich schluchzend, »es waa-haar alles geloo-hegeeeen! Haaa-haaa-mony … sie …« Ich konnte nicht weitersprechen.

Er schaltete sofort. »Mein Täubchen hat gleich Feierabend. Wir kommen vorbei. Hast du Hunger?«

»Dööö-hööö-höö …«

»Verstanden: Döner«, fiel er mir ins Wort, um die Sache abzukürzen. »Alles klar. Bis gleich.«

Er hängte auf, und ich fühlte mich schon etwas besser, heulte noch ein bisschen, dann wusch ich mir das Gesicht und schaltete den Wasserkocher an. Ich wusste, dass Doris nach der Schicht gerne ein Tässchen Tee trank.

Das Auto der Kommissarin parkte mittlerweile vor dem Haus, und mir war klar, dass es in der Wohnung über mir gerade zur Sache ging. Wie würde Harmony wohl darauf reagieren, dass sie als Lügnerin entlarvt war? Ich wusste nicht, wen ich mehr bedauern sollte: das Mädchen oder die Mutter.

Ich stand am Fenster, als Erwins Auto vorfuhr. Mir ging das Herz auf, als ich meine Freunde aussteigen sah. Sie waren wunderbare Menschen ohne Hinterlist, aufrichtig und warmherzig, genau wie Frank, Bärbel und Isolde, ganz zu schweigen von Diana und Okko. Auf alle konnte ich mich jederzeit unbedingt verlassen. Und zwar blind. Mir war in diesem Moment bewusster denn je, wie viel Glück ich mit ihnen hatte.

In der Tür zog mich Doris sofort an ihren mütterlich wogenden Busen und murmelte: »Mein armes Püppchen … du musst ja vollkommen fertig sein.«

Ich nickte schniefend und war insgeheim froh, dass die Dramatik der aktuellen Wendungen mich vielleicht davor bewahren würde, dass ich von ihr eine Strafpredigt zu hören bekam. Immerhin hatte ich ihren Erwin mal wieder dazu überredet, mir bei meinen Ermittlungen zu helfen, obwohl ich bei allen Heiligen geschworen hatte, es nie wieder zu tun.

Auch sie und Erwin hatten sich etwas zu essen mitgebracht, und so saßen wir gemütlich um den Tisch herum und mampften fettiges Zeug – belauert von Baghira, der uns unter dem Tisch leise maunzend um die Beine strich.

Als Erwin beinahe fertig war, fragte er: »Harmony hat sich also tatsächlich alles nur ausgedacht?«

Ich nickte mit vollem Mund.

»Herrje, lass Loretta doch erst mal in Ruhe aufessen.« Doris schüttelte missbilligend den Kopf. »Kaum vorstellbar, dass ein dreizehnjähriges Mädchen so viel Unheil stiften kann. Was mag in ihrem Kopf nicht stimmen? Das arme Ding.«

Ich hatte den letzten Bissen gekaut und spülte ihn eilig mit einem Schluck Tee runter. Dann sagte ich aufgebracht: »Wohl eher der arme Marcel Lembeck. Der ist nämlich *tot,* weil Harmony ihn für ihre Pläne eingespannt hat. Sie hat ihn auf Reitmüller gehetzt. Und als Lembeck tot war, hat sie *mich* benutzt, oder etwa nicht?«

»Kein Grund, mich anzupflaumen, Herzchen«, gab Doris gelassen zurück. »Ich verstehe ja, dass du wütend bist. Ich meine ja nur, dass das arme Mädchen ziemlich verkorkst sein muss.«

Ich seufzte und spürte, dass mir erneut Tränen in die Augen stiegen. »Ich bin gar nicht mal wütend. Ich bin unglaublich enttäuscht. Und verletzt. Ich habe mir echte Sorgen um sie gemacht und mir tagelang den Kopf zerbrochen, wie ich sie aus den Klauen des schmierigen Kinderschänders befreien kann. Und sie hat sich ins Fäustchen gelacht, weil ich so dämlich war, auf sie reinzufallen.«

»Aber das Gute ist doch, dass Reitmüller rehabilitiert ist«, sagte Erwin, »und zwar sogar noch, bevor diese Vorwürfe öffentlich wurden. Natürlich gibt es viel zu viel Missbrauch, und die Strafen dafür können meiner Meinung nach gar nicht hart genug sein. Aber es werden auch nicht wenige Männer zu Unrecht beschuldigt und dadurch vollkommen ruiniert, weil davon immer etwas haften bleibt. Denk an diese Anzeige zum Beispiel, die es mal gegen Reitmüller gab. Gut vorstellbar, dass Schülerinnen sich in ihn verknallen, und sich rächen wollen, wenn sie zurückgewiesen werden.«

»Oder von ihm so unverschämt beleidigt werden wie ich«, fauchte ich.

»Vielleicht hat er sich von dir in die Enge getrieben gefühlt«, erwiderte Erwin. »Das entschuldigt natürlich in keiner Weise seine Beleidigungen. Aber es könnte sein, dass es in ihm tobte, weil er Lembeck getötet hatte. Und das unabsichtlich! Und warum? Weil der ihn wegen der Behauptungen des Mädchens angriff. Reitmüller wusste also, was

Harmony über ihn erzählte. Und dann tauchst du auf, und das Mädchen sucht deine Nähe. Er muss panische Angst davor gehabt haben, dass du deswegen Alarm schlägst. Also geht er in seiner Hilflosigkeit auf dich los und versucht, dich zu vertreiben. Nicht sehr klug, wenn man seine Situation bedenkt.« Er lachte leise und fügte hinzu: »Du bist stark, Loretta. Du steckst das locker weg.«

»Im Moment fühle ich mich überhaupt nicht stark. Ganz im Gegenteil. Ich bin total fertig.«

Doris beugte sich vor und tätschelte meine Hand. »Kein Wunder, Herzchen. Bei all der Aufregung in den letzten Tagen. Aber weshalb bist du jetzt so sicher, dass Harmony gelogen hat?«

Ich berichtete ihnen von der versteckten Kamera. »Beinahe jede Minute, die Reitmüller und Harmony zusammen verbracht haben, ist dokumentiert. Laut Jeanette Zwickel hat er Harmonys Zimmer niemals betreten – es sei denn, er hätte sich nachts zu ihr geschlichen. Aber davon war nie die Rede. Harmony hat behauptet, er hätte sie stets während des gemeinsamen Lernens befummelt.«

»Aber jetzt ist es ja endlich vorbei«, sagte Doris. »Alles ist aufgeklärt.«

Vorbei? Noch längst nicht. In diesem Haus war ich umzingelt vom kompletten Ensemble, und mir graute davor, weiterhin mit diesen Menschen unter einem Dach zu leben.

Es klingelte, und vor meiner Wohnungstür stand Kommissarin Küpper. »Haben Sie ein paar Minuten?«, fragte sie.

Ich nickte. »Kommen Sie rein. Ich habe Besuch, aber der will bestimmt auch hören, was Sie zu sagen haben.«

Sie erstarrte kurz, und ich fügte hinzu: »Kommen Sie schon. Sie werden sich freuen, versprochen.«

Sie folgte mir zögernd, lächelte aber, als sie Doris und Erwin sah.

»Kind!«, rief Doris. »So lange haben wir uns nicht gesehen! Komm, setz dich zu uns.«

Lustig, dass die taffe Kommissarin von Doris *Kind* genannt wurde. Hoffentlich musste sie mich nicht erwürgen, weil ich es gehört hatte.

Die Kommissarin schüttelte den Kopf. »Ich habe wirklich keine Zeit, leider. Ich wollte mich nur noch mal bei Frau Luchs bedanken.« Sie wandte sich mir zu. »Dass Sie mich vor dem Gespräch mit Frau Zwickel und vor allem mit Harmony informiert haben, hat es mir tatsächlich einfacher gemacht. Das Mädchen ist sehr überzeugend.«

»Ist sie bei ihrer Geschichte geblieben?«, fragte Erwin.

»Allerdings. Selbst, nachdem sie wusste, dass ihre Mutter diese Kamera installiert hatte. Daraufhin hat sie gesagt, Reitmüller hätte von der Kamera gewusst und sich deshalb verstellt. Eine weitere Version war, dass ihre Mutter sich mit Reitmüller verschworen hätte, um sie ins Heim zu bringen. Ich habe schon mit vielen abgebrühten Lügnern zu tun gehabt, aber dieses Mädchen schlägt alles. Sie kann auf Knopfdruck verzweifelt weinen und genauso schnell wieder damit aufhören, wenn sie merkt, dass es die falsche Taktik ist. Sie ist vollkommen …« Sie zuckte mit den Schultern. »Ich finde keine Worte dafür.«

»Sie ist wie ein klassischer Psychopath«, sagte ich. »Sie manipuliert Menschen, und dabei geht sie vollkommen emotionslos vor. Oh ja, sie kann Emotionen *spielen*, da ist sie reif für einen Oscar. Was geschieht denn jetzt mit ihr?«

»Sie wird psychologisch untersucht«, erwiderte die Kommissarin. »Sprich: Sie wird in eine entsprechende Einrichtung gebracht. Sie muss verstehen, was sie angerichtet hat. Das kann ein langwieriger Prozess sein.«

»Psychopathen halten ihr Handeln ja nicht für verwerflich«, sagte Erwin. »Sie wollen ein Ziel erreichen, und dafür ist ihnen jedes Mittel recht. Wer dabei auf der Strecke bleibt, ist ihnen egal.«

Doris sah uns nacheinander an. »Ihr redet von einem *dreizehnjährigen,* verwirrten Mädchen. Ist euch das eigentlich klar?«

»Ja, das ist mir klar, Doris.« Die Kommissarin lächelte ihr zu. »Und das vergesse ich keinen Moment lang. Aber: Ihretwegen ist ein Mensch tot, und vier unbescholtene Menschen haben eine schwere Straftat begangen, weil sie einen vermeintlichen Mörder zu einem Geständnis zwingen wollten. Ich habe es mit einer unter Schock stehenden Mutter zu tun, seit ihr in letzter Konsequenz klar geworden ist, was Harmony angerichtet hat. Dieses Mädchen hat *verbrannte Erde* hinterlassen.« Sie seufzte und fügte hinzu: »Ich muss wieder los. Der Tag ist für mich noch lange nicht zu Ende.« Sie nickte Doris und Erwin zu. »Ich melde mich bald bei euch, ihr Lieben. Dann komme ich endlich mal wieder zum Kaffee vorbei.«

Sie winkte in die Runde und ging.

»Armes Kind«, sagte Doris, »sie hat wahrlich keinen leichten Job.«

Nein, den hatte sie nicht. Und ich hätte mit ihr auch nicht tauschen mögen. Oder vielleicht doch? Immerhin hatte ich mich entgegen meiner Vorsätze wieder einmal kopfüber in Ermittlungen gestürzt.

Plötzlich wollte ich nur noch alleine sein. »Ihr könnt ruhig nach Hause fahren, es geht mir gut.«

»Bist du ganz sicher?«, fragte Doris besorgt.

Ich nickte. »Ja. Ich bin todmüde. Ich kuschle mich mit Baghira aufs Sofa; mehr will ich heute nicht mehr.«

Beide umarmten mich herzlich, dann war ich allein. Endlich.

Ich räumte den Tisch ab und knüllte für Baghira das Alupapier zusammen, aber er spielte mit dem glänzenden Ball nur lustlos ein bisschen herum, als wollte er mir einen Gefallen tun.

Als ich mich aufs Sofa legte, kam er sofort zu mir und schmiegte sich der Länge nach an mich. Sein tiefes, vibrierendes Schnurren beruhigte mich.

Das war auch nötig, denn im Haus kehrte noch lange keine Ruhe ein. Ich hörte Schritte und Stimmen im Flur; immer wieder. Durchs Fenster sah ich Blaulicht zucken. Ob man für Jeanette Zwickel einen Arzt gerufen hatte? Mit einem echten Schock war nicht zu spaßen. Sie hatte so laut geweint, dass ich sie sogar durch die Decke hören konnte.

Und dann hörte ich Harmony im Flur schreien: »Ich geh nicht mit euch, ihr Schweine! Hilfe! Warum hilft mir niemand? Ihr wollt mich einsperren! Alle haben sich gegen mich verschworen! Mama, ich hasse dich!« Dazwischen beruhigendes Gemurmel, auf das sie aber nicht reagierte.

Auf der Straße kreischte sie weiter, dann wurde ihre Stimme leiser, und ich hörte Autotüren zuknallen.

Und dann war es endlich still im Haus. Ich streichelte Baghira, der leise neben mir vor sich hin brummte. Ich war gerade dabei, selig wegzuschlummern, als meine Türklingel mich hochschrecken ließ.

Geistige Notiz – Türklingel abstellen, dachte ich griesgrämig.

Ich hatte null Bock, mit irgendwem zu sprechen. Nur der Gedanke, dass es Jeanette Zwickel sein konnte, die das Gespräch mit mir suchte, ließ mich aufstehen und zur Tür gehen.

Drei vor Aufregung hochrote Gesichter, drei aufgerissene Augenpaare … Frau Schiller und die Kaboleks standen vor der Tür.

»Wir haben durch den Türspion alles mitgekriegt«, quietschte Mitzi Kabolek, »aber Sie wissen doch bestimmt mehr, oder? Wir haben auch gesehen, dass die Kommissarin vorhin in Ihre Wohnung gegangen ist! Was wollte die denn diesmal von Ihnen?«

Erwartungsvoll stierten sie mich an, und ich kriegte schlagartig ultraschlechte Laune.

Nicht mit mir, Herrschaften.

Ganz falscher Zeitpunkt.

Ich verschränkte die Arme vor der Brust und schob angriffslustig das Kinn vor. »Und weiter?«

Es war beinahe komisch, wie sie absolut synchron einen Schritt zurückwichen. *Was ist denn mit der los?*, fragten ihre verdatterten Mienen, und Frau Schiller fasste sich als Erste.

»Was ist mit dem Mädchen? Wohin wurde sie gebracht? Sie hat um Hilfe gerufen!«

»Und? Haben Sie ihr geholfen?«

»Ich … nein, äh … die Polizei war doch im Haus!«, stammelte Frau Schiller, und die Kaboleks nickten wie zwei Wackeldackel auf der Hutablage eines Autos. »Wir haben ein Recht, zu erfahren, was vorhin los war. Sie *müssen* uns sagen, was passiert ist, Frau Luchs!«

»Gar nichts muss ich«, blaffte ich und knallte ihnen die Tür vor der Nase zu.

Ein paar Sekunden lang flüsterten sie auf dem Flur aufeinander ein, dann herrschte Stille.

Die Nacht war kurz und unruhig. Am frühen Morgen ging ich auf den Balkon und starrte hinunter auf die Bank. Sie war endgültig kein Platz mehr, an dem ich mich aufhalten wollte. Die Sonne schien warm, die Vögel zwitscherten wie immer, Antons Tauben kreisten über dem Hinterhof, der Flieder duftete bis hinauf zu mir. Doch ich traute der Idylle keinen Meter mehr über den Weg; zu viel war passiert.

Ich ging hinein und fuhr meinen Laptop hoch.

Natürlich ging die Klingel, was auch sonst? Mürrisch stiefelte ich zur Tür und war dann doch etwas erstaunt, als ich Frau Schiller erblickte. Die traute sich was!

»Ja bitte?«, sagte ich knapp.

»Also, Frau Luchs, wie Sie sich gestern Abend uns gegenüber benommen haben, das war nicht sehr wohlerzogen. Wir haben ganz höflich gefragt …«

»Nein«, fiel ich ihr ins Wort. »Das haben Sie nicht. Sie sind mir auf die Pelle gerückt, um mich *auszufragen.* Das ist ein riesiger Unterschied.«

Sie hob die Brauen. »Wenn man bedenkt, dass Ihr Freund schuld an unseren Schwierigkeiten mit der Polizei ist …« Sie zuckte vielsagend mit den Schultern.

»Ach, und Ihrer Meinung nach muss ich deshalb nach Ihrer Pfeife tanzen, wann immer Sie es wollen? Wohl kaum. Außerdem haben Sie sich selbst in Schwierigkeiten gebracht. Aber ich habe es satt, mit Ihnen darüber zu reden. Guten Tag, Frau Schiller.«

Ich schloss die Tür, ging an meinen Rechner und rief die nächstbeste Website für Wohnungsvermietung auf.

Epilog

Einige Wochen später.

»Dat mir dat nich zur Gewohnheit wird, hömma«, ächzte Frank, der gerade den letzten Umzugskarton hereinbrachte. »Alle zwei Monate 'ne neue Wohnung … echt.«

»Keine Sorge, hier bleibe ich«, erwiderte ich. »Vorausgesetzt, die Nachbarn killen sich nicht gegenseitig. Und wenn, dann gucke ich in die andere Richtung, versprochen.«

Frank gackerte. »Dat mit den Versprechen lassen wir ma lieber, meinze nich auch?« Wo er recht hatte …

»Wer hat Hunger? Astreine Mettbrötchen und kalte Getränke für alle!«, rief Diana aus der Küche, die wir schon gestern so weit eingerichtet hatten, dass sie einsatzfähig war.

Immerhin war die Küche der wichtigste Raum, fand ich. Auch hier hatte ich eine schnieke Einbauküche vorgefunden, also hatten wir nur ein paar Kartons auspacken und ordentlich einkaufen müssen, um bestens ausgerüstet zu sein.

Meine Freundin war aus dem hohen Norden angereist, um mich tatkräftig zu unterstützen – und sie war die Einzige, der ich erlauben würde, meine Schlüppis in die Kommode zu räumen.

Meine Umzugshelfer – Frank, Dennis und Erwin – ließen es sich schmecken. Für den gestrigen Transport der Möbel hatte ich wieder ein paar Studenten engagiert. Heute waren lediglich die Kartons und meine Pflanzen von A nach B zu bringen gewesen.

Frank und Dennis verabschiedeten sich, und Erwin verputzte noch das letzte Mettbrötchen. »Ich komme dann morgen gegen Mittag und bringe Baghira vorbei«, sagte er.

»Hoffentlich auch Doris«, erwiderte Diana. »Ich hab sie schon so lange nicht mehr gesehen. Was meint ihr – wir könnten doch grillen, oder?«

Jemandem wie Erwin musste man diesen Vorschlag nicht zweimal machen: Seine Augen leuchteten auf, und ich sah ihm an, wie er im Geiste schon den Einkaufszettel schrieb. Den nagelneuen Kugelgrill, der auf der Terrasse bereits auf seine Einweihung wartete, hatte er selbstverständlich längst entdeckt.

Erwin sah auf die Uhr und hatte es plötzlich eilig. »Ich werde dann auch mal abdüsen. Wenn ich beim Metzger meines Vertrauens noch was Ordentliches für den Grill ...« Schon war er zur Tür hinaus.

Diana schüttelte lachend den Kopf. »Gott, wie ich unsere Fressorgien vermisse. Diese Leidenschaft fürs Grillen ... wie ein kirchliches Hochamt. Die Friesen essen auch gerne, aber Krabbenpulen ist halt was anderes als ein kerniges Ruhrpott-Mannsbild, in der linken Hand die Pulle Bier, in der rechten die Grillzange. Einer, dessen Mission es ist, bei Bergen von Fleisch für den perfekten Garpunkt zu sorgen.« Sie seufzte.

»Kennt dein geliebter Gatte deine diesbezüglichen, beinahe schon sexuellen Fantasien?«, fragte ich.

»Oh, er bemüht sich redlich, aber ...« Diana zuckte mit den Schultern. »Er ist halt Friese und kein Ömmes aus dem Pott. Wir haben einen *Elektrogrill.*«

Sie sagte es so, als müsse sie mir ein schmutziges, kleines Geheimnis gestehen. Elektrogrill, also wirklich. Beschämend. Ein echter Griller benutzte Holzkohle und Blasebalg, es musste qualmen und endlos lange dauern, bis die Kohle endlich weiß glühend war … Da war und blieb Diana ein echtes Ruhrpottkind.

»Du könntest dich scheiden lassen, hierher zurückkommen und dir einen grillenden Ömmes suchen.«

»Meinen Okko verlassen? Und Heini? Spinnst du jetzt total? Nie im Leben!«

Natürlich nicht.

Meine neue Wohnung hatte ich über *Connections* gefunden, wie es so schön hieß. Frank kannte jemanden, der jemanden kannte, dessen Cousin von dieser traumhaften Einliegerwohnung wusste, die gerade frei geworden war. Das Haus hatte eine leichte Hanglage: Von vorne gesehen schien es sich um eine Souterrainwohnung zu handeln, aber nach hinten raus entpuppte sich dieser Eindruck als geschickte optische Täuschung. Ich hatte seitlich einen separaten Eingang, zu dem ein gepflasterter Weg am Haus entlangführte. Dort gab es auch eine kleine hölzerne Gartenhütte, die ich als Lagerraum benutzen konnte.

Küche und Bad waren deutlich größer, Wohn- und Schlafzimmer dafür kleiner als in der vorherigen Wohnung; auch ein schmales Gästezimmer gab es. Das Beste allerdings – fand ich – war die Terrasse, eine vier mal fünf Meter große Fläche, die von einer hohen und dichten Thujahecke umgeben war. Sie war nur über die Terrassentür in meinem Wohnzimmer zu betreten – perfekt. Die bepflanzten Kästen und Kübel von meinem Balkon hatten wir dort aufgestellt; die Möbel ebenfalls. Die Solarlaternen, die Diana und ich gestern gekauft hatten, luden sich bereits auf. Ein Pavillon wartete noch darauf, aufgebaut zu werden. Ich hatte vor, ihn nur mit Dach und ohne Seitenwände zu nutzen, damit ich einerseits einen Sonnenschutz hatte, aber auch bei Regen auf der Terrasse sitzen konnte.

Den Rest des Tages verbrachten wir damit, die Kartons auszupacken und meine neue Wohnung in ein kuscheliges Zuhause zu verwandeln. Gegen acht Uhr am Abend waren wir damit fertig und ziemlich erschöpft. Weder Diana noch ich hatten Lust, zu kochen, also bestellten wir uns beim Pizzaservice ein opulentes Mahl.

Mit dem Essen und einer Flasche Wein setzten wir uns auf die Terrasse. Der Sommerabend war mild, und ein Amselmännchen läutete die Dämmerung durch seinen melodischen Gesang ein, der potenziellen Konkurrenten zugleich klarmachte, wer in diesem Revier der Obermotz war.

»Wer wohnt denn noch hier im Haus?«, fragte Diana mit vollem Mund.

»Zwei ältere Ehepaare, Kinder aus dem Haus«, erwiderte ich. »Die Gegend hier am Park ist ruhig, ich parke mein Auto in meiner *eigenen* Einfahrt, und ich laufe zehn Minuten bis zu Franks Kiosk. Ich habe das ganz große Los gezogen.«

Diana kicherte. »Jedenfalls so lange, bis die älteren Ehepaare irgendjemanden entführen. Dass Alter nicht vor Torheit schützt, hast du doch gerade noch erlebt.«

»Hör bloß auf. Wenn das so weitergeht, ist mein nächstes Domizil ein Leuchtturm auf einer Hallig, deren einzige Bewohnerin ich bin. Versorgung aus der Luft und so.«

»Ganz sicher findest du dann einen Toten im Watt – und du hast nur ein paar Stunden Zeit, um den Fall aufzuklären, weil die nächste Flut alle Spuren auslöscht.« Sie wollte sich ausschütten vor Lachen. »Oder an dein privates Ufer treibt ein Kutter, dessen Besatzung verschwunden ist. Oder nein, warte, ich weiß noch was Besseres: Eine Möwe landet auf deinem Leuchtturm und bringt dir einen abgetrennten Finger!«

»Hör auf!«, schrie ich, aber gegen meinen Willen musste ich doch mitlachen. »Woher nimmst du nur diese kranken Ideen?«, prustete ich außer Atem, als ich mich einigermaßen wieder eingekriegt hatte.

Sie zuckte mit den Schultern. »Auch nicht kranker als die Wirklichkeit.« Sie wurde ernst und fuhr fort: »Was ist eigentlich mittlerweile aus dem Mädchen geworden?«

Schlagartig war ich zurück in der Realität. »Harmony? Sie ist in einer geschlossenen Einrichtung, wo sich die Therapeuten an ihr die Zähne ausbeißen, soweit ich weiß. Aber sie ist ja nicht wirklich verrückt, jedenfalls nicht im klinischen Sinne. Sie versuchen, bei ihr ein Bewusstsein dafür zu schaffen, dass sie etwas getan hat, das *falsch* war. Mit Sicherheit ist sie für die Therapeuten ein hochinteressanter Fall – klassische Psychopathie in so jungem Alter.«

»Alle Psychopathen waren einmal jung.«

»Aber die wenigsten setzen als Teenager ein derartiges Drama in Gang, schätze ich.«

Diana schenkte Wein nach und prostete mir zu. »Oder sie fliegen nicht auf, weil du nicht in ihrem Haus wohnst. Apropos: Was ist jetzt mit deinen alten Nachbarn? Die Entführung wird doch sicherlich Konsequenzen für sie haben?«

»Aber klar. Frau Schiller, Anton und die Kaboleks werden dafür vor Gericht stehen. Allerdings sind sie bisher unbescholten und haben aus … nun ja … irgendwie ehrenhaften Motiven gehandelt. Der smarte Herr Reitmüller wird wegen

Totschlags oder vielleicht auch nur wegen gefährlicher Körperverletzung mit Todesfolge oder so angeklagt werden. Wenn er einen guten Anwalt hat, kommt er vielleicht sogar mit Notwehr durch.«

»Ich könnte ihm ja meinen Okko empfehlen«, sagte Diana grinsend, »er ist ein *sehr* guter Anwalt. Apropos: Du brauchst nicht zufällig auch einen?«

Diese Frage stellte sie mir natürlich vollkommen zu Recht, da ich bei dieser Entführungssache ja auch irgendwie ...

Ich schüttelte den Kopf. »Nee. Die Küpper hat es tatsächlich gedeichselt, dass ich aus der Nummer raus bin. Nachdem sie zuerst mehrmals kurz davor war, mich diesmal endgültig um die Ecke zu bringen, damit ich endlich aus ihrem Leben verschwinde, habe ich letztlich doch zumindest einen kleinen Teil dazu beigetragen, dass dieser höchst verwirrende Fall doch noch relativ schnell geklärt wurde.«

»Hui, das war aber ein ganz schön langer Satz, da muss ich mich ja richtig konzentrieren«, murmelte Diana amüsiert und fragte dann: »Und wie hat sie das gedeichselt?«

»Indem die offizielle Version ist, dass ich ihr viel eher von der Entführung berichtet hätte, als ich es in Wirklichkeit getan habe. Und dass ich sie zu der konspirativen Aktion auf dem Dachboden hinzugezogen habe – und nicht Erwin.«

»Schwein gehabt, hm?«

»Allerdings. Und sie hat mir klargemacht, dass ich beim nächsten Mal keinesfalls ungeschoren davonkomme.«

»Ach was. Die Dame wiederholt sich. Nebenbei bemerkt: welches nächste Mal?«

»Keine Ahnung.« Ich hob mein Glas, und wir stießen an. Ich trank einen großen Schluck Wein, der mir so ganz allmahlich zu Kopfe stieg. Dann sagte ich: »Gibt es nicht immer ein nächstes Mal? Komm, schenk nach. Mir ist zum Einstand nach einem amtlichen Schwips.«

»Die Flasche ist leer. Ich hol ’ne neue.«

Diana sprach leicht verwaschen. Sie stand auf und ging schwankend hinein.

Ich lehnte den Kopf zurück und blickte hinauf zum Vollmond, der leuchtend am dunklen Himmel stand. Mittlerweile waren auch die kleinen Solarlaternen angegangen und setzten hübsche Lichtpunkte zwischen meine blühenden Pflanzen.

Es gab nichts zu meckern: Ich verbrachte den Abend in meinem wunderschönen, neuen Zuhause mit meiner liebsten Freundin, und mein Leben war großartig.

Bis zum ›nächsten Mal‹ jedenfalls.

Der Ruhrpott, die Tauben und der Taubenvatta

Mein Opa war ein Taubenvatta, das weiß ich aber nur aus Erzählungen. In unserem Garten stand ein kleiner, gemauerter Stall, in dem seine Brieftauben wohnten. Mit den anderen Taubenvattas in der Nachbarschaft wurden sonntags – zum Spaß – kleine Wettflüge ausgetragen, und wenn er von der Firma zum Mittagessen kam (es waren nur wenige Minuten zu Fuß), flogen seine Lieblinge ihm entgegen, umkreisten ihn einige Male und begleiteten ihn dann nach Hause. Und manchmal – so erzählte mir meine Mutter – gab es Taubensuppe. Tja.

Die Anfänge des Taubensports im Ruhrgebiet liegen um 1860 herum. Die Zuwanderer zur Zeit der Industrialisierung, die aus den landwirtschaftlich geprägten Ostprovinzen Preußens stammten, hielten neben anderem Kleinvieh auch Tauben. Sogar die Planungen der damals entstandenen Zechensiedlungen trugen dem Rechnung: 86 Prozent der Wohnungen verfügten über einen kleinen Garten und sogar 96 Prozent über einen Stall.

Rasch entwickelte sich der Brieftaubensport – vielleicht haben Sie schon mal den Begriff ›Rennpferd des Bergmanns‹ gehört. Zu jeder kleinen Kolonie gehörte der Züchter: der Taubenvatta. Bereits 1869 gab es in Bochum ein Reisetauben-Sporthaus, und 1881 wurde für die dortigen Vereine eine *Brieftaubenreisevereinigung* gegründet, die Wettflüge ausrichtete. 1899 gehörten zu dieser Vereinigung bereits 72 Vereine, die im gesamten Ruhrgebiet angesiedelt waren.

Der Begriff ›Brieftaube‹ kommt nicht von ungefähr: Vor der Erfindung von Telegrafie und Telefonie waren Tauben die einzige Möglichkeit, um Informationen schneller zu überbringen als durch einen Boten. Ein historisches Beispiel für einen Langstreckeneinsatz einer Brieftaube ist die Übermittlung der Nachricht vom Sieg in der Schlacht von Waterloo am 18. Juni 1815 an die britische Regierung.

Für die besten Brieftauben werden tatsächlich hohe Summen gezahlt – während der Arbeit an diesem Buch las ich zufällig in der Zeitung von der Taube Nadine, für die ein chinesischer Millionär sagenhafte 400.000 Euro hingeblättert hat (… und wir hoffen wirklich, dass Nadine nicht aus Versehen im Wok landet, nicht wahr?).

Auch das von Frank im Buch erwähnte *Milljen Dollah Reehs* gibt es wirklich: Es handelt sich um das ›South African Million Dollar Pidgeon Race‹, das in Johannesburg ausgetragen wird. Schon Monate vor dem Rennen werden die Tauben nach Südafrika gebracht, wo sie zunächst für vier Wochen in Quarantäne müssen. Danach werden sie von einem Expertenteam betreut, das die gefiederten Rennpferde in Trainingsflügen auf das Rennen vorbereitet, wobei die Streckenlänge langsam gesteigert wird. Bis zum Wettbewerb bewältigen die Tauben dann eine Strecke von 360 Kilometern Länge. Zusätzlich bekommen sie einen Chip ans Bein, damit man sie finden kann, falls sie sich verfliegen.

Das sogenannte Eintrittsgeld für eine Taube beträgt 1.100 Dollar; der Gewinner des Endflugs erhält 200.000 Dollar.

Deutsche Tauben, die im Januar und Februar 2018 am Wettbewerb teilnahmen, hießen zum Beispiel Fritzi, Inge, Fridolin oder Dagmar. Und wir müssen nicht lange rätseln, woher eine Taube namens ›Gruga‹ wohl stammen könnte … ausm Ruhrpott, natürlich.

Die neue Krimödien-Reihe
mit Stella Albrecht

• EXKLUSIVE LESEPROBE •

»Venuswalzer«

von

Lotte Minck

bereits erschienen:

Band 1:
Planetenpolka
ISBN 978-3-7700-2017-1

Prolog

Es war ein prachtvoller Tag.

Die Sonne schien, und Kevin Wehling war der König der Welt. Von oben blickte er auf die Menschen hinab, von ihnen unbemerkt, während er hoch über ihnen thronte. Manchmal gönnte er sich den kleinen Spaß, hinunter zu spucken, und lachte sich ins Fäustchen, wenn er tatsächlich jemanden traf. Wie dämlich diese ahnungslosen Würstchen dann aus der Wäsche guckten, wenn ihnen sein Rotz über die Stirn lief! Köstlich!

Kevin liebte seinen Job. Er hatte Maler und Lackierer gelernt, und seit mehreren Jahren arbeitete er nun bei der Firma, die sich darauf spezialisiert hatte, Häuser anzustreichen. So nannte er es, aber bestimmt gab es einen vollkommen blödsinnigen, modernen Begriff dafür, so etwas wie *facade refurbishment management*, damit es beeindruckender klang. Nein – er strich Häuser an, fertig. Er war rundum zufrieden mit seiner Arbeit und wäre niemals auf die Idee gekommen, sich weiterzubilden oder gar auf eine Meisterschule zu gehen – das war was für Streber und Blödiane. Er war Mitte dreißig, glücklicher Single und verdiente genug, um sich gut zu amüsieren und Weiber rumzukriegen.

Meist hatte er mehrere gleichzeitig am Start, wie es sich für einen echten Kerl gehörte. Bloß nicht auf eine festlegen, das taten nur Waschlappen. Manchmal schnappte er sich eine Frau nur deshalb, weil diejenige dazu beitrug, dass er sich noch überlegener fühlte – wie zum Beispiel aktuell gegenüber seinem Meister, dessen Tochter er bumste, ohne dass der Alte es ahnte.

Kevins Ruf in dieser Hinsicht war wie Donnerhall, zumal er montags im Kollegenkreis gern mit den Eroberungen prahlte, die er am Wochenende gemacht hatte. Oder mit den scharfen Frauen, die ihn angeblich direkt vom Gerüst in ihre Wohnung eingeladen und dort bereitwillig ihren Schlüpfer ausgezogen hatten. Das machte ihn nicht gerade zum Wunschkandidaten für den Posten des Schwiegersohnes, aber derlei Ambitionen hegte er ja ohnehin nicht.

Das Baugerüst war Kevins Königreich, über das er souverän herrschte und das ihn über die anderen Menschen erhob. Er war zwar von wuchtiger Gestalt, aber gelenkig, flink und vor allem schwindelfrei. Wenn er wollte, konnte er das Gerüst innerhalb weniger Sekunden erklimmen oder seinen Standort verändern. Diese Fähigkeit half ihm bei seiner Lieblingsbeschäftigung: Leute in ihren Wohnungen beobachten. Frauen, um genau zu sein. Natürlich keine alten oder fetten Weiber, die guckte sich ja kein Mann freiwillig an – es sei denn, er war pervers. Nein, er war ein ganz normaler Mann und sah sich am liebsten junge, knackige Frauen an.

Es war erstaunlich, wie langsam die Leute sich daran gewöhnten, dass ein Gerüst am Haus stand. Unbeirrt zogen sie weiterhin ihre Morgenroutine durch, die zu Kevins Vergnügen oft genug darin bestand, als Erstes die Vorhänge zu öffnen – und das häufig nur höchst unzulänglich bekleidet. Was er da schon alles gesehen hatte! Durchsichtige Negligés, viel zu kurze T-Shirts als einziges Kleidungsstück oder gleich totale Nacktheit.

Manchmal allerdings war es etwas anderes, das ihn dazu herausforderte, vor einem bestimmten Fenster Position zu beziehen. Manchmal machte es ihm einfach Spaß, jemanden zu ärgern, immer und immer wieder.

Wie zum Beispiel diese Rotzgöre im zweiten Stock, die ihn schon diverse Male angepöbelt hatte. Das ließ ein Kevin Wehling sich selbstverständlich nicht gefallen; was bildete diese kleine Ratte sich ein? Wie die schon aussah – wie ein zwölfjähriger Punker: struppige, bunte Haare, zerrissene Jeans, T-Shirts mit Bandnamen, von denen er noch nie gehört hatte. Die war doch nicht mal eine richtige Frau! Bestimmt stand sie auf Weiber, denn einen Mann kriegte sie bei diesem Look garantiert nicht ab. Jedenfalls keinen, der was auf sich hielt.

Auf jeden Fall aber war sie eine Emanze, das bewies schon dieses Weiberzeichen, das an der Scheibe ihres Schlafzimmerfensters baumelte. Kevin hatte dieses Symbol – ein Kreis auf einem Kreuz – schon häufiger gesehen. Natürlich immer im Zusammenhang mit Lesben oder Emanzen. Oder sie waren gleich beides. Denn für Kevin war klar: Emanzen törnten Männer ab, also wurden sie automatisch zu Lesben. Es war ihm ein Rätsel, warum die sich ausgerechnet ein Symbol ausgesucht hatten, das wie ein Handspiegel aussah. So hässlich, wie die alle waren, wussten die garantiert nicht, wozu ein Spiegel benutzt wurde: um zu kontrollieren, ob man hübsch genug für die Männerwelt war.

Das Beste an der ätzenden Tusse im zweiten Stock war: Sie arbeitete zu Hause. Den ganzen Tag lang saß sie an ihrem Schreibtisch am Fenster, glotzte auf ihren Monitor und versuchte, sich zu konzentrieren. Das allein war Grund genug für Kevin, besonders viel Lärm zu machen und ständig vor ihrer Nase herumzuturnen.

Aber es gab noch einen Grund, der deutlich schwerer wog: Sie hatte es gewagt, sich über ihn zu beschweren. Wegen sexueller Belästigung. Statt froh zu sein, mal einen prachtvollen Penis in voller Größe zu Gesicht zu bekommen, schrie sie Zeter und Mordio.

Selbstverständlich hatte er alles abgestritten. Andererseits hatte die Beschwerde ihn nur noch mehr angestachelt. Er war schlau genug, seine kleine Vorstellung nur in unregelmäßigen Abständen zu präsentieren; er wollte nicht, dass sie vorbereitet war. Mal ließ er einige Tage vergehen, mal zog er seine Show an zwei aufeinanderfolgenden Tagen ab. Heute war es mal wieder so weit.

Kevin grinste, als er ihren Wecker leise piepsen hörte. Gleich würde sie auftauchen und die Vorhänge öffnen – so trotzig war sie immerhin, diese Gewohnheit nicht zu ändern. »Du Wichser wirst es nicht schaffen, dass ich mein Leben ändere! Diese Macht gebe ich dir nicht!«, hatte sie bei ihrem letzten Zusammentreffen gekreischt.

Nun, dann wollen wir doch mal sehen, wer von uns beiden der Stärkere ist, dachte Kevin, als er vor ihrem Fenster Position bezog. Allein die Vorstellung, wie sie sich gleich wieder aufregen würde, machte ihn heiß.

Langsam zog er den Reißverschluss an der Hose herunter und befreite seinen besten Freund aus seinem dunklen Gefängnis.

Showtime.

Ruby war längst wach, als der Wecker klingelte, obwohl sie bis in die frühen Morgenstunden am Rechner gesessen hatte, damit diese verfluchte Website endlich online gehen konnte. Einmal hatte sie die Deadline bereits nachverhandelt; ein zweites Mal stand nicht zur Debatte. Nicht nur, weil es ihrem Arbeitsethos widersprach – überdies wollte sie den Kunden keinesfalls verlieren.

Seit Wochen litt sie unter den Sanierungsarbeiten am Haus. Sie war kurz davor, Amok zu laufen. Jeden Morgen um halb acht begann der Terror, wenn die Malerbrigade anrückte. Damit auch ja niemand im Haus diesen wichtigen Moment verpasste, wurde umgehend ein plärrendes Radio eingeschaltet, was wiederum dazu führte, dass die Handwerker sich lautstark miteinander verständigen mussten.

Aber das war noch nicht das Schlimmste. Ruby hatte wochenlanges Hämmern und Bohren bereits überstanden, und die Malerarbeiten am Haus waren nun nicht nur vergleichsweise leise, sondern sie markierten überdies den baldigen Abschluss der Sanierungsarbeiten.

Eigentlich hätte sie darüber froh sein müssen – wäre da nicht dieser Prolet von Maler, der es sich offenbar in den Kopf gesetzt hatte, sie in den Wahnsinn zu treiben. Dummerweise stand ihr Schreibtisch am Fenster, und ständig turnte dieser Halbaffe draußen herum und provozierte sie. Einige Male hatte er es sogar gewagt, ihr seinen Pimmel unter die Nase zu halten.

Natürlich hatte sie sich über ihn beschwert, aber der Typ hatte alles abgestritten. Zufällig hatte sie gehört, wie er seinem Meister gegenüber gesagt hatte, im Gegenteil hätte sie ihn belästigt und sei nun frustriert, dass er nicht auf ihre Avancen eingegangen sei; nur deshalb würde sie diese Dinge behaupten.

Ob er heute wieder dort stehen würde?

Da sie häufig nachts am Rechner saß und dann bis mittags schlief, hatte sie blickdichte Verdunkelungsvorhänge am Schlafzimmerfenster. Der Baulärm hatte es ihr tagsüber unmöglich gemacht, sich auf ihre Aufträge zu konzentrieren. Normalerweise schätzte sie es, zu Hause zu arbeiten, aber während der letzten Monate hatte sie es oft genug verflucht, Freiberuflerin zu sein.

»Ganz ruhig, Ruby«, murmelte sie, »du bist Herrin der Lage, wenn du es willst. Er ist nur ein armes Würstchen, das sich an deiner Wut aufgeilt. Er hat keine Macht über dich, Ruby. Du hast es in der Hand. Ignoriere ihn einfach. Oder lach ihn aus.«

Diesen Rat hatte ihr Stella Albrecht gegeben, Astrologin und beste Freundin ihres Kumpels Ben. Der hatte ihre Verzweiflung über die Bauarbeiten und besonders über diesen übergriffigen Maler irgendwann nicht mehr ertragen und sie zu Stella geschickt.

Sie hatten sich lange unterhalten, und dann hatte Stella ihr das Venus-Symbol geschenkt, das nun an ihrem Fenster hing. »Venus steht in der Astrologie für die unabhängige Frau. Du siehst sie am Himmel als Morgen- und Abendstern. Sie schenkt Lebensfreude, Sinnlichkeit, Genuss und Harmonie«, hatte die Astrologin gesagt, »aber wenn man sie nicht wertschätzt, verlierst du deine Liebe zum Leben und zu dir selbst, und das kann zu Verbitterung und Einsamkeit führen. Schätze deine Weiblichkeit, Ruby – sie kann dich sehr stark machen.«

Ruby atmete tief durch und zählte langsam bis zehn, dann stand sie auf und ging zum Fenster. Mit einem Ruck zog sie die Vorhänge auseinander – und starrte auf ein erigiertes Glied. Sie blickte hoch und sah ins feiste, unrasierte, grinsende Gesicht dieses Proleten.

Sie konnte buchstäblich hören, wie sie die Fassung verlor – es klang wie ein leises Klirren in ihrem Kopf. Dann durchströmte es sie siedend heiß. Sie riss einen Flügel des Fensters auf und brüllte: »Es reicht! Ich bringe dich um, du dummes Schwein!«

In diesem Moment – sie konnte es kaum fassen – hatte er einen Samenerguss, und sie wurde von einem Tropfen an der Stirn getroffen. Sie schrie auf und floh ins Badezimmer, um sich zu säubern. Sein hämisches Lachen folgte ihr, bis sie die Tür hinter sich zugeknallt hatte.

Kevin stopfte seinen Penis zurück in die Unterhose und schloss den Hosenstall. Das war deutlich besser gelaufen als erhofft, hatte es ihm doch einen unerwarteten Orgasmus beschert. Was für ein wundervoller Tag!

Sinnend starrte er aufs offene Fenster – es zu schließen, hatte die Kleine in ihrer Panik vergessen. Eigentlich könnte er in die Wohnung klettern und sie noch einmal überraschen, aber für heute hatte er genug Spaß gehabt.

Er reckte sich wohlig und drehte sich um. Dann spürte er im Rücken einen Stoß hatte sich dieses Punkmädchen etwa leise angeschlichen und …

Der Schubs ließ ihn gegen das Brett taumeln, das die Arbeiter sichern und davor bewahren sollte, vom Gerüst zu stürzen. Zu seiner grenzenlosen Verblüffung tat es nichts dergleichen, sondern gab unter seinem Gewicht splitternd nach. Eine halbe Sekunde lang rang er armrudernd um sein Gleichgewicht, doch letztendlich siegte die Schwerkraft.

Die Schreie der entsetzten Passantin, zu deren Füßen sein Schädel an der Bordsteinkante aufplatzte, hörte er nicht mehr.

Kevin Wehlings irdisches Dasein war beendet.

Kapitel 1

Wie jeden Morgen während der letzten drei Wochen wurde Stella Albrecht von Lärm geweckt. Sie stöhnte und hielt sich die Ohren zu, wohl wissend, dass der Lärm trotzdem bleiben würde. Zwar etwas leiser und gedämpfter, aber er war nach wie vor da. Obwohl sie das Dachgeschoss der Villa bewohnte, hatte sie das Gefühl, mitten auf der Baustelle vor dem Haus zu schlafen.

»Venus, gib mir Kraft«, murmelte sie.

Wie lange konnte es eigentlich dauern, die verdammte Auffahrt neu zu pflastern? Zugegeben, sie war nicht gerade kurz, aber trotzdem …

Ihre Mutter hatte sich nach wochenlangen Diskussionen schließlich durchgesetzt und den entsprechenden Auftrag erteilt. Dann, eines Tages, war der Bautrupp angerückt, und mit der Ruhe war es vorbei gewesen. Erst hatten sie die alte Pflasterung herausgerissen, dann ausgeschachtet, dann mit irgendwas aufgefüllt – und jetzt waren sie endlich dabei, neue Steine zu setzen. Leider mussten diese mit einem grausamen Gerät befestigt oder in den Boden gestampft oder was auch immer werden, was infernalischen Krach verursachte. Dank Ben wusste sie, dass dieses Ding aus der Hölle ein sogenannter Rüttler war, aber das brachte sie auch nicht weiter.

Sie selbst hatte ja gefunden, dass die Auffahrt noch vollkommen in Ordnung war. Gut, das alte Kopfsteinpflaster hatte erforderlich gemacht, dass man ein wenig genauer hinsah, wohin man trat, und es hatte mittlerweile in den Ritzen Moos angesetzt, aber sie hatte das eigentlich sehr charmant gefunden.

Nicht so Felicitas, ihre Mutter. Bei der letzten familiären Zusammenkunft zu diesem Thema hatte sie gesagt: »Mir reichen diese endlosen Diskussionen jetzt. Die Auffahrt sieht mittlerweile richtig verwahrlost aus. Man muss sich ja schämen. Außerdem sind diese alten Steine bei Nässe glatt wie Eis. Ich habe keine Lust, mir den Hals zu brechen. Oder dafür zu zahlen, wenn einer meiner oder eurer Besucher ausrutscht.«

»Unsinn. Du übertreibst mal wieder maßlos. Kopfsteinpflaster hat es nun mal so an sich, dass man auf Stöckelschuhen ein wenig vorsichtig sein muss. Außerdem: Wenn bisher noch nichts passiert ist …«, hatte Maria, Stellas Großmutter, mit einem Achselzucken erwidert, und Stella hatte genickt.

»Also, ich verstehe euch nicht. Täglich geht hier eure Kundschaft ein und aus. Deren Sicherheit sollte euch wirklich am Herzen liegen.«

Innerlich hatte Stella gegrinst. Interessanterweise sprach ihre Mutter in diesem Zusammenhang von ›Kundschaft‹ und nicht von ›Patienten‹, wie sie es sonst zu tun pflegte. So sehr sie sich ansonsten über Stellas und Marias Profession aufregte, so opportun erschien es ihr offensichtlich nun, auf die dringend nötige Sicherheit der ›Kundschaft‹ hinzuweisen.

Nie würde Felicitas, die seriöse Oberstudienrätin, sich damit abfinden, dass Stella als Astrologin und Maria sogar als Madame Pythia in Kaftan und Turban mit Glaskugel, Tarotkarten und Pendel als Wahrsagerin arbeitete. Nur zähneknirschend akzeptierte sie, dass die beiden ihre Kundschaft in der Orangerie im großen Garten der Villa empfingen – aber jetzt war genau das ein schlagkräftiges Argument, um ihre Mitbewohnerinnen von der Notwendigkeit der Sanierung zu überzeugen.

»Wenn es euch ums Geld geht: Auch wenn wir normalerweise alle Ausgaben fürs Haus dritteln, bin ich bereit, hierfür die Hälfte der Kosten zu tragen«, hatte Felicitas noch hinzugefügt.

Vehement hatte Maria den Kopf geschüttelt. »Kommt mir nicht in die Tüte. Du ein Drittel, ich zwei Drittel. Ich übernehme Stellas Anteil.« Sie hatte sich an Stella gewandt, die gerade protestieren wollte. »Davon werde ich nicht abzubringen sein. Und du kennst mich – ich kann sehr, sehr stur sein. Du bist zwar als Astrologin gut etabliert, aber das wäre ein zu großer Brocken für dich. Ich würde es dir leihen, du würdest es abstottern – darauf habe ich keine Lust. Bestimmt kannst du dich irgendwann einmal dafür revanchieren.« Mit einem Seufzen hatte sie dann zu Felicitas gesagt: »Du sollst deinen Willen kriegen. Das ist mir lieber, als mir bis in alle Ewigkeit dein ständiges Genörgel über die angeblich ach so gammelige Auffahrt anzuhören. Von mir aus lass unser wunderbares, antikes Kopfsteinpflaster durch sterile Betonplatten oder was auch immer ersetzen.«

Und genau das passierte gerade. Stella nahm die Hände von den Ohren und ergab sich ihrem Schicksal. Immerhin waren drei Viertel der Auffahrt mittlerweile fertiggestellt – das Ende der Arbeiten war also absehbar. Der Rüttler würde noch für ein paar Tage Radau machen, dann musste die neue Pflasterung noch mit Sand eingeschlämmt werden – das hatten die Bauarbeiter ihr erklärt –, und dann war der Terror vorbei. Die paar Tage würde sie jetzt auch noch aushalten.

Stella beschloss, ihren Morgenkaffee in der Orangerie zu

trinken, denn dort wurde der Lärm nicht nur durch die dazwischenliegende Villa, sondern zusätzlich durch die Bäume und das Buschwerk des Gartens gedämmt. Außerdem konnte sie Musik anmachen und versuchen, zu ihrer üblichen Gelassenheit zu finden.

Wie immer grüßten die Bauarbeiter freundlich, als sie, die Tageszeitung unter dem Arm, aus der Haustür kam. Immerhin – höflich waren sie. Auch hatten sie stets mit Engelsgeduld alle Fragen beantwortet, mit denen Stella sie gelöchert hatte, und ihr jeden der notwendigen Arbeitsschritte genau erklärt.

Stella war heilfroh, dass sie an diesem Vormittag keine Termine hatte. Je nach Tagesform ertrug sie die Bauarbeiten mal besser und mal schlechter – und heute war sie von innerem Gleichgewicht weit entfernt. Sie fühlte sich sofort besser, als sie die lichtdurchflutete Orangerie betreten hatte, und bereitete sich in ihrer kleinen Büroküche eine große Tasse Milchkaffee zu. Im Kühlschrank hatte sie immer Brot und etwas Käse, also konnte sie sich ein kleines Frühstück zurechtmachen. Sie trug Kaffee und belegte Brote zu der Sitzgruppe aus gemütlichen Rattanmöbeln, wo sie sonst ihre Kunden empfing.

Nachdem sie eine CD mit Meditationsmusik eingelegt hatte, ließ sie sich mit einem Seufzen in einen der Sessel fallen und blickte durch die verglaste Wand hinaus in den weitläufigen Garten, in dem es jetzt, im Spätsommer, üppig blühte. Sie trank kleine Schlucke von ihrem Kaffee, dann schlug sie die Tageszeitung auf. In diesem Moment gab ihr Handy einige Piepstöne von sich und signalisierte damit, dass jemand ihr eine Textnachricht geschickt hatte.

»Ich bin in der Nähe. Hast du spontan Zeit für mich? Es ist dringend!!!«, las sie.

Die Nachricht kam von ihrem besten Freund Ben. Drei Ausrufezeichen, dachte sie und grinste, bestimmt hat er wieder einmal die Frau seines Lebens kennengelernt und benötigt dringend meinen astrologischen Rat …

»Komm vorbei, ich bin im Büro«, schrieb sie zurück und biss in ihr Käsebrot.

Kaum zehn Minuten später kam Ben zur Tür herein. »Die sind ja immer noch nicht fertig mit der Auffahrt!«, sagte er empört. »Wie lange brauchen die denn noch?«

»Willkommen in meiner Welt«, erwiderte Stella und deutete auf den freien Sessel. »Setz dich. Kaffee?«

Ben schüttelte den Kopf. »Nee, ich kann nicht lange bleiben. Ich möchte dich um einen Gefallen bitten.«

»Schon klar. Wie heißt sie und wo habt ihr euch getroffen?«

Aus Bens Blick sprach pure Verblüffung, dann begriff er. »Ach, du denkst, ich hätte meine Traumfrau getroffen? Nein, leider nicht. Es geht um eine Freundin. Also, nicht, was du denkst. Keine romantische Freundin, verstehst du? Ich hatte nie was mit ihr. Und das wird auch nie …«

Stella hob die Hand. »Hab's kapiert. Keine romantische Freundin. Was ist mit ihr?«

»Sie ist kurz vorm Durchdrehen. Sie muss dringend mal mit jemandem über ihren derzeitigen Stress reden. Sie braucht ein paar gute Ratschläge. Und wenn ich es recht bedenke – das Thema passt sehr gut zu deiner momentanen Situation. Ruby wird dir nicht viel erklären müssen, schätze ich.« Mit dem Kopf machte er eine Bewegung, die vage in Richtung der Auffahrt deutete.

Ruby? Stella erinnerte sich schwach, den Namen schon gehört zu haben, wenn Ben, der als Journalist für den Ruhrgebiets-Anzeiger tätig war, von seiner Arbeit als rasender Reporter erzählte.

»Sie arbeitet bei dir in der Redaktion, nicht wahr?«

Ben schüttelte den Kopf. »Nicht ganz. Ruby – eigentlich heißt sie Andrea Rubikon – ist EDV-Spezialistin. Manchmal recherchiert sie für mich. Sie hat … hm … gewisse Fähigkeiten.«

»Verstehe. Sie beschafft dir Informationen, an die du sonst nicht rankommen würdest.«

»Könnte sein.«

»Warum benötigt sie meinen Rat?«, fragte Stella. »Und was hat das mit den Bauarbeiten an meiner Auffahrt zu tun?«

»Ganz einfach: Ruby leidet seit Wochen darunter, dass ihr Haus saniert wird. Genau wie du hat sie ihren Arbeitsplatz zu Hause. Obwohl …«, er hob den Kopf, lauschte und fuhr dann fort: »Hier ist ja fast nichts von dem Krawall zu hören.«

»Mir reicht gerade, was ich mitkriege, wenn ich in meiner Wohnung bin«, sagte Stella. »Ich habe noch nie so viel Zeit hier unten verbracht wie in den letzten Wochen.«

Ben nickte. »Immerhin hast du die Möglichkeit, dem Lärm auszuweichen. Derart privilegiert ist Ruby leider nicht.«

»Aber was soll ich denn für sie tun? Ich werde ihr nicht vorhersagen können, wann der Terror aufhört. So funktioniert Astrologie nicht.«

»Weiß ich doch. Die Sache ist die: Der Lärm ist nicht das Schlimmste. Unter den Bauarbeitern ist einer, der sie belästigt. Sexuell. Er steht auf dem Gerüst vor ihrem Fenster und hat seinen dreckigen Schwengel in der Hand.«

Stella traute ihren Ohren nicht. »Wie bitte? Du machst hoffentlich Scherze.«

»Ich wünschte, es wäre so. Sie hat sich auch schon über das Schwein beschwert, aber der Kerl streitet alles ab. Aussage gegen Aussage. Ich weiß nicht, wie lange sie das noch aushalten kann, ohne durchzudrehen. Es geht ihr wirklich nicht gut.«

»Aber was kann ich tun?«

»Kannst du nicht in ihr Horoskop gucken und ihr klarmachen, wo ihre Stärken liegen oder so was? Sie war immer so stark und lustig und selbstbewusst, aber mittlerweile schwankt sie nur noch zwischen rasender Wut und totaler Verzweiflung. Ich befürchte …« Ben stockte.

»Was befürchtest du? Dass sie über kurz oder lang zusammenbrechen wird? Ist sie depressiv? So sehr, dass sie selbstmordgefährdet ist?«

Ben schüttelte den Kopf. »Nein, im Gegenteil. Ich befürchte, dass sie eines Tages ausrastet und dem Kerl etwas antut. Und zwar etwas, das sie bitter bereuen wird. Und das nicht mehr rückgängig zu machen ist.«